K INK INK INK INK INK INK
INK INK INK INK INK INK IN
K INK INK INK INK INK INK
INK INK INK INK INK INK IN
K INK INK INK INK INK INK
INK INK INK INK INK INK IN
K INK INK INK INK INK INK
INK INK INK INK INK INK IN
K INK INK INK INK INK INK
INK INK INK INK INK INK IN
K INK INK INK INK INK INK
INK INK INK INK INK INK IN
K INK INK INK INK INK INK
INK INK INK INK INK INK IN
K INK INK INK INK INK INK
INK INK INK INK INK INK IN
K INK INK INK INK INK INK
INK INK INK INK INK INK IN
K INK INK INK INK INK INK
INK INK INK INK INK INK IN
K INK INK INK INK INK INK
INK INK INK INK INK INK IN
K INK INK INK INK INK INK
INK INK INK INK INK INK IN

IK INK INK INK INK INK INK
INK INK INK INK INK INK IN
K INK INK INK INK INK INK
INK INK INK INK INK INK IN
K INK INK INK INK INK INK
INK INK INK INK INK INK IN
K INK INK INK INK INK INK
INK INK INK INK INK INK IN
K INK INK INK INK INK INK
INK INK INK INK INK INK IN
K INK INK INK INK INK INK
INK INK INK INK INK INK IN
K INK INK INK INK INK INK
INK INK INK INK INK INK IN
K INK INK INK INK INK INK
INK INK INK INK INK INK IN
K INK INK INK INK INK INK
INK INK INK INK INK INK IN
K INK INK INK INK INK INK
INK INK INK INK INK INK IN
K INK INK INK INK INK INK
INK INK INK INK INK INK IN
K INK INK INK INK INK INK
INK INK INK INK INK INK IN

INK INK INK INK INK INK
INK INK INK INK INK
INK INK INK INK INK INK
INK INK INK INK INK
INK INK INK INK INK INK
INK INK INK INK INK
INK INK INK INK INK INK
INK INK INK INK INK
INK INK INK INK INK INK
INK INK INK INK INK
INK INK INK INK INK INK
INK INK INK INK INK
INK INK INK INK INK INK
INK INK INK INK INK
INK INK INK INK INK INK
INK INK INK INK INK
INK INK INK INK INK INK
INK INK INK INK INK
INK INK INK INK INK INK
INK INK INK INK INK
INK INK INK INK INK INK
INK INK INK INK INK
INK INK INK INK INK INK
INK INK INK INK INK

Canon 25

雙英解密

不為人知的蔡英文與馬英九

周玉蔻 著

目錄

推薦序

以新聞專業衝撞台灣願景

廖達琪（國立中山大學政治系教授）

玉蔻是當代奇女子！敢衝敢撞、敢做敢當，不時以今日之我挑戰昨日之我；但在轉變挑戰中，磨練不斷，從不背離的是她「新聞專業」的敏銳與下筆的快捷！

這一本厚達四百餘頁的《雙英解密——不為人知的蔡英文與馬英九》，可說是繼《蔣經國與章亞若》及《李登輝的一千天》之後，再一次逐上浪頭，搶得先機與大家分享她的長期觀察、多方探索、信手摘記、短期成書的功力與心得。

新聞記者如玉蔻者，能將茶餘飯後的即興閒聊之內容，整理出頭緒、抓住要旨、訂出標題，又不失原味的編織入文中。書中好幾次提及余光中教授夫婦的言談，筆者當時也在場，卻完全未想到這些隨興之言，可以成為書中相當重要的一部分！

這本書的最後，期待台灣，不論是誰做總統，不能只「爭」不「競」！而「競」，玉蔻的定義是：「自我成長壯大，信心和願景的追求！」這說的是玉蔻自己，已是天命之年（對不起洩漏天機），仍到北京大學修習EMBA！

會「爭」更要能「競」，這樣的期許說給台灣讀者聽，不知道大家聽到了沒，聽得進去嗎？

願與大家共勉之！

推薦序

不可不讀的大選觀察鉅著

莊淇銘（前國立台北教育大學校長）

台灣的政治，長期以來是男性的天下。這也造成了，政治觀察家大多數是男性。筆者提筆為文分析時政達二十多年，且多次擔任候選人的競選總幹事。每到總統大選，經常受邀到電視分析選情。而分析選情的首要就是收集各種資訊及不同的選情觀察。而其中，不能或缺的就是周玉蔻的總統候選人觀察著作。

今年，選戰已開打了甚久，卻遲遲未見玉蔻小姐的鉅著。這讓筆者每次上叩應節目都覺得少了不少深入探討的資訊。就在感慨的當兒，遇到玉蔻，她問我能不能幫她的新書寫序，我一聽，馬上問：是不是跟總統大選有關？她回答說，二〇一二年的台灣總統改選，不僅是國民黨的政權保衛戰，選舉結果亦會影響台中美三角關係演變。其次，鄰近的日本，新政府團隊能否持久執政，遭到相當的挑戰；韓國的執政黨也在二〇一二年底、二〇一三年初即將面臨政權保衛戰；俄國與歐洲的法國、德國和英國，執政者也都將遭逢前所未有的嚴峻挑戰。

玉蔻指出：「舉世領導高層人事變化，一波接一波。這些國家內政外交財經政策將如何調整，存在著無法預測，英文稱為『揮發性極高』的危機。這個年代，卻也是有志者的年代；這個年代，生逢其時，何其難得；這個年代，有機會撰寫這本書，是我的幸運。」談到此，筆者回：「這個年代，有機會為這本書寫序，亦是我的幸運。」

拜讀此書時，心中感觸甚多。因為，一般人對馬英九及蔡英文的瞭解非常有限。本書收集之廣，探討之深，不僅可以讓人深入洞察兩位總統候選人，更會對國家未來的發展有著進一步的認知。由於書的內容既深且廣，限於篇幅，試舉二例進行分析。

從小龍女到空心菜

蔡英文出道以來保持的完好形象，當選民進黨黨主席後，因為一次次的選舉勝選，讓蔡英文成為民進黨重返執政的救世主。「小龍女」成為蔡英文的另一個動人稱呼。「小龍女」更挾著高超的人氣，競逐民進黨總統候選人的大位。獲得民進黨總統候選人的提名後，聲勢更突破新高點，讓馬英九陣營，感受到前所未有的壓力。然而，直到提名後不到一個月，「空心菜」三個字，變成了蔡主席的代名詞。甚至，「輸不起」、「目中無人」、專權獨霸「武則天」等字眼，悄悄從民進黨中央傳出。

書中指出，說這話的人，並不全是民進黨不分區立委提名遭排除於安全名單之外的異議同志。而是曾對蔡英文抱著希望的中生代民進黨人，期盼她可以開拓出一個局面的熱血派。然而，現在卻警覺到他們似乎錯估了蔡英文的本質。

從千里馬到慢跑馬

參選總統獲得七百多萬選票，大贏對手兩百多萬票。其主要原因就是人民對他說的：「已經準備好了」，有著高度的期待。然而，上任總統寶座不到兩周，批評四起，砲聲隆隆，馬英九長年媒體寵兒的地位就開始動搖了。有意思的是，那幾日，馬英九消失在公眾眼前。危機處理的模式之一，有人稱之為「鈍感應」。從馬上好，到變成「馬上慢慢好」，到外界批評「自我感覺良好」。從大家期待的「千里馬」，到被批為跑不快的「慢跑馬」，民調從七成多掉到最差的時候約三成。

這兩個例子透露出兩人有著共同的現象：

1. 都曾是媒體寵兒，卻到後來，成為媒體搖頭兒。
曾經舉手投足都是媒體爭相報導的焦點，羨煞無數政治人物。到後來，制式的回答如：「謝謝指教」、「我不是說過了嗎？」、「以後再告訴你」等，讓媒體聞之搖頭不已。
2. 都搭直昇機上來，貴人相助，成為政治明星。
馬英九從英文秘書一躍成為國民黨副秘書長，而後法務部長。蔡英文則是從教授成為國安會諮詢委員到陸委會主委及行政院副院長。
3. 都在最高權力時，誤判形勢，快速聲望下滑。
馬英九當選總統時，聲望如日中天。而後，聲望如坐溜滑梯一路滑下。蔡英文取得總統候選人時，聲勢如虹，民調一度超越馬英九。而後，如下樓梯，節節下降。

以上兩例就已讓人感觸良深，看完了書的全文後，不禁掩卷長嘆。書中對馬英九及蔡英文的深入觀察，讓人目瞪口呆。文筆之流利，讓忝為作家的筆者，汗顏冒汗。結構之流暢，讀之有如行雲流水。每篇章節，每個觀察，都絲絲入扣，是一部不能錯過的好書，不讀，真的會後悔，特提筆推薦大家一起來分享！

寫作說明

二〇一二世界大選年，台灣的十字路口

二〇一二，地球毀滅？

預言實現的可能性，不知多高；可預知的是，二〇一二年絕對屬於世局趨勢關鍵年。

這一年，對台灣人而言，不僅是實力相當的國民黨和民進黨兩大政黨總統大位選舉爭奪戰的緊要時刻；台灣海峽對岸，也面臨著重要的倒數計時：中國大陸唯一執政的中國共產黨中央領導班子的更迭，也在這個共產黨建黨九十一年的年中展開。

與台灣不同的是，中共黨中央骨幹領導人，包括：黨的總書記、國家主席、軍事委員會主席，及國務院總理等人選的確認，由黨內協調產生，一般人民無權置喙；確切更換班底時日，二〇一一年外界所知的訊息有限，除了依往例，訂在二〇一二年十一月分左右召開的中共十八大會議，將完成黨內領導核心，中央政治局常委的人事部署外，其他，皆為政治敏感資訊。

台灣的總統選舉，中國大陸媒體的用詞，說成是台灣「領導人」的改選日，訂在二〇一二年的一月十四日。

這個總統直選的日子，過去四次，都訂在年初的三月下旬。二〇一二年修改成為一月舉辦，是台灣掌管全國性選舉事務的內政部中央選舉委員會委員們依法開會後議決的；主要是結合任期已到的國會立法院立法委員任期屆滿改選，兩項選舉一併辦理；可以節省四億多台幣公帑經費。

俄、美、中領導班底同年異動

美國總統的任期和台灣相同，一屆四年，連選得連任一次。這個經濟規模和軍事力量及發言權仍屬世界第一的國家，也在二〇一二年十一月冬季改選國家元首；依規定，投票日應該訂在十一月第一個星期一之後的第二個星期二這一天。

明年，是美國現任總統歐巴馬第一屆任滿的日子。根據二〇一一年八月最新民調和政治情勢看，歐巴馬連選連任獲勝的機會不是不高，但危機重重。政府債臺高築，人民失業率始終達到百分之十上下高位，以及美元弱勢，經濟前景悲觀等因素，都威脅著美國歷史上首位非白人總統歐巴馬的第二屆寶座。

民主選舉，在英國前首相邱吉爾的評價中，雖非最佳體制，卻是已知的最好政治治理方式；美國和台灣民選領導人的民主制度，在實際實踐過程中，多次顯示為了爭取選票，政府執政者的作為，傾向短期操作以討好選民，政策經常會在選票考慮下變化，超出外界預期。

另一方面，共產黨一黨專政的中國，縱使沒有選票壓力，仍然面臨著黨內派系權力分配，人事平衡，接班相關者高層明爭暗鬥妥協而產生的不確定性，進而衝擊著中國國內政經情勢，以及中國和相關國家的互動。更值得重視的，是中國北方鄰居俄國也在二〇一二年改選總統，已當過元首的普汀，勢大力強，捲土重來之姿，甚受矚目，中美兩大國早已緊密觀察。

台灣大陸都站在十字路口

台灣歷經一九八〇年代高度經濟發展的繁榮期後，內部近年面臨財政緊縮、物價升高、貧富懸殊、中產階級弱化，與政治勢力對抗加深，政府貪腐，造成社會凝聚力鬆散、社會正義不彰等負面衝擊；外部又有中國大陸超快速經濟成長，意圖以商圍政、同化台灣完成統一使命的壓力。二〇〇八年奪回政權的國民黨當局，原就百廢待興，戰戰兢兢；面對二〇一二年，內有年初總統改選，外有美、中兩大關係國家領導階層易人動盪元素干擾，執政的馬英九政府勢將如履薄冰，艱險重重。

觀察世界情勢趨向，二〇一二的台灣總統改選，不僅是國民黨馬政府的政權保衛戰，選舉結果影響台中、台美、美中雙邊關係不說，還牽動台中美三角關係演變。對比過去幾次總統選戰，這場選舉的重要性和歷史意義之突出可以想見。

何況，鄰近中、台的東北亞大國日本，新政府團隊能否持久執政，隨時面臨脆弱的民心；韓國現政府領導當局，二〇一三年初即將屆滿換人；歐洲的法國、德國和英國，執政者能否繼續被選民接受，也備加考驗。

舉世領導高層人事變化，一波接一波。這些國家內政外交財經政策將如何調整，存在著無法預測，英文稱為「揮發性極高」的危機。

這個年代，卻也是有志者的年代；

這個年代，生逢其時，何其難得；

這個年代，有機會撰寫這本書，是我的幸運。

準備三年，兩岸香港美國日本訪問找資料

準備寫一本這樣的書，早在蔡英文女士獲提名為民進黨總統候選人之前，那是二〇〇八年五月二十日，馬英九就任總統之後沒多久。

他的高得票，和快速墜落的民調；以及蔡英文救星姿態接掌民進黨主席，都讓有著政治觀察癖

的我備感興趣。

之後去台大上金融財務課，和不同行業人士結交為朋友，我一邊敦促自己學海無涯，一邊找友人聊天、搜集資料、寫日記、做筆記條子。日復一日，我的足跡，包括了大陸不少城市、香港、日本及美國。我遇見的朋友，一個個都比我有專業。

自二〇〇九年底到現在，平均一個月十天左右的大陸之行，我看到了，也聽到了不少；回到台灣，吵雜的家園，在紛亂中透露著小而美的強勁；在中國大陸，北國景色的蒼涼堅毅，南方山水的秀緻美好；大城市居民的多金聰明和做生意的雄心壯氣，以及小鄉村裡樸實居民的好客義氣和單純善良，我的人生和觀察力，在空間的拓展下，充實也成長著。

台灣小，迷人；大陸大，誘人

台灣小，迷人；大陸夠大，我必須坦白說，真是誘人。

在北京的朝陽區，天安門王府井附近，大使館林立，一種大國的感受，常讓我駐足良久，為著很多不同的命運沉思。

這個地方，一九八九年五月底，我曾奉派前來採訪新聞。今日，景物皆非，傷痛被追求財富的期待取代；這也是一種選擇。

二〇一二年，也是決定台灣前景，台灣人命運的一年。我以蔡英文和馬英九為主角，寫作的不只是故事，還有命運的十字路口。因此，除了蔡馬，兩岸也極重要。

蔡英文、馬英九、李登輝、陳水扁到宋楚瑜、連戰、蘇貞昌、謝長廷等人士，工作和際遇的關係，我和他們都有過近距離的接觸。我對政治和政治人物的長期注意，幾乎已成了一種嗜好。這個習慣，累積了我寫作這本書的資本。

中國大陸，是我的另一個新聞戰場。在人民大會堂，我曾經向鄧小平提問問題。每當我和大陸朋友聊天爭不過時，就會用這句話，壯大自己的聲勢。

我曾經在邱進益先生協助下，獲得張學良先生首肯，製作張先生的口述歷史電視專輯，題目叫「世紀行過」。我的大陸友人來台，幾乎每一個人都在全台旅遊的行程中，在遊覽車上看到這部紀錄片。這個事實，讓我更珍惜我的專業。

我相信，嚴謹的態度，是我這份專業不移的準則。這本書就是這樣的自我要求下完成的。

書籍的資料搜集與採訪，受到許多朋友的協助；包括我往訪中國大陸請益的學者，官員和企業界人士，以及隨時可以相談甚歡的市井小民；好幾位美國的亞洲問題研究專家，在我八月中旬的華府、紐約和波士頓之行期間，提供了相當精彩的客觀分析。台灣各個不同行業的老友新知們，政黨和政府人士的會談訪問，更是我辛勤投入寫作的精神和實質支柱。在這裡，一併致謝。

當然，還有很多不能公開具名道謝的好友知交及同行，您們的關心、寬容，給了我勇氣與信心完成這本書。謝謝你們，不論在北京、天津、石家莊、延安、南京、青島、威海、上海、長沙、西安、鄭州、濟源、廈門、廣州、深圳和新疆；以及美國、日本、香港、台北、台中、台南、高雄，我永遠記憶著和各位心靈相攜的時刻。

為本書撰寫序言的老友莊淇銘和廖達琪兩位教授，除了感謝，其他一切都是「盡在不言中」的涓涓暖流。

給天使林克孝先生

最後，還有話要寫給林克孝先生。在他不幸遇難辭世前不到一周，我倆和優秀的劉玉珍教授相約，在仁愛路三段圓環台新金控大樓對面的PAUL喝早茶。那天，他談興極高，說到開心處，立即請秘書送來兩本他的新書《找路》給我和玉珍。聽他敘說他書中所寫追找「沙韻」女士足跡的過程，看他雙眼散發熱切的光芒，我誠心感佩。當場自慚的說，比起他找路的雄心壯意，我的新書，可就像迷路了。

他笑笑，一貫的真誠實在。二日後，我前往美國，旅途中獲知他山中喪生的惡耗，百般難解不捨。這本書，也是承諾要送給林先生的。祝福這位大善人，在天國一樣找到做天使的路。

解謎一：真假公主蔡英文

與悲情出身的民進黨女性政治人物不同；

和家族世襲，或靠政黨競逐爭上大位的世界其他女性政治領袖也相異；

她，很像國民黨培養的本土政治人才；

她，參加過海峽兩岸的兩會談判，是少數親身到過中國大陸的台灣高層政治人物。

蔡英文從沒公開強烈支持台灣獨立，「兩國論」三個字，讓她一度登上中共聲稱的民進黨台獨三女將名單。

輕鬆得到的選舉戰功，推升她輕易從黨主席，登上民進黨提名的總統候選人寶座。

學鋼琴，坐私家車

她愛飆車、好美食；自幼家境富裕，用的穿的，都是名牌。

在那個物資貧乏的年代，她大學有日語家教；小時候還被逼著學鋼琴。

住的，是台北市精華地段高價位的華廈高樓，和一般人難以想望的陽明山豪宅。

她聽話，學習精神佳，學習能力強；

朋友說，她的EQ高，有男人的冷靜，女人的細心；
她，英文一把罩，正港台灣女子，台語卻不流利；客家祖先的血統，但不會講客家話。
她學法律，留過洋，獲有博士學位；
她，怎麼看，與馬英九都像雙胞胎兄妹。
他們，都做過大學教授，都是法律人性格。
謹慎的決策模式；不沾鍋的處事風格；自謙也掩飾不了的自負。
兩人唯一不同的是：馬英九從進入政壇到出線選總統，學徒般磨練了大半生；蔡英文只花了十年的時間，就從一位默默無名的資淺大學教授，搖身而為中華民國最大反對黨黨主席。
三年後，不費吹灰功夫，她拿到了台灣政治史上第一位女性總統參選人的門票。

靠兩岸出名，阿扁一手提拔

她是怎麼冒出來的？
台灣政界普遍的印象，蔡英文是李登輝總統時代「兩國論」主張的起草人；傾向獨派的人士，給她冠上了獨派思維理論大師的標誌。事實上，「兩國論」的發想人，既不是蔡英文，也不是李登輝，而是病故前認為遭到李總統不義對待的前國安會秘書長殷宗文。
蔡英文鮮少公開說明她奉李登輝之命參與研究「兩國論」的原委，就這樣模模糊糊，隨著陳水扁總統二〇〇〇年政黨輪替成功，她從李登輝執政期間的所謂民間幕僚團隊中沉默少語，有點大男孩氣質的唯一一位留英女性學者，進入民進黨政府擔任陸委會主委。

之後，她征服阿扁及扁核心的能耐，以及妥協於扁珍腐敗治理的忍耐，很讓過往舊識咋舌；甚至私下表示不屑。

一路順遂，從民進黨不分區立委到行政院副院長。最後，阿扁的貪腐導致民進黨崩盤，二〇〇八年總統選舉慘敗，資歷深厚的民進黨元老一個個退下陣後，蔡英文當上了黨主席。

當時承擔這項不可能任務的原因，據蔡英文公開接受訪問證實，確是因為李遠哲等人士勸進。「我看到他們在掉淚……，」說這話是在電視專訪。蔡英文表示，她眼見蕭美琴和其他幾位黨內年輕黨員們無所適從的哀戚，決定放手一搏。

無私欲，無野心，犧牲打的選擇，最終，還是讓蔡英文嘗到了權力的美味。

二〇一〇年參與新北市市長選舉，帶領民進黨打完五都選戰後，民進黨內敏感的人士，察覺到了蔡主席的雄心壯志：拚下任總統參選人的資格。

黨內初選自相殘殺

那是一場阿扁模式的黨內初選。蔡英文默許輔選同仁黨內自相殘殺的手法，不少民進黨核心人士看在眼裡，心上不免浮起連環問號。

或許，她的彈性，她的學習，甚至天生的政客細胞，真能挽回民進黨失落的政權？

他們等待著這位被百般照顧的富家女主席，演出一場公主復仇記。

對於曾傷懷於不知民進黨能否還有明日的黨工們，這位女救星的出現，有些「完美的不真實」。

我接觸的若干民進黨黨工朋友，在二〇一一年七月底總統參選人提名底定後，仍思慮著敗北的蘇貞昌何時歸隊；好像對蔡主席隻身一人扛大旗，不敢置信；面頰上，紅光遍佈，流露著等待奇蹟的興奮。

「你們真的相信憑著蔡英文就能打勝仗，奪回江山嗎？」我問得直率。

回答，很不掩飾。「至少，現在是有機會的，我們，就朝著獲勝的方向準備。這，就是民進黨人的精神。」

確實，來自富裕蔡家，這位在備受呵護、優渥環境中成長的小公主，從二〇〇八年接任黨主席後，到競逐二〇一二年總統大位，帶給民進黨支持者的，從猶疑、不解、到驚奇歡欣。最後，他們確定了蔡公主才能救黨的共識。

公主的真相與實質內涵和競爭力，在綠營上下一片復仇至上的同讎敵愾下，變成只能私下憂懼，不能公開討論的禁忌。

綠色版本的公主復仇記

於是，她比較像藍營人的出身背景與思維方式；以及台語不輪轉，曾經被支持者轟下台的缺點，現在，都不重要了。

還有，蔡主席的生活模式；比方，高級日治影響的日本貴族式的衣食住行；名牌名車，日本料理，英文講得比母語流利等，與一般普通綠營基層人士完全不一樣的種種，也都暫時「可以忍耐」。

畢竟，眼前唯一的目標，是加持公主的真實性，讓原本不可能實現的美夢成為事實。

問題是，公主是合格的總統嗎？

在民進黨與支持者長期的傳統價值觀裡，選票和民調才是王道。從早年創黨之初到二〇〇八年執政八年後崩盤，民進黨的選民們，以超強的地下傳播，耳語口碑操作方法，主宰著民進黨政治人物的生死浮沉。其中，最主要的判定元素，都是「能不能打敗國民黨的對手」，成者為王，敗者為寇。

陳水扁之能幾番大起大落，民進黨支持者不在意民進黨參政者個人道德、才能、品質和操守的習慣性投票行為，是背後推波助瀾的最大力量。

不問是非，只有敵我；沒有對錯，只論勝負的氛圍下，蔡英文也就理所當然戴上了綠光閃閃的公主桂冠。

這頂公主皇冠上光彩熠耀的璀燦，究竟是貨真價實的高價鑽石，還是隨時可能破成碎片的玻璃珠？

綠營裡，沒人想追究。

皇冠下的蔡公主，是真？是假？

綠營內，沒人敢提問。

從白玫瑰到空心菜

直到提名後不到一個月，「空心菜」三個字，變成了蔡主席的代名詞。情況開始微妙改變。純真的「白玫瑰」，救世主「小龍女」，難道俱已成空，化為美好時代的過眼雲煙？甚至，「輸不起」、「目中無人」、專權獨霸「武則天」等字眼，悄悄從民進黨中央傳出。

蔡英文出道以來保持的完好形象，隨著選舉活動的推進，竟然逐漸脫落。說這話的人，並不全是民進黨不分區立委提名遭排除於安全名單之外的異議同志。曾對蔡英文抱著希望的中生代民進黨人，期盼她可以開拓出一個局面的熱血派，警覺到他們似乎錯估了蔡英文的本質。

二〇一一年八月中旬，雖然總統大選的宋楚瑜效應在媒體和宋陣營的運作下，多多少少衝擊藍營的選情；綠營人士明白，他們所面對的危機與轉機，不在對手人數的變化，而是候選人本身。

「連一個副總統人選都猶疑難產那麼久，她還能做什麼？」

問號後面，是失落。

這，是投入選舉戰役者無法逃避的宿命？

或者，果然，真實面貌的蔡英文還有待逐一檢驗？

我與蔡英文雖僅數面之緣，由於她幾次主動不吝惜伸出善意之手，感覺與她有著默契的情誼。

第一眼印象：她像張愛玲

第一次看到她，深深留著特殊的印象。

後來回憶，原來，她不是像張愛玲筆下的白玫瑰，她就像寫作創造白玫瑰的張愛玲。她如同張愛玲一般，冷漠又機警的神情，深深吸引了我。

神情，似乎不太貼切。她的特殊之處，在沒有表情，卻藏著意味豐富的肢體訊息。這一點，張愛玲迷們，應該更能理解。張愛玲小說裡的主角，通常不以話語和人溝通，她們運用的，是自身製造的氛圍。

張愛玲本人，少話不語，全盤流洩在文字裡的本色，在她與眾不同的穿著和身形移動的韻律裡。

蔡英文個子比傳說中高頭大馬的張愛玲小。那天，是曾任職陸委會的一位民進黨政務官友人邀約的晚餐。我沒遲到，抵達台北市知名的高級日本料理店「新都里」時，她已經坐定了。一派安閒，淡淡的微笑，無欲無求的輕鬆。

身軀微微彎曲著，她好小；我的第一印象是，這女子怎麼會和政治扯上關係？

像要討好你，又像要保持距離；那一晚，她不多言語，安靜的好似不在現場；她任性的，十分堅持著吃食餐點的認真，是很有魅力的。

至少，我對她的好感自那日開始升高。

蔡英文也以積極善意的互動，維繫著她與我媒體工作者和採訪對象的良好關係。中間，我聽說，綠營色彩濃重的她，與被標誌為藍營媒體的大報社高級主管，都刻意用心保持友善溝通。

「她和馮滬祥是老朋友了，你相信嗎？」一位曾和蔡英文共事，早年一同列為李登輝民間請益對象的人士這樣說。

公關高手，方法細膩

我體察到，她無形勝有形的公關手法與建立人脈網路的細膩，以及充分發揮女性弱勢特質，累積政治資產的不動聲色，呂秀蓮的分析很貼切。

呂副總統和蔡英文同性相斥，很多人認為是呂秀蓮嫉妒心重。我的理解，二〇〇四年競選總統連任時，陳水扁一度考慮以蔡英文取代呂秀蓮，被呂秀蓮得知，才是主要原因。之後，呂秀蓮從不掩飾對蔡英文的憎惡，也觀察到了蔡英文在綠營官場道途順利亨通的原因；呂秀蓮所說，蔡英文以女性的嬌羞，達到政治目的，算是一語見的，說穿了外界不明白的蔡氏神祕。

陳水扁擊敗國民黨多年一黨統治局面，奪得政權後，不少民進黨人雞犬升天，羅文嘉和馬永成的羅馬合體知名扁家幕僚，是典型獲益者，廣為各界所知；仔細回顧，麻雀變鳳凰的蔡英文，才是真正的大贏家。

二〇〇〇年三月十八日，陳水扁在藍營分裂，連宋互戈的三足相爭下獲得總統選舉勝利，寫下台灣政治政黨輪替，民主大躍進的關鍵史頁，國際間爭相報導傳播之際，國內滋生的不安危疑感也漸加溫。在準備移交政權時，李登輝告知身邊若干近臣親信及幕僚，要他們留在民進黨接掌的新政府中「幫忙」。蔡英文就這樣踏入了扁家核心。

這些李登輝朝代的人馬，在李先生以副總統身分，依憲法規定接下蔣經國先生辭世後的總統職位後，陸續集結成為一個以反黨國體制為主的政策建言小團體。大多數的人選，來自學界，也有少數媒體人士；比如，藍綠政府時代都曾任公職的黃輝珍。他們大都自許是「為人民服務」派人士，對國民黨萬年高壓統治不以為然，認同本土政權應扎根強化的信念。為了達到有土斯有財，有了政權才有影響力，才能打倒國民黨的目標，在陳水扁競逐總統時，也都紛紛獻策，積極助選。

在他們眼裡，李登輝雖是國民黨主席，是國民黨籍統治者，是黨國獨裁幫兇，但他有可以原諒的理由，因為：不入虎穴焉得虎子。李登輝帶領的國民黨是本土派國民黨，與蔣家專權治理壓迫台灣數十年的統治者，有本質上的差異。

這是一個不能說的祕密。

李登輝為了鞏固他的權力，建立可以全權掌控黨政軍情的絕對地位前，必須和原先他與他的親信幕僚好友們所厭惡的黨國大老周旋。白天，他在總統府裡做國民黨的總統；晚上，他在官邸和這些人士交心暢談，做地下本土政權老大。

葉國興帶進李登輝團隊

於是，有人說，李登輝有兩個：白天的李登輝，和晚上的李登輝。蔡英文和她的知友們，就是晚上的李登輝的人馬。他們，多半也是李登輝那番名言：「輸送奶水給民進黨人的『奶媽』」。

蔡英文加入那個暗中「起義」的團隊，據說是好朋友葉國興牽的線。團隊中多數是男性，年紀也比她小，小兄弟們看她，像小男孩，小姊姊。

蔡教授不支薪、不計酬，偶爾到總統官邸聽李總統高談闊論，或者看其他人怎樣發表主張。「兩國論」是起點。

初時，蔡英文只是以貿易專長的學者身分出任國貿局顧問。一九九八年底，總統府國安會改制，她被聘為國安會不支薪的諮詢委員。

政黨輪替，蔡英文也算前朝同情民進黨的李派官員。在不是第一選擇的因緣際會下，蔡英文接下了陸委會主委職位，自此開啟她平順如飆車般的從政生涯。

不分區立委、行政院副院長；驀然回首，許多人突然發現，這位不太吭聲，沒有意見的「小女孩」，登上了不少政治人物夢寐以求的高位。

她是怎麼做到的？

攀上邱義仁？

「沒原則，攀上邱義仁，加上阿扁有自卑感！如此而已。」這是一位當年晚間李登輝好友群中的一位年輕學者的評論。

這位學者充滿才情，與民進黨執政時期常引爭議的葉國興是知己。他會講日文、讀日文；會說俄語，英文流利；聰明善良，充滿社會主義思潮的浪漫理想，可惜在四十三歲英年因病故世。

他對蔡英文極度不諒解之處，是明知阿扁腐敗墮落，不思切割，還戀棧權位，助紂為虐。年輕學者最不能接受的是「人才正義」評價。在他未明說的訊息中透露著，當時的蔡英文終將面對「空心菜」檢驗的一日。

他和好友選擇與蔡英文漸行漸遠。他們無法繼續眼看蔡英文耍弄著外界難以察知的微妙手腕，在政治社會歷練，素養與警覺心普遍低落，卻又自大狂妄的民進黨男性大沙文圈中滿足權力欲。

他們恨她沒有同進同退，與阿扁劃清界線的清持和勇氣。

我聽著，也思索著。有點飄忽，有點模糊。

蔡英文三個字真的和腦中的一連串問號連結，還是她當上民進黨主席接受電視節目專訪後的事。

這之前，我對阿扁和他的太太的貪婪及黑暗已深有所知，公開支持罷黜陳水扁，也因而得罪了綠營人士。蔡英文還在政府裡，我們在公誼上沒有必要的連繫。

私交？有一陣子，蔡英文很主動。

事後我猜，蔡英文那些精緻細心的操作，恐怕來自於她的得力助手張祥慧女士居多。其中，印象最深刻的，是我為電台節目多次邀約蔡英文主委接受專訪，她都委婉拒絕。次數多了，我還力爭不已。直到有一天，在電台辦公室裡，收到她字跡娟秀、信封和信紙都很柔美女性化的信件。

寫信送花到相見不相識

她解釋了不能受訪的無奈，希望得到我的諒解。

這之前沒多久，曾收到她署名贈送的花束，在我備受批評者攻擊時，帶來了相當溫度的暖流。二〇〇六年底，蔡英文在副閣揆的職位任內，差人送來一束華麗綻開的慰問花籃。我不能不感動。在那個世態炎涼的時刻。

再一次相見，面對面，就是她接受電視專訪，我和另一位同業好友受邀同台提問的場合。情緒上，我還記憶著一年半前她雪中送炭的溫暖。期待著一個不一樣的會面。儘管，百難百殤的民進黨已經尊崇她為救星、主席。

專訪進行得很圓滿，蔡英文甚至應要求做了洋蔥炒蛋，向電視觀眾展現她下廚的手藝。她的笑容，依然淡淡的。

張愛玲的印象卻全都不見了。

她看我，像陌生人漫不經心的相遇。

是她的地位提升了？還是我的功能性消失了？我在心內笑笑。當年那些，果然只是她「工具性公關」的制式操作。

坐在她對面的位子上，我看到的，是政客的影子；是政治改變了當年的她，還是政治替換了當年的她此時在我心中的印記？

或許，朋友經常為她辯護的理由：她害羞？

這個答案很主觀；我只能用明年總統選舉投票日自己的選擇做答。

誰是蔡英文？

真真假假救世主，真真假假小公主。

我的個人經驗，加上搜集的相關資料，密集訪談，以及朋友專家精闢的分析，或許可以提供部分解答。

解謎二：波斯貓長香港腳

馬總統不比馬市長好？

二〇〇八年六月初，才上任總統寶座不到兩周，罵聲隆隆，馬英九長年媒體寵兒的地位就開始動搖了。

有意思的是，那幾日，馬英九消失在公眾眼前。

危機處理的模式之一，有人稱之為「鈍感應」。

「鈍」後即「銳」？

馬英九從政數十年來，用時間換取來的空間與最珍貴的聖杯？

在台灣，表面上，馬英九很透明化；實質上，他卻很保護、封閉他自己。

這樣，卻能成功。

為什麼？

新聞生涯數十年，我採訪過馬英九不少次。記憶最鮮明的，始終是他泛著淚光濕潤的雙眼。

是蔣經國總統故世屆滿周年的日子，一九八九年一月中旬。我在一家發行量最大的日報擔任政治組記者，約訪行政院研考會主委馬英九，以他過往出任蔣經國總統秘書兼愛將的經驗，回憶經國先生。

他講到蔣經國，像一個兒子懷念父親。

這也是我首度一對一，面對面正式專訪馬英九。

那時，他已自媒體密集曝光的正面報導，特別是電視畫面的優勢放送下，引發一般民眾對他日益升溫的超強興趣及好感。

首次見面他一言未發

之前，曾和報社幹部一同與馬先生晚宴餐敘過一次。地點在已經停止營業的一家位於台北市中山北路台北市立美術館現址的餐廳。一九八四年左右，馬英九獲蔣經國提拔出任國民黨史上最年輕的副秘書長，震撼政壇。不過，一般社會上，對他依然十分陌生。當時冒出頭的政治明星，大家熟悉的，是林洋港、李登輝、邱創煥和李煥、連戰、宋楚瑜、錢復、沈君山等人。馬英九年輕就掌大權，顧忌不少，應該是刻意低調避免攻擊戰火。

那日晚餐，由一位報社同仁出面約請馬英九。這位才子，是馬英九建國中學的同學。報社同事及長官對於能夠一睹神祕的馬副秘書長廬山真貌，大多十分興奮。

「據說，他是從不應酬的。」他們說。

「可能是蔣經國不喜歡！」同事解釋。

我是新人，剛跑政治新聞不久，無甚特殊感覺。事後回想，那位面龐豐腴，透著些許嬰兒肥的馬副秘書長，整個晚上沒開口說話，一直在微笑，他也沒怎麼動筷子。

嚇一跳！眼眶濕潤的馬英九

這一回，聽到他的聲音了。

研考會在行政院二樓。一位俊秀型的男性秘書依約領我進入馬主委辦公室後，特別將木製房門拉得更開。

當時年紀輕，尚不明白，這原來是台灣官場較謹慎的若干男士們自保的必要措施：與女性單獨相處，絕不關門。

訪談主題很單純，蔣經國過世前主導解嚴、開放民眾赴大陸探親及黨外組黨政策的心路歷程。

馬英九坐在沙發上，我在對面；一邊聽，一邊抬頭看。近在眼前，他雙頰的皮膚，圓潤光滑、白裡透紅，好似甫成熟的水蜜桃。

「嗯，果真是帥哥。」我心中暗忖。

沒料到，剎時間，他紅了雙眼。

是問到他跟在蔣經國總統身邊做翻譯，又擔任黨國元老級長輩雲集的黨副秘書長，他備受提攜的感想。

當晚，我寫了一篇馬英九含淚談蔣故總統的特稿，報社刊登在翌日日報三版上方重要版位上。

馬迷多，報社派專人追蹤小馬哥

馬英九帥哥的名氣愈來愈響亮了。

日漸掌控黨政軍大權，度過主流非主流政治鬥爭危機的李登輝總統，似乎也愈來愈欣賞馬英九了。修憲、解除動員勘亂時期，成立國統會、陸委會、海基會、制訂國統綱領等，李總統視如愛子的宋楚瑜固然是焦點，人氣指數日益火熱，兼任國民黨籍國大代表的馬英九，也是媒體追逐的對象。

「馬英九的新聞報導特別受讀者歡迎」，像現在計較電視新聞那一位新聞人物的收視率高一樣，報社方面對於線上記者撰寫有關馬英九的報導，總是給予突出處理。我們基層記者也樂於搜集與他相關的軟性題材，爭取稿件上報空間。

有一回，與馬英九曾同期在內閣擔任政務委員的沈君山教授，開玩笑埋怨，他不喜歡公眾場合與馬先生同台，「因為，馬迷太多，其他人的光芒都給小馬哥搶走了」。

馬迷、小馬哥、風頭超級等，自此一路跟著馬英九，直到他二〇〇八年三月二十二日當選中華民國總統。

媒體也不得不幫著馬迷追蹤馬英九。

問題卻也來了。

馬更正超難搞

馬英九後來成了新聞界口中最難搞的「馬更正」；也是新聞機構主管的最怕。

我在報社擔任採訪中心主任時，不只一次接到工整簽名的馬英九先生親筆信函。他的信件內容口吻都很客氣，意志卻極堅定，尤其要求更正報紙新聞報導中與他有關的錯誤時，毫無商量餘地。

字跡娟秀，信件最末，總是「馬英九」三個字。直直的一小行，尤其那個馬字就像一匹揚著前蹄的真馬，像要求，也像命令與威脅。

馬英九也挑記者，程度不夠的，他不願深談；常出錯的，他表面禮貌，其實是近而遠之。媒體圈最盛行的一句政治人物醜化新聞專業工作的名言，「新聞業是製造業、屠宰業」，就是馬英九的創意傑作。

二〇〇七年二月，馬英九因涉嫌貪瀆遭檢察官起訴後，據朋友表示，這位法律至上的政治大明星終於發現，台灣僵化的法律及不嚴謹的濫訴制度，和部分檢察官素質太差，才是真正屠宰，製造小老百姓麻煩與痛苦的來源。

為了得到馬英九這位新秀政壇紅人的新聞，又不致發生誤失，當時的報社主管們苦思熟慮，想了不少方法。最後，我們決定派出一位同樣是台大法律系畢業的線上記者主跑馬英九新聞。

私下，同仁們戲稱這位才情突出的同事，是伺候馬先生的專屬記者。

這位記者果然制伏了馬英九；他不僅減少了馬更正的信函，還保持不被馬英九迷惑，就事論事的專業新聞報導表現。

小馬哥，家父的最愛

之後，台灣政治風起雲湧，國民黨分裂，民進黨氣勢如虹，兩岸關係千變萬化。一九九六年第一次總統民選，李登輝、連戰當選正副元首，民怨卻持續加深。白小燕綁架案後，國民黨兵敗如山倒。

接著政黨輪替，八年低潮，國民黨內外反扁勢力有增無減；二〇〇四年三二〇後的凱道抗爭到二〇〇六年紅衫軍倒扁風潮，震盪混亂的政治氣氛和一波又一波的運動下，終於二次政黨輪替成功。

這期間，大起大落，不少政壇紅人連戰、宋楚瑜、陳水扁、謝長廷及蘇貞昌等，人氣滑落，退到二線，馬英九卻是一馬當先，始終如一的站在媒體聚焦核心火線上。

工作的關係，馬英九成為我，和許許多多我的同業友人們專業上非常重要的一位公事交往公眾人物。

但，我們一向沒有私交；這是媒體人與政治人的不變法則。唯一一次，卻讓我在批評馬英九時，總是受到家人責難。

一九九九年四月，家父病故。喪事從儉，沒有發訃文，也未告知任何友好，更沒有依禮俗請來輓聯花圈佈置葬禮會場。我明暸，從山東來到台灣落地生根的父親，對於國民黨的四分五裂，與大部分背景相似的人士相同，他們都寄予厚望在馬英九身上。

我撥了一通電話給台北市市長辦公室，說明父親的背景，請他們依例贈一輓聯，好讓我八十四歲往生的爸爸天堂路好走。

輓聯來了；馬市長人也來了。

我的兄嫂、妹妹，及妹夫叔伯等人，都認為，我們收受的，是馬市長的一世情。

這一往事，確實造成我的壓力。後來有一段時間，不論肯定或質疑馬英九，我都感受來自內在自我的強烈掙扎，甚至因而在批判他時，格外嚴厲，唯恐留人口實。

我的家人，對我負面評價馬英九的言論，總是不以為然。

圓環的遺憾

馬英九的為人，與政壇競爭者相比，最大特色，是溫吞平和，以正派執著，不出人意表、不奸巧詭詐聞名。二〇〇八年總統大選，他與謝長廷對壘，我以自己對馬、謝兩人長期觀察的理解，很早就預知這是一場兩人人格特質相異的正邪之戰；馬英九即使被特別費案纏身，以及被對手指責台北市施政成績不佳，還是會大幅領先獲勝。

我也主動拜託二〇〇四年支持陳水扁的友人，這一次，要讓正直獲勝。他們大多正面回應，因為，「台灣太久沒有是非公義之分了」。

果然，謝長廷集中火力攻擊馬英九綠卡，馬太太偷報紙的選戰打法，反而模糊了馬英九領導市政能力的檢討；讓二〇〇八年台灣的這場總統選舉，成為一次驅逐民進黨腐敗集團的全民運動。

馬英九台北市長兩任，果真不如一般高期待嗎？

據瞭解，他本人及市府團隊，十分在意他的施政比不上陳水扁有創意，也不若黃大洲有規劃的批評。馬英九經常掛在嘴上的垃圾稅隨袋徵收政策的實踐，是他非常引以為傲的紀錄。反對者卻說，是陳前市長垃圾不落地政策的實施，底定了後來的垃圾稅隨袋徵收計畫得以貫徹的市民習慣。財政困難，是台灣各級政府的困擾。台北市政府雖然擁有較優勢中央財政劃分補助款項的資助，仍年年叫窮。馬英九任內備受爭議的台北銀行併入富邦金控交易案，雖然受到不少嚴格質疑，馬英九依然認定他的財稅官員的財政政策，及時解決台北市政財力困乏之苦，是不可磨滅的佳績。另外，地下管道的接通率高比例提升，更是馬英九回應謝長廷以愛河澄清成績自許時的實例。

馬英九無愧於台北市民的自信，展現在他入主中央，登上總統高位後的內閣閣員選擇上。在馬總統內閣閣員名單中，主掌垃圾袋及財政政策的兩位重要台北市政府官員，環保局局長沈世宏與財政局局長李述德，都隨馬英九易動，升任環保署署長及財政部部長。

顯然，馬英九以人事任命案，強化認同了他台北市長自認滿分的政績。

馬英九台北市市長任內最為人詬病的圓環改建失敗，龍山寺地下街市場荒蕪案相關的前馬市府建管、工務與都市計畫官員，隨同馬總統入主中央的較少，是否反應傳統市場政策不如人意；都市更新案未達理想等，我沒有資料做詮釋，但這些施政敗筆，確實是馬英九市政紀錄的遺憾。

三千寵愛於一身

一九九八年十二月台北市長改選，陳水扁連任失利。他的太太吳淑珍不只一次公開受訪說，他們家Water（指陳水扁）台北市長任內施政滿意度高達百分之七十，卻敗給馬英九，很是不甘心，無法接受。

二〇〇八年三月，總統大選，民進黨的總統候選人謝長廷大輸兩百二十一萬票，已是民進黨人無以復加的恥辱，更令謝長廷及支持者憤慨的，是謝長廷高雄市政成績民調肯定，在總統選舉開票結果中，高雄市選票敗給國民黨的馬英九兩萬餘票。

「不是黃金交叉嗎？」謝長廷的選民十分不滿，「那有政績不好的，還得到那麼高選票？」

他們指的，是一本新自然主義出版社出版的書：《新雙城記——謝長廷與馬英九的黃金交叉》，以二〇〇三年七月，中國時報發佈民調，謝長廷施政滿意度首次超越馬英九的成果，突顯謝長廷擔任高雄市長一屆半，升任行政院長時，高雄市民對謝市長不捨的歡送和期待。

總統大選，高雄市民遺忘了黃金交叉。

高雄市民太無情？政績不重要，形象包裝才可靠？

民進黨人與高雄市現任市長的不平之鳴，換來的，是媒體的冷漠回應，及民進黨人不知反省的批判。

諷刺的是，在謝長廷意氣風發時上市的《新雙城記》一書封面上，寫著這麼一段話：「城市競爭與合作是一場沒有盡頭的賽跑，市民是最熱情無私的裁判」。

「是馬英九命好，是藍營為主的台灣媒體包裝寵愛出來的假相馬英九。」各種不同的合理化說詞，出現在仍然不能接受馬英九以百分之五十八高票當選總統的反馬人士口中。

還有人對命理說質疑。

不是說宋七力加持嗎？

提出這一問題的，不知道是幸災樂禍，還是真心迷惑？

完美的命格

我回想起二〇〇四年連宋配成型後，社會普遍相信連宋配必然能夠擊敗尋求總統連任的陳水扁時，一位命理界中壯代男士的談話。他的名字叫王中平。他沒有預言誰獲勝或者失敗，卻跳越當時新聞界議論的焦點人物連宋及扁呂，提及了馬英九。

他太完美了，他的命格。

王中平大約是這樣說的。他的分析，馬英九的長相好、學歷佳、父慈母愛，姊姊妹妹都安分，太太也賢良，再加上一對優秀的女兒；種種事證顯示，這是一位特別的人物。

是嗎？命格好，註定了馬英九超級勝利的總統大選戰果？

儘管種種小道消息指出，國民黨內輔選人士對於一向主張不迷信的馬英九十分尊重，仍然私下約請高人計算吉時良辰和場所，為馬英九的選情加持心理因素支撐力。

事實上，歷經數次總統大選，命理之說的決斷力，已經愈來愈八卦娛樂化了。二〇〇〇年總統選舉前，全台灣一片連戰天子命之說，甚至李登輝前總統都向我承認，蘇志誠以連戰有總統貴人命為由，強化說服了他鞏固連戰為接班人的想法。那年，被評論奚落為最不具君王相的陳水扁勝出，跌破一堆命理人士眼鏡，也淡化了台灣人民在市井小巷裡討論議決總統人選的習慣。

二〇〇八年三月二十三日，總統大選揭曉翌日，台灣各大重要報紙的分析都顯示，外省籍又不在台灣出生的馬英九擊敗對手，主要原因是馬英九這位候選人產品強勢，易於行銷；民進黨貪瀆腐敗失卻民心；以及最重要的，本土化深根台灣認同，馬英九的中南部下鄉長住Long Stay計畫，感動了多數選民為主的本省籍民眾。這些人以選票唾棄民進黨所說，外省人不可靠，外省人是中國人的政治宣傳，接納馬英九為台灣人，用民主方式，選他出任台灣人的中華民國總統。

被告貪汙與下鄉長住：馬英九變了？

「這一切證明有志者事竟成」。一位參與馬蕭陣營選戰的重要人士，在大選後與朋友私下聊天，感嘆政治人物的際遇變化時，這樣評論馬英九的總統路。

「如果連宋在二〇〇四年也進行Long Stay，很可能一定當選，即使是三一九槍擊案的兩顆子彈也無法阻擋。」另一位主張馬英九走本土化路線打選戰的年輕人認為，連宋選舉時的台灣認同，直到最後投票日倒數計時前才趴在地上親吻台灣的土地，太功利，太薄弱，終於未能獲勝。

也有政治評論者認為，特別費案因禍得福；馬英九被檢察官侯寬仁起訴，並指責他有意侵吞公款，視之為一生中奇恥大辱，以悲憤之情打官司的同時，也轟然震動心頭的發現，國家與政府，「原來是會傷害構陷平民老百姓的」。

這位政治評論者曾經公開在電視直播的政論談話節目中，表達他的觀察。

馬英九本人並未說過類似談話；從他控告檢察官的行動中，卻可以看見他內心深處普通平民的哀怨。

只不過，當選總統，萬人之上，馬英九的責任，除了維護人民利益，官僚體制的健全化，和司法體系的公平獨立性提升，也極重要。提告起訴他的侯寬仁，是他的堅持；侯檢察官沒遭起訴，則是馬英九的人生教材。

馬英九控告檢察官濫權，不少受過司法委屈的民眾深表贊成的同時，也質疑像馬英九這種高高在上的權貴人士，真要透過個人親身受害，才能視民如傷嗎？

我也是受到一位女性檢察官以斷章取義方式，將我以誹謗罪起訴的不平等待遇之後，方能體會一般市井小民的苦痛，很難評斷馬英九未能洞燭在先，直到自己成為受害者才大聲喊冤的背後，是否真有權力者不能與民同甘苦的遲緩？

台灣人很幸福？北京學者也迷馬英九！

馬英九經由下鄉長住，與基層民眾，特別是本省籍人士居多，台灣意識良性堅定的人民，建立起打破省籍制式藩籬的努力，是重要的歷史一步，更是消除正在僵化、惡化台灣社會的省籍分離現象的開始。

同為外省第二代，我能夠體會他從傳統生長背景的思維框框中跳出，設法認真思索感受，並以同理心理解若干本省籍民眾對外省人士，尤其是外省籍權貴人士的壓抑，和心內長時間仍無法化解的成見。

這是感覺的問題。

畢竟，在台灣，類似納粹主義那種種族優越至上到最後滅絕非我族類的想法，絕非主流。大部分的台灣民眾祖先來自中國大陸，文化源流上，緊緊相依。政治上，台灣民主奇蹟的珍貴，世人皆知，即使是反台獨甚烈的中國知識界人士，也認同羨豔台灣政治跳躍進展的幸福。

記得是二〇〇四年，連宋剛落選，藍營支持者極度失望沮喪的氣氛，彌漫全台。他們擔心，民進黨拿到了長期執政的入場券，國民黨已無希望奪回政權。一日，我與一位馬英九身邊現在所謂馬核心的人士晤談，提及情勢不利，外省籍的馬英九就算民氣高，爭逐總統大位，在主體意識已是社會主流思潮的台灣，要突破成功，確實不易。

如何找到中間位子？如何掌握選民好惡最大公約數？

當時，我們都沒料到陳水扁政府會不堪檢驗到最後如過街老鼠。

政治的台灣、文化的中華

「是啊，外省人在台灣選總統，是很困難。」

這位人士低首輕語，思索了數分鐘，抬頭，他說：「政治的台灣，文化的中華。」現場還有兩位朋友。一位媒體工作者，另一人，後來成為馬團隊重要成員。這位本土意識極強的年輕人，曾是國民黨的反舊勢力大將。因為，「他們不願意瞭解台灣人的心聲，他們不能認同改革」，他說。

政治的台灣，文化的中華，在二〇〇八年三二二投票前夕，兌變而成「不統、不獨、不武」。換句話說，文化歷史上，不去中國化；政治主權上，不向共產黨傾斜；民生經濟上，兩岸合作雙方得利。

台灣的統派與獨派都鬆了一口氣。

北京的知識階層，私下也不掩飾他們對馬英九的期待。二〇〇八年四月下旬，不少台灣學者應中國大陸研究台灣事務的學界人士之邀赴北京，解答他們對台灣總統大選最新發展的疑慮。

「不是馬英九的政治立場，而是他這個人，這個人比較可靠。」中國大陸學者說。沒說出口的，是馬英九的文化連結。

政治，千變萬化。這些年來，中國大陸內部都在微妙等待經濟繁榮之後，政治形式的品質轉變；國際觀並不狹窄的大陸台灣事務研究專家，顯然理解台灣已非昔日台灣，在可見的歷史洪流裡，台灣豈不是中國大陸社會現代化，體制鬆綁化的觸媒劑？

陳水扁失敗了。

如今，寄望馬英九？

三二二第二天，中國大陸的網站上，出現了，「同為中國人，台灣人是幸福的」評語。

政治的台灣，文化的中華？

李光耀當年如何突破困局的？

馬英九選前選後，再三提及新加坡，不僅因為清廉，新加坡的政治發展經驗，或許馬英九早已看在眼裡？

蔣經國與李光耀是世交；馬英九是蔣經國的信徒。在馬英九政治實務及理念的形塑過程中，李光耀因素值得分析。

助選成功，馬核心說真心話：我們很忐忑不安！

馬英九大於國民黨？

八年前，陳水扁也大於民進黨。八年後的二〇〇八年，陳水扁毀了民進黨。

很多選民對國民黨為主的立法院不具信心，對改革緩慢的國民黨早已死心。他們將總統選票投給馬英九，多半是對他的人格特質有信心，對國民黨技術官僚過去經營台灣經濟的成果抱以厚望。期待很單純，完全只是基本的冀求。

「馬英九會像陳水扁一樣，讓人們從失望，到絕望，末了，唾棄嗎？」曾經參與助選重要擔子的馬蕭選舉團隊成員，在三二二之後十天的一次聚會中，眾目睽睽之下，被問到這個問題。

當時，我在場。

他靜默了數秒鐘；神情嚴肅。

我屏住氣息。

其他人，也都降低了呼吸聲。

「我們內心也是非常忐忑不安的。」

權力顛峰很危險：不能寵壞馬英九！

權力使人腐化。

權力顛峰是最靠不住的陷阱。

我們都嘆了一口氣。至少，在這勝利團隊裡的人，有著人性脆弱的自知之明。

「出問題，我們就找你算帳囉？」是我說話的口氣。

一陣大笑聲。

陳水扁總統與他的太太、家人親信的作為，造就了台灣社會對政治高權位擁有者的不信賴。

「這是好事。」經常提醒民眾莫要寵壞馬英九的社運人士鄭村棋，隨時都在他主持的廣播節目中，強調監督政治權力行使者的無情，是人民自保的唯一武器。

鄭村棋曾任《中國時報》記者，帶動新聞機構基層工作者以組織工會力量和資方抗衡的風潮，後來離開報社主導社運。馬英九初試啼聲出任台北市民選市長的一九九八年底，聘用他出任勞工局長職務。四年後，鄭村棋離去，未在馬英九第二任台北市長的小內閣中任職。二〇〇八總統大選前，鄭村棋批判民進黨政府之聲強烈，還曾因指責游錫堃如同阿扁走狗，被游錫堃控告誹謗。他對馬英九及馬團隊也從不假以辭色。雖然，兩相對照之下，馬英九的為人品行及正派作風，在鄭村棋口中，比陳水扁較佳。

但是，「不要寵壞了馬英九」！

鄭村棋主持廣播節目的頻道，一般認知是藍營聽眾為主，他最常說的，就是這句話。

制衡監督國民黨，馬英九的保險匣？

「政治領導人不能被寵愛。」

「國民黨必須被監督。」

忐忑不安？對馬英九，還是對國民黨？對國民黨籍的立法委員？

「其實，馬英九政府最大的支撐力量，來自媒體、民眾與社會第三勢力的強力監督。」一位出自綠營，參與倒扁紅衫軍活動的人士，對民進黨制衡國民黨的角色和能耐，已不具信心。他分析，一黨獨大，才是馬英九做總統的最大苦痛；國民黨籍立委失控將是馬英九最大的災難。

因此，穿透、監督與批評執政當局，很可能成為馬英九施政實踐過程上的必要保險匣。

這也是馬英九選後大勝沒多久，立刻向國民黨中央喊話，要「黨政分離」的原因嗎？

馬英九利用國民黨為競選工具，又厭惡國民黨不輪轉、形象不佳的黨機器，他的國民黨同志，以不買單的集體不合作方式，展開了與馬英九之間的冷戰。

情勢急轉直下，馬英九總統兩百二十萬票狂勝的氣勢，就職三個月後淪為泡影；支持度大跌，危機處理失當，八八風災，內閣改組，一連串的補救措施，都無法消除馬英九被烙印在身的「無能」、「懦弱」負面評價。

二〇一二年一月，馬英九要面臨選民的總成績評分了。他連任選戰能夠成功嗎？在反對黨口中，他一無是處；同為藍營的親民黨主席宋楚瑜和旗下人馬，更是落井下石，極為苛刻的否定馬英九擔任總統的政績，批評他是「禍國殃民，黑金政治」。

宋楚瑜本人，甚至在操作參加二〇一二總統選戰的激情中，公然批評馬英九總統「是波斯貓」。

根據新聞報導，宋楚瑜是二〇一一年八月二十二日前去雲林拜會前縣長張榮味時，批判執政團隊空轉三年多毫無表現，並暗諷馬政府說，波斯貓只是抱在手上好看，卻不會捉老鼠，沒有貢獻，台灣很危險；「會做事的人閑閑無事可做，不會做事的人卻占著位置」。

話說的難聽又不堪。馬英九陣營不回一語，繼續南部走透透的競選行程。

沉默的力量嗎？

一直以來，這是馬英九面對從政生涯重大政治性人事鬥爭的一貫態度。就這樣，他超越連戰，戰勝王金平，壓制宋楚瑜，擺脫李登輝，挾著高人氣，高選票，闖出一片天。

這一切，不會是一個中看不中用的人的能耐所能做到的。

馬英九真的這麼差嗎？

馬團隊執政真的不及格嗎？

寫作這本書，我設法找出解答的方向，答案在二〇一二年一月十四日揭曉。

P.S.：

波斯貓長香港腳，是我敬愛的余光中教授的金言。

那夜我和好友們在高雄一家日本料理店集合，一同歡喜和余教授夫婦共進晚餐。這回相見，距離我在電台主持節目時南下西子灣專訪他，已至少六、七年。第一次拜會余教授和師母，是他們在香港中文大學時的事。

那時，我剛大學畢業一年多，是中廣公司的菜鳥小記者。我和大學死黨兩位室友小鬼及阿佘約著同行到香港看望另一位好友允儀。為親炙大師風采，竟然不自量力，沒人引見介紹，就登至半山上的中文大學請見大師。

那天，在余教授雅致的宿舍拜會停留了好一陣子。

余教授有教無類，待人春風化雨的和藹溫讓，至今依舊。師母素來以氣質絕佳聞名，如今上了年紀，還是女人味十足，散發知性美。

開飯前，席間談起總統選舉，談到宋楚瑜；我吧，好像是有職業提問病的我提出的。宋楚瑜先生暗指馬總統是好看不管用的波斯貓，大詩人怎麼看？

「嗯，」一貫的淡定，余教授思索了短短不到三十秒鐘，「波斯貓長香港腳。」

大家都笑了。余教授僅是微笑。

「波斯貓有什麼不好，多漂亮啊！」師母說話悅耳清脆，忍不住還做了個小小的鬼臉。

一切盡在不言中。

波斯貓長香港腳。余教授深奧的詩境，我借來當標題用；希望台灣的政治，多一些智者的修養，和少言勝多言的幽默。

〈第一章〉

這位嬌嬌富家女是怎麼冒出來的？

一、一支口紅與一朵白玫瑰

「白玫瑰」的稱號，很長一段時間，是蔡英文投入政治工作，可以隻身避免媒體惡評的資產。尤其是二〇〇〇年陳水扁執政，出人意表的任用了宗才怡擔任經濟部長，鬧出不少令民進黨人難堪的笑話，不得不辭職後，被比喻為「紅玫瑰與白玫瑰」的兩位女性政務官，陸委會主委蔡英文及前經濟部長宗才怡的功力高下，立見分曉。

天真簡單，自稱她從政是「誤入叢林的小白兔」的宗才怡，對照了直率清純的「白玫瑰」的智慧，及適應政壇的成熟，多少也幫助提升了大眾對蔡英文的好感，民調支持度因而始終佔據高盤。

國民黨政權崩潰，立法院的立委一蹶不振，士氣低迷，毫無挑戰壓制民進黨新政府的能力和雄心，也開闢了蔡英文如魚得水的悠遊政治空間。

通常對政府官員如食人鯨一樣的立法委員，面對陸委會蔡主委時，忌憚她的高人氣，免不了有所收斂。

蔡英文條理分明的答詢，機智的反應，不慍不火的姿態，甚至一成不變的裝扮，加上博士學位的加持，都是壓制立委的正數；媒體喜歡她，民間對她好奇，民進黨的政治人物，欣羨者居多，沒有人把她當成眼前的石頭。大炮級的前立委沈富雄先生，當時還是民進黨籍立委，他就以十分欣賞的語氣向媒體表示，看蔡主委在立院答詢，是一種享受。

口才便給，知名度極高的非政治圈公眾人物，在辯論兩岸政策爭議時，也避免和明星級主委蔡英文正面對壘，否則可能受到傷害。

「白玫瑰」：遙控指令完美演出

從傳播學的角度看，一個公眾人物，自默默無聞到一夜之間受到媒體大眾注目，他或她們初露頭角那一刻，給予公眾第一印象的好壞深淺，將立即定位這位公眾人物的長期形象。

蔡英文一九九八出現在公眾眼前擔任辜汪二次會談發言人時，剛過三十二歲生日，外形年輕秀氣，初試啼聲即表現得體，很快受到注意；並被封為好像真人版張愛玲小說裡的那位天真純潔的「白玫瑰」，為她之後的公眾形象，底定了超級良好的基礎。

這是她的幸運，也是過去家教學識和專業及個人條件累積而成的收穫。

接著，家境富裕，學歷極高，大學教授，目前單身等，陸續關於蔡英文的說法，不但沒有減少她的神祕感，反而加深了各界探查她種種的興趣。無黨籍的她做官，內有民進黨人保護，外又沒有強大的反對黨監督環伺，一波又一波的正面報導，聚集了蔡英文雄厚的從政資本。

「白玫瑰」如何做到的？蔡英文果真清正純真如天使嗎？

李總統「私房幕僚團」主導大陸政策

一九九〇年代，政府大陸政策的策略擬定，均由民選高票當選的李登輝總統主導，直屬推動單位在國安會九八年法制化前，名義上是行政院領導陸委會與白手套海基會執行；實際上，是李總統從個人管道延攬而來的民間幕僚團操盤，他們分別以國統會委員，陸委會諮詢委員等名義，受總統直接指揮，幕後主導與兩岸有關的政策推動，或祕密任務。

這個幕僚團核心成員不變，外圍人士隨需要調整；後期國安會與國安局扮演吃重角色。成員中不少人，我曾經有頻繁接觸。這個體制外的幕僚團，姑且稱之為李登輝的「私房幕僚團」。

海基會和海協會的領導人辜振甫、汪道涵兩位先生，一九九三年新加坡會談，開啟兩岸封閉近半世紀的交往大門，舉世關注。時隔五年後，地點換到大陸上海的二度辜汪會談，何等大事；幕後部署指揮仍是李總統信任的大陸政策執行親信私房幕僚團為主。

這一批受過良好訓練，背景不同的人士，當時身分保密，外界不得而知，政府陸委會、國統會、海基會等對大陸事務體制內官員，包括擔任過陸委會副主委的馬英九，大都不知道他們被李總統以幕僚團架空的真相。

二〇〇〇年以後至今，若干新聞報導和書籍的寫作，透露了這些人士包括：殷宗文、張榮豐、曾永權、丁渝洲、林碧炤、葉國興、張錫模等人。其中，一九九六年台海發生飛彈危機，張榮豐負責召集研究小組制定應變計畫，就是李總統公開形容的「十八套劇本」。

辜振甫先生率團到對岸二次與汪道涵會談，相關討論內容，進行方式流程等，事前就擬妥預演過好幾次。

小兄弟的小姐妹

可是，事關重大，再怎麼樣周到的準備，仍然存在隨時發生的不可知意外。總統親信們不方便同行，又如何掌控會談的進行、變化和危機管控呢？

蔡英文很早就加入了總統私房幕僚團，和成員十分熟識；與李總統也交談討論國是不只一次。她一九八四年自英國學成返台後，因時勢所需，就被網羅成為經濟部國貿局重返ＧＡＴＴ的法律談判顧問，有專業，也有實務經驗。幕僚團思索再三後，建議李總統，派出蔡英文在會談期間，扮演與幕僚團核心主導高層溝通、傳達高層指示的我方代表團發言人角色。蔡英文和男性為主的幕僚團成員相處融洽，與她大家庭子女眾多有關，很快打成一片，也是大家的小英。

蔡英文參與辜汪二次會談的身分，是學者兼陸委會諮詢委員。同團還另外安排了兩位學者隨行，分別是陳水扁時期的行政院副院長吳榮義，與現任國安會外圍學術組織遠景基金會副董事長包宗和。

發言人任務，對思路敏捷，談判實務深厚，訓練不少的蔡英文，不算過於困難的使命。只不過，會談方向的掌握，我方代表團利弊得失的發言分寸，還是有著爆炸性的疑慮。蔡英文生性害差，公眾場合講話本就沒有把握，尤其人在大陸，更增加了複雜度。

意外的任務：擦口紅

會談最高指揮者，設計了使用保密電話，透過台北電視實況轉播的觀看，即時搖控指導蔡英文發言內容和表現的祕密管道，掌握會談發言人的一舉一動、一言一行。

嚴格來說，備受好評的蔡英文，因為此役，一舉得到媒體大眾所封「白玫瑰」稱號，是一場照本操練的演出成果。

台北當局的指點，鉅細靡遺，連蔡英文上鏡頭的模樣，也很注意。「請擦口紅」，這話，在神經緊繃的蔡英文耳裡，頗為意外，不過，她也照指令行事。

平常不化妝的蔡英文在上海主持的公開記者會，從上海傳來的電視畫面上，她的外表顯得憔悴。為了加深電視觀眾對這位台灣代表團女性發言人的好感，台北的小小指揮所，臨時給了蔡英文這樣的指示。

蔡英文的個性強，自尊心高，她從未公開談論那回上海臨時奉命擦口紅的經驗，是不是依劇本操作，更別提她之後愛不愛擦口紅了。

「白玫瑰」一詞，本身充滿了想像空間，和高傲優雅的神祕感，是蔡英文崛起於政壇的最大資產。那時因緣際會得到這個外號的蔡英文，事後回想，還真如間諜小說或電影裡所描述的，身上密藏著遙控設備，在大庭廣眾前，擔當過有如女情報員的角色。

令人惋惜的是，這些無意間造就了蔡英文政壇新秀的老友，最後都因為瞧不起陳水扁倒行逆施紛紛走避政壇。蔡英文不肯嚮應他們與阿扁分手的決心，留在政府裡做官，道不同不相為謀，恩人終於變陌路。

那次上海行，蔡英文還隨團去了北京，遊玩香山。團長辜振甫先生與當時的中共領導人江澤民在釣魚台國賓館會面。八個多月後，李總統宣告「兩國論」，兩岸關係觸礁。

二、神祕、精明又多情的蔡家富爸爸

學法律，馬英九和蔡英文都不是第一志願。

馬英九讀明星高中台北建國中學時，據同學透露，起初準備的大學投考科系，是甲組，也就是建中人大都追求的理工科。後來改為法學院為目標的丁組；原因，跟興趣應該有關。這也充分顯示，好學生的馬英九訂定人生目標時，曾經不可免俗地，盲目擠進才子群聚的甲組，幸好及時覺悟，否則不知能不能夠選上總統不說，以他的不沾鍋性格，恐怕即使考上了台大電機系，成為曹興誠、林百里這種科技富豪、成功企業家的可能性極低。

妻妾共五房，蔡爸爸行事低調

蔡英文大學選擇法律主修，赴美國康乃爾大學讀碩士，再前往英國倫敦政經學院深造，以當時冷門的「反傾銷」做為博士論文主題。她公眾印象深厚的「理性冷靜」人格特質，現在看來，似乎天生法律人。荳蔻年華少女時代的蔡英文，年紀輕輕就瞭解自己的願望和實踐之路嗎？

依照蔡英文本人的說法，她唸中山女高準備投考大學時，也和大部分同齡的同學們一樣，難以確立未來方向。「讀法律，是爸爸說的，我聽爸爸的話。」

聽爸爸的話，蔡英文才有參與「兩國論」的機會，才從民進黨崩敗的危機中，找到自己政治生涯的熾熱鮮紅大太陽。

生前友人對蔡爸爸蔡潔生的記憶，是精明、節儉，具有天賦的成功生意人。但是，政治？從來沒在蔡老先生身上，感受到任何熱心和關注。

蔡家的財富靠著蔡潔生一路累積，蔡家的妻子兒女人數，也日益增加。友人們對他處處留情的女人緣，都有深刻回憶。不過，擅長和外國人打交道的蔡潔生，為人雖平易可親，對隱私十分保護，甚至非常神祕，輕易不讓旁人知曉他的私事。傳言中的好幾位太太，究竟有幾位，友人也不很清楚，只知道他的子女人數甚多。

「尊重他的神祕感，還是別談他的事吧！」了解蔡家內情的人士透露，妻妾如雲的蔡潔生共有一位元配，四位側室，其中的四房早年即離異。

蔡英文的生母張金鳳是最小的第五房；她的手腕高明，對蔡潔生貼心服侍，生活起居照顧得無微不至，搏得蔡爸爸喜愛，晚年時期均與張金鳳這最小的一房住在一起直到臨終。

送米修飛機到修車，蔡父變大地主

蔡潔生先生早年是送米小弟，但勤奮打拚，吃苦耐勞，有錢賺就工作，一路向上，日治時代就在航空站擔任技師修飛機，擁有收入不低的專長。早期曾有報導指稱，蔡英文六歲，大約一九六〇年代初，跟著從家鄉屏東北上打拚的爸爸遷來台北。最新的說法，來自蔡英文競選網站，指明她出生於台北市；小英的故事動畫篇，同樣證實蔡英文呱呱落地的地點，就是台北市，自幼住家位於現在台北市中山北路晶華飯店所在地。

依照這項資訊判斷，蔡爸爸北上的時間，大約是一九五〇年左右；在台北，他改行修汽車，在中山北路住家附近，開設了一家「朝陽汽車修理廠」。

那個年代，同業競爭者少，生意忙的不得了。蔡家的客戶多以美軍為主。蔡爸爸經常閱讀進口專業性報導汽車及飛機的雜誌。這在當時台灣人家中，也很少見。

民國四十至五十年，台灣經濟落後，沒有購買進口車輛的外匯；本國更無製造汽車的工業。蔡爸爸汽車修理廠多半為在台老外，和眾多的駐台美軍修理汽車，與當時的美軍顧問團，關係甚佳。

來往多了之後，了解蔡家事業發展的人士指出，蔡潔生發現了一個超級的商機。他以低價批購美軍報廢的汽車，加以修理整補美容後，再加碼出售，利潤很高。

賺了好幾筆錢，累積了資本後，蔡潔生朝向房地產界發展；他購買大台北地區的土地興建大樓，再分層售出，獲利豐厚，快速躋身富豪行列。

點地成金，蓋大樓超賺錢

友人說，做房地產，蔡家爸爸具有敏銳的天分，加上他圓潤的人際關係，跟當權者和美軍顧問團結下政商合作基礎，因而獲得一定會成為繁華金雞母的土地，早早掌握商機。

除了住家是精華地段外，蔡潔生準確選中絕佳地點的能耐，同業津津樂道。台北市忠孝東路頂好商圈的漢宮大廈，最早的建造者，就是蔡爸爸。

台北市中山北路接近圓山飯店，中山北路和民族東路口的知名海霸王餐廳大樓所在地，六十年代的起造人，也是蔡潔生。蔡爸爸買下那塊地，興建了樂馬大飯店和喜相逢飯店，專門接待在台美軍和來台外國人士。這裡，後來由海霸王負責人收購了部分樓層的產權；直至目前，這棟大樓的若干樓層所有權仍屬於蔡家，租賃給海霸王營業使用。蔡英文有一次在海霸王出席餐會，還曾主動對賓客說，那棟大樓是她家的房產。

蔡潔生的威名遠播。他看準了土地，及時蓋好大樓；沒多久就變成黃金地段，出手大賺好幾倍的眼光和氣魄，羨煞了同行和友人。

建立了數十億元的事業王國，擁有傲人財富後，和老一代的台灣男士一樣，前後一共娶了四位側室，蔡英文的母親張金鳳是最小的、第五房。

爸爸多情，蔡母五房一生未獲名分

蔡英文公開不肯談論她十分複雜的家庭。二〇〇八年她當選民進黨主席後，民視新聞台認真製作了一集報導蔡英文的專題節目。

民視以「謎樣蔡英文」為題目，在台灣演義專輯中播出；主持人胡婉玲開場白即強調，這個報導製作困難，有很多協商。暗示著，為了尊重蔡英文，謎樣蔡英文中，有一些事情仍未加以追蹤。

我仔細觀看了節目。從頭到尾，蔡英文講了不少父母與她互動，寵愛她的小故事；她與主持人卻絕口未提父親有五位妻子的家務事。

旁白介紹中，「謎樣的蔡英文」指出，蔡英文家中有四個小孩，她是老么，上有一位姊姊蔡英玲，兩位哥哥蔡瀛南、蔡瀛陽。

比對由親民進黨人士為蔡英文編輯撰寫的維基百科個人資料，上面寫的蔡爸爸、蔡媽媽，是蔡潔生、張金鳳兩位，但是兄弟姊妹，「九人」，不過，親近友人透露蔡家一共十一位子女，一位如今已經過世。另外七位同父異母的兄姊，其中一位姊姊張鳳嬌，在蔡英文美國選舉行程中，曾露面替小么妹加油。她面對鏡頭的長相成熟大方，面貌秀氣，還開玩笑吐槽蔡英文年紀最小，在家裡講話，「沒有人聽」。

蔡英文很介意母親一生的委屈，曾婉轉表示，她對母親沒有得到「名分」，感到憐惜。接受一家週刊訪問時，她大加讚揚母親的才智與能力。她說最崇拜的人是媽媽，甚至形容媽媽是領導型人才。實際上，不止一位接近蔡家的人說，蔡潔生與張金鳳是在地下酒店結識的，這在當時的社會十分平常。對父親，蔡英文再三強調的，是財富上對她自小富家女生活的幫助。她用「爸爸獎學金」形容一生求學，不愁學費來源的幸福。她讀法律，是爸爸為了家中有人學法可確保家中鉅產，「拜託」女兒成全的。

蔡爸爸勤儉成性，是一位錙銖必較的精明生意人；他男性氣慨，做人有義氣，交友多，很有異性緣的外表，和雄厚的財力，友人說，就是處處留情的條件。蔡英文也不否認父親是個「多情」的人。

蔡英文自小被逼學鋼琴

蔡英文的母親雖是五房，她所生孩子享受的父愛並不缺角。蔡潔生在妻子和側室女友中，據他的友人觀察，最鍾愛的，仍是蔡英文的母親張金鳳。「多半時間，蔡潔生起居生活在一起的，是蔡英文的媽媽和他們的兒女。」

老么蔡英文因而特別受到寵愛。她兒時起的物質生活不虞匱乏；自小過著家有餘裕學習鋼琴、坐私家車、吃喝穿都講究的富家女日子。

學鋼琴，對蔡英文來講是「噩夢」一場。她說，小時候，父母認為，家中孩子女兒要學鋼琴、兒子學小提琴，增加人文素養。事實上，在家境較優的台灣人家庭傳統上，一個有成就的孩子，學醫、學法之外，還要有音樂訓練，男的小提琴為佳；女孩學鋼琴最有氣質。陳水扁夫人吳淑珍挑女婿要做醫生；媳婦學鋼琴，即是這一觀念的影響。

這也是為什麼在台南、高雄與雲嘉南等，本省籍居民聚集地帶，學琴風氣十分普遍的原因。

蔡英文不喜歡上鋼琴課。她每次到隔鄰廖德政先生夫人那裡學鋼琴，最惦記的，是下了課快快奔回家看卡通。現在回想，她說，「沒學好鋼琴有點慚愧。」

蔡英文乖巧，性格穩定，學校成績卻不如兄姊，很讓父母擔心。她對電視訪問鏡頭說，她總是這樣，「做什麼事，一開始都是不太好」，慢慢才有起色。

父母視之為珍寶，同父同母的姊姊蔡英玲更是照顧的無微不至。直到成年做了政務官後，蔡英文還經常跟朋友同僚提及姊姊關愛她，周到貼心的種種。

蔡英文是四年級生。在那個時代，台北長大的孩子，家境若在一般水準之上，父母多半替兒女選擇就讀高品質的私立小學、中學。一方面認為可以保證教學嚴謹；另一方面，更重要的，是自小建立同樣背景的同學人脈關係網絡，成年後相互扶持壯大。通常，外省籍和本省籍家庭看中的學校，還有明顯區分。比如，馬總統夫人周美青及女兒就讀再興中小學；連戰一家子女都念住家旁的復興中小學，兩所都是外省小孩比例較高的私立學校。

台北市的延平高中，升學率高，治學要求嚴格，位於師大附中附近，一直是學生素質篩選嚴苛的私立中學。延平的創辦人曾在二二八事件中受難，學校教師教學價值觀及校風，傾向反對國民黨獨裁統治，強調本土台灣人當家。學生家長大都是本省菁英人士。

國中第一屆學生

蔡家父母並沒像其他社經地位較高的家庭那般送小女兒去讀私立學校。蔡英文小學唸的是台北市公立長安國小和吉林國小。蔡英文競選網站「真實・蔡英文」專輯中特別指出，讓蔡英文在真實的小社會中成長，「是白手起家的蔡爸爸的深刻智慧」。蔡英文說，父親要求她自小學中學都讀公立學校，是「相信只有讓孩子在公立學校中平凡長大，他才有機會看到這個社會真實的模樣，培養真正的同理心」。

小學成績尚可，初中聯考卻是挑戰。幸運的小女孩國小畢業那年，正逢政府教育政策改變，六年國民義務教育延長為九年。

蔡英文碰上國中首度開辦，躲過了熬人的初中入學考試，成為北安國中首屆畢業生。

個子小巧，少話少語，皮膚白晰的國中女生蔡英文，永遠的嬌滴滴，不乏親情之愛的形象，散發給同學老師的，總是知足與快樂。她不太提家裡的情況，不常與同班同學頻繁交往，是個性，也或許是因為母親五房小老婆的家庭特殊狀況，使她不願與同齡同學過度親近，不想讓外人窺知私密。

高中入學考試，蔡英文考上中山女高，沒能考上母親希望中的北一女。她說，「差了兩分」。蔡媽媽為了加強女兒考試的鬥志，高中聯考日前夕，還帶著蔡英文到總統府旁的北一女中，眼見穿著制服的小綠綠，媽媽對她說，「你要讀這間學校」。

北一女沒上成，蔡英文考上第一志願台灣大學法律系，圓了母親的美夢，父親的心願。

大學畢業後，「來來來來台大，去去去去美國」的深造風潮下，家境優渥的蔡英文，沒有後顧家計之虞，立即前往美國康乃爾大學，攻讀法學碩士；之後，又順利再轉到英國倫敦政經學院，四年後得到法學博士學位後返台。

據稱：爸爸出資開設律師事務所

這時的她，一路由爸爸資助，已年近三十歲，從沒上過班賺過錢，也依然是蔡爸爸愛到心坎的小女兒。

早年與蔡家結識的人士指出，蔡爸爸愛女兒，眼看女兒學成歸國，三個學位都是法律，為發揮愛女所學，他為蔡英文出資近千萬元開了一家律師事務所。只可惜蔡家么女沒有傳承到父親超級生意人的腦袋，不懂經營事業的要訣，最後這家事務所以收掉辦公室結束業務。這段往事，蔡英文本人沒提過，沒有證實，只能做為參考。

讀了大半生書的蔡英文，初入社會，平日話雖少，一旦開講，邏輯思維異常清晰，條理分明。律師事務所同事，和工作上結交的同行，注意到了這位大女孩一般的蔡小姐，侃侃而談的本事。她和那時結識的知己手帕交，至今仍是假日聚餐旅遊的同伴。其中一位，嫁給了媒體人轉入政府公職的前新聞局長黃輝珍，夫婦倆都是蔡英文的密友兼益友。

轉行做教授，蔡父開心

喜歡自由自在無拘無束掌握生活節奏的蔡英文，始終有著悠閒雅士的生命觀。律師的日子，充實忙碌，為勝訴打拚的基本模式，與她自幼順利不知失敗苦痛為何物的人生經驗相比，多少顯得風險計較度高，並不符合她穩扎穩打的自我期待。離開這個圈子前去大學校園，似乎順理成章。

做大學教授，蔡英文說其實是父親想望中女兒的最佳職業。

蔡教授講課，也是慢條思理。她迴避聚光燈，習慣在群眾間保持沉默；在喧譁裡，冷眼獨醒觀察人群的肢體移動，以及甚少聚焦專注於單一事物，遙望遠方，若有所思的視角目光，都讓她像一隻貓，像一隻血統高貴，孤芳自賞的波斯貓。

這也足以解釋，她因何中止了站在台下，向法官仰望的律師工作；轉而跨上講台俯視莘莘學子，享受教學樂趣的原因。

大學教授？蔡英文會甘於這樣的一生職志嗎？

這項轉變最後帶領她走上了參選一國元首，爭取最高權力行使者的山峰。

一位默默無名的學者，十年不到的時間，化身而為台灣最大反對黨黨主席。年輕的蔡教授，法學博士論文「反傾銷」的研究，那時在台灣還是少見的領域。一九八〇年代，台灣躍升為世界貿易大國，外匯存底快速成長，出口順差引來了不少國家的抗議和抵制。其中，反傾銷法的適用於我國產品，是大量進口台灣貨品國政府保護本國產品的法寶。

翻譯《知識分子的鴉片》一書出版

經濟部國貿局急了，趕緊尋訪了解反傾銷法來龍去脈的學者專家。本來所學冷門，被認為沒什麼前途的蔡英文成了熱門人物。她的第一本著作也很冷門，書名《知識分子的鴉片》，原著雷蒙・阿隆，是一本探討知識分子被評為具有開創性價值的書籍。

蔡英文博士論文主題反傾銷，與台灣一九八〇年代面臨的國際貿易紛爭和問題相符合，成了政府官員的救星。一九八四年前後，法學界博士人才本來就不多，國際貿易領域的，更是鳳毛麟角。剛回國的她，以政大教授身分，被延請擔任國貿局的法律顧問。合作良好之後，國貿局主導台灣重返關稅暨貿易總協定GATT的多邊談判，蔡英文也是談判團成員之一。

一九八八年一月十三日，故總統蔣經國先生病故。這一天，也間接改變了蔡英文的人生。

二、一通電話改變命運

那天，怎麼說，都應該是李登輝意氣風發的另一個嶄新開始，卻陰錯陽差，十年後，成全了一位和民進黨關係淺薄的女性參選總統的美夢。

蔡英文接到總統幕僚團成員一位友人電話，轉達李登輝總統請她到府一談，有重要議題請她幫助研究時，蔡英文正陪著父親蔡潔生在馬來西亞旅遊。

「結束旅程，回國後立即前往總統府」；記憶中，這位幕僚轉達李總統蔡英文的答覆後，性格向來急切的李總統立即推翻了蔡教授的決定。他要她當天就買張機票兼程返回台灣，「費用由府裡報銷。」

蔡英文當時除了大學教授的專職，也是國貿局的談判顧問，幕僚團成員和國安會不支薪的兼差諮詢委員。長官有命，豈能不從？蔡爸爸是明理的生意人，也了解沒有理由反對女兒為公務中斷出國遊興。

選擇蔡英文參與小組研究「兩國論」，是蔡英文已和李總統有過好多次私下暢談國家大事的經驗，李總統對這位少言少語的博士級台灣女兒，印象甚佳。

蔡英文在一九九八年十月辜汪二次會談時，和吳榮義、包宗和兩人，以學者身分與會，並被指派出任發言人，雖是會談幕後主導者的建議，李總統有意培養蔡教授更上層樓的用意十分明確。

蔡英文與李總統牽上關係，是由葉國興引薦為李總統智囊團成員之一的。這個非正式組織的小圈圈，在那個時代，是李總統的私房小政府，不少政務他都倚賴這個體制外的小團體。通常，政圈稱之為李總統的幕僚團。成員中，不少人成為陳水扁奪得政權後的民進黨政府官員。他們當時的共同目標，是以李總統實質擁有的國民黨黨政軍權力和資源，達到顛覆國民黨長年黨國統治台灣霸權地位的目標。

在這些人眼裡，李登輝代表的，是擁有本土意識意念極高的大部分台灣民眾所能接受的「本土派」國民黨。

「兩國論」，德總理建議，殷宗文提議

「兩國論」的研究，由國安會支付研究費用，蔡英文帶領一個小組進行，正式的名稱，叫「強化中華民國主權國家地位專案小組」研究對策。一九九九年五月，小組提出研究報告，向總統建議以「特殊的國與國關係」為台灣和中國的關係定位。

很多人以為李總統擬議要和中共分離，提出由學者群探討相關論述，才有這個小組的成立。事實上，這是當時由國安局長升任國安會秘書長的殷宗文先生，主動向李總統提出的建議案。

殷秘書長一九九九年初訪問德國，和德國總理柯爾晤面，談及東西德統一經驗。柯爾總理提醒殷宗文，香港回歸中國大陸後，台灣的主權地位模糊，隨時面對中共方面對台灣進行去主權化的意圖，國際生存環境，法理上可能遭遇更困難局面，應有所因應。

這也是九九年七月，李登輝向德國的媒體透露「兩國論」的淵源。

殷宗文理解柯爾的善意與遠見，回國後，向李總統轉達德總理的建言；並提案，請政府機構成立研究小組，對台灣的主權國際地位進行研討，以備不時之需。

這種敦請學者特別是大學教授，針對某一主題或政策，進行專題研討的習慣，在中華民國政府中十分普遍。受託研究者接受政府支付的酬勞，也形成了合情合理合法的慣例。

「兩國論」原本不對外發表

為什麼是蔡英文主導呢？

答案很單純，「因為，這是她所學專長，國際法範圍以內的題目」。建議由蔡英文擔綱此一專案主持人的人士，這樣解釋。這位李總統親信和蔡英文透過葉國興相識，之後總統召集腦力激盪會議，也與她有過接觸。和一般觀察類似，他對蔡英文印象最深的，是「她超乎一般女性的冷靜」。

實際上，一位也曾參與政府重要對外談判，留學英國的政府人士指出，蔡英文的碩士博士論文，都是「反傾銷」為主的國際貿易財經議題；說「兩國論」的國家定位國際法源的研究，是蔡英文的專長，有些牽強，與真相不符。

研究，原本僅是準備，沒料到研究小組正式研議報告提給總統才不及兩個月，一九九九年七月九日，李總統在高級幕僚反對下，硬是向德國之聲提出了「兩國論」，「中國與台灣是特殊國與國關係」的主張。

之後的風波，一度鬧到美國方面不滿李總統破壞美中台三方默契很高的兩岸和諧互動基礎，更不諒解陸委會處理態度，要求擔任陸委會主委的蘇起下台負責。據透露，蘇起不肯接受此一壓迫，情緒反彈很強，李總統念於部屬情誼，加上錯是他本人闖的，最後擋下了美國高層的怒氣。

蘇起自此捲入了與「兩國論」提案人殷宗文的是非風雨，跟李總統國安會時代幕僚反目，還打了筆戰，對錯曲直始終各執一詞。

九二年兩會香港會談，一中內涵是主題

殷宗文為了國家國際定位問題的提議，立意好、創意佳，目的在主權的防禦性維護，不是要在法理台獨上做文章。李總統好大喜功，不顧長遠佈局，破壞了兩岸和平發展關係的契機，殷先生身為部屬，無奈也無言。好長一段時間，他曾經是李總統最信任，最頌揚的國安會秘書長，最高政策幕僚長。到終了，還是分道揚鑣，因國安密帳案與李總統漸行漸遠，含著遺恨病故人間。

李登輝一九八八年一月十三日接掌總統職位後，精心策劃大陸政策；九〇年獲國民大會推選連任總統，首先修憲推動廢止動員勘亂時期，否決中共為叛亂團體；接著成立國統會；制定國統綱領；設置陸委會、海基會，促成大陸相對設立海協會，部署兩會會談等。兩岸關係在故總統蔣經國生前指示開放民眾赴大陸探親，邁出重大一步後，又謹慎小心的順勢推進。

一九九三年四月二十七日至二十九日，台灣海基會董事長辜振甫，與大陸海協會會長汪道涵，在新加坡舉行一次會談，開啟雙方一九四九年敵對分離後首次官方商談，兩岸關係舉世關注。

前一年在香港，兩會法務人員會面討論，為雙方協議解決因人民互動產生的問題的法理依據鋪路。這之後直到二〇〇八年四月，中共和台灣當局爭執的論點，始終在於九二香港會談的論點「一個中國」的內涵。

依照國統會、陸委會與海基會的紀錄，一九九二年初兩岸為了解決兩邊人民交流下產生的各種問題，互相開會溝通商談；第一項是文書驗證問題。會談訂立協議時，大陸方面要求，台灣要在簽署的協議上，放上「雙方都接受一個中國的原則」，台灣代表當時對此表示不同看法，一直沒有定論，決定當年十月到香港再進行正式協商。

香港會談訂在十月舉行，台灣方面必須對一個中國的內函達成內部意見，李登輝總統特別在八月一日召開國統會，討論通過「關於一個中國」的涵義的政策文件。

這一文件有關一個中國涵義的敘述是：「海峽兩岸均堅持一個中國之原則，但雙方所賦予之涵義有所不同，中共當局認為一個中國即為中華人民共和國，將來統一後，台灣將成為其管轄下的一個特別行政區。台方則認為一個中國應指一九一二年成立迄今之中華民國，其主權及於整個中國，但目前之治權，則僅及於台澎金馬。台灣固為中國之一部分，但大陸亦為中國之一部分。」

我方海基會人員，以這一決議文件為基礎，十月赴港和海協會人員碰面，根據這個定義來跟大陸方面商討一個中國的內涵。雙方沒能達成書面性協議。

不過，峰回路轉的權宜措施展開了。一九九二年十月三日，海基會在高層同意下，發佈一則新聞稿，同時間將副本傳真給大陸海協會。新聞稿內容提到「對一個中國的原則，經徵得主管機關同意，由口頭聲明，各自表述，可以接受」；海基會主管機關為陸委會，這時的陸委會主委是黃昆輝，副主委是馬英九。十三天後，大陸海協會回函表示：「十月三日貴會來函正式通知我會，表示已徵得台灣有關方面同意，以口頭聲明方式各自表達，我會充分尊重並接受貴會的建議」。

雙方互相傳真及書信溝通，都沒有否認對方提出的看法，被認為是口頭認可，柔性協議。依合理判斷，雙方的政府最高層江澤民與李登輝是幕後決策人。

這就是「一個中國」內涵各自表述雙方不同定義，可以接受的開始；兩岸關係仍友好，否則不會有隔年一九九三年的辜汪一次會談。

直到這時，兩會共知的論點，仍然只有「一個中國」這一名詞，其他字眼尚未出現。辜汪新加坡會談空前成功，我方負責推動兩岸談判人員，還心存積極期待，認為繼續磨合，必有更進一步的發展。

一九九五年六月焦仁和提「一個中國，各自表述」

李總統一九九五年六月七日至十二日的美國康乃爾大學訪問，和公開演講，逐漸改變了兩岸的氣氛。

康大之行，我清晰記得，李總統辦公室主任蘇志誠先生向我私下表示，李先生訪美，和大陸江辦有著互相諒解的共識，他還指稱某些政府官員不了解內情，膽子小、瞎緊張。

李登輝康大訪問，美國方面同意，是高度政治性決定。事後資訊顯示，這是國民黨財委會主委劉泰英先生，出錢請了美國卡西迪公關公司，動員輿論、國會議員、說客等才打通了國務院的關口放行。駐美代表錢復當時十分反對，對劉泰英非常憤怒。我親耳聽到他抨擊「劉泰英是一個壞人」。

李登輝訪美演講稿「民之所欲常在我心」，據蘇主任暗示，「事先都給江辦看過，沒問題的」。同年八月，和總統府接近的海基會秘書長焦仁和提出「一個中國，各自表述」口號，為九二年以來的討論下註解；對岸並未公開否決。

後來的演變顯示，李登輝六月康大行後，中共領導當局意見紛歧，軍方向來對台政策強硬的所謂鷹派，不能忍受李總統演講時，再三提及中華民國這個國號，主張對台灣要有強勢作為表態。江澤民方面，親信江辦也就是中央辦公廳主任曾慶紅，此時其實已與蘇志誠和另一李總統信任的代表鄭淑敏女士祕密會面。在鷹派異議下，他們成了驚弓之鳥，所代表的溫和路線鴿派，也只好保持沉默，無法多做解說。事實上，李江對康大之行事前的互相理解上，據說，江辦以為李總統會保持某種程度的自制，避免破壞兩邊的地下交流努力。但仍被鷹派人士掌握到了理由，反李勢力抬頭。一九九六年初台灣總統民選第一屆投票，李登輝是領先的候選人；中共軍方鷹派人士決定教訓台灣，壓抑李登輝的銳氣，發起了知名的海峽導彈危機。

當年，李總統為報復中共，宣佈「戒急用忍」政策，限制台商赴大陸發展。焦仁和的創意被束之高閣。中國大陸不相信「一個中國各自表述」的誠意，公開表示不能接受，「違反了一個中國政策」。

兩岸從九二年「一個中國」，到九五年「一個中國，各自表述」一詞誕生，磨合溝通三年，至此中止進展。

之後台灣第一次政黨輪替，李扁交接政權。雙方關係持續惡化，事務性交流仍在推動。

蘇起總結九二年起雙方討論到默契為「九二共識」

李總統時代的陸委會主委蘇起，在二〇〇〇年四月大選後，陳水扁就職前，將九二香港會談，兩會間各項討論公文書傳真往來，口頭協議到焦仁和的說法等，累積八年的互動、認知，歸納成為四個字，稱為「九二共識」。在台灣，「九二共識」的內容，是「一個中國各自表述」。

陳水扁五月二十日宣誓上任總統，一個月後的六月二十六日，公開表達接受「九二共識」。

蔡英文翌日以陸委會主委身分公開否決。之後，兩岸關係進入低潮，大陸全速發展經濟，人均收入從一九九九年到二〇〇九年躍升十倍。

直到二〇〇八年五月二十日，馬英九就任總統前，大陸和台灣當局又開始了身段言語動作都像平劇一樣高深難懂的互相測試。

先是馬英九以總統當選人身分，在二〇〇八年三月二十三日召開國際記者會，宣告期盼兩岸「擱置爭議」，恢復協談。接著，胡錦濤透過熱線電話與美國布希總統相談，提及「九二共識」，並表示，「一個中國的一中，雙方各有不同定義」。馬英九總統在二〇一一年九月十六日的一次公開談話透露，他看了新華社的報導，胡主席「雙方各有不同定義」之言，「像觸電一樣」。因為，這和一九九二年八月一日我方國統會一個中國涵義決議相雷同。

接續的博鰲論壇，蕭萬長會見胡錦濤，帶去馬英九傳達的十六字。

之後，連戰訪問大陸，北京連胡會面，胡錦濤給了一句話，為兩岸發展的下一步下註解，也是十六個字。

「九二共識」成為馬胡政權會談，訂定協定的基礎。處理兩岸事務的官員，不論藍綠都同意，沒有九二年香港接觸的善意交流，九三年辜汪一次會談，不可能在新加坡舉行。

九八年，準備二次辜汪會前，兩岸關係冰凍。中國大陸當局檢討以往對台強硬措施無效，反而增加台灣民眾對大陸反感，決定調整戰術，不再沿用威嚇技倆，改採「以商圍政」、「以民逼官」的兩手計策，中共中央也定下了爭取台灣人心的攏絡利誘之計，以達成統一目標。

李登輝一手摧毀他精心設計的兩岸關係

江澤民主導的大陸核心，務實的接受了李登輝以高比率選票續任領導人的現實，和台灣人不是被嚇大的心理，重啟與李登輝政府溝通的管道；兩會再度商討會談事宜。九八年十月辜汪二次會談在大陸舉行，效果甚佳；汪道涵準備第二年友誼訪問台灣，一個新的兩岸局面正要突破到令人驚喜驚奇的面向；剎時間，李總統「兩國論」的突然透過德國媒體發聲，公諸於世後，化為質疑。當年計畫來台訪問的海協會會長汪道涵，在中共領袖江澤民的指示下，中止訪台準備，直到逝世都錯失了踏上台灣土地的機會。

李總統後來為自己大嘴巴舉動做了不少解釋；包括，汪道涵訪台可能提及台灣是中國的一部分，及九九年十月一日，中共領導人江澤民將會在國慶宣佈台灣承認是中國的一部分等說法。

據我訪談李總統高層幕僚的結論，他們都無法證實對岸有李總統所說的計劃。

李總統身為台灣元首，接掌大權後，曾經千辛萬苦設法與楊尚昆本人、江澤民的親信，和葉劍英與李先念親友，及中共軍方建立祕密溝通管道，手下不少幕僚冒生命危險出生入死，完成他要求的使命，難能可貴，中共高層也對善意來往抱以寄望。

孰料，大陸與台灣雙方善意尚未完全扎根，李登輝就以訪美演講、「兩國論」等，打破了自己精心培養的兩岸地下關係；江澤民和部屬曾慶紅等，眼看李先生反反覆覆，不是誠意交往，決心關上交流大門，避免在內部形成傷害。

「兩國論」的推出，對兩岸關係的衝擊，被形容是倒退了好幾年。李登輝意圖大規模重築兩岸關係架構的企圖，自此失去支柱；他任內極為想望的與中共掌政者江澤民會面，以奪得世人關切目光的野心，變成不可能的美夢。那段時間，李總統之下，多少幕僚官員部屬，日日夜夜付出時間精力、智慧體力，為兩岸合作而帶來的人民問題的解決，貢獻極高，其中還有不少不顧性命，險難中完成任務的，如今卻都轉眼成為泡影。他們之中，沮喪挫折者大有人在。

然而，「兩國論」幾乎摧毀性的政治效應，卻意外的成就了蔡英文直升機般的從政生涯。

一通電話，不一樣的命運。

四、李登輝的「典型」，日本味富家千金

李總統應該絕無惡意，但他主動邀請蔡英文父母至官邸共進晚餐那天，這位深受總統信賴，學養工作都表現優異的另一位幕僚，心中滋味極端複雜。

不願意以小人心度人之腹，卻也無法磨滅心中升起的疑問：難道李總統是嫌貧愛富的人？跟在李登輝身邊，實現自己為民服務的理想，還交到不少益友知己，這位幕僚的生命積滿充實感，對李總統的提攜重用，感念在心，他只有鞠躬盡瘁加以回報。

一切都是伯樂之情的呼喚；幕僚也不在意有很長一段時間，他為總統辦事，薪酬微薄的遺憾。「那筆錢，總統府體制內無法撥付，還是李先生自掏腰包的」。這分情，不是金錢數字可以衡量。

當李總統開心的請他代為約請資歷較淺的蔡英文教授父母見面吃飯聊聊，認識一下時，幕僚心頭忍不住敏感的浮起了三個字。

「為什麼？」

李總統也嫌貧愛富？

和總統共事了好一段時間了，李總統從未邀約他的父母餐敘，即使是簡單的談話、喝茶，一通問候的電話，都沒有。

才聽到自己報告蔡教授來自富裕的家庭，父親生意做得很大，事業有成，李總統二話沒說，就急著要和有錢好野人家的蔡家父母結識了。

莫非是蔡英文的家境突出，才讓李總統另眼相看？

這個問題一直藏在心內，一直是小小的陰影。

有錢確實可以換來不一樣的目光。據我觀察，李總統確實是一位金錢至上論的支持者。他接任總統後，為了鞏固權位，默許親信以官方資源換取地方政治派系支持，導致國民黨內黑金盛行，至今仍是毒瘤，早被非議；他的「有鈔票就有選票」的信念，始終不移。

生活型態上，李總統及夫人，和不談品味的阿扁，及暴發戶般的吳淑珍完全不同，更別說勤儉到幾乎自苦為樂的馬英九總統夫婦。他們的用品衣著和吃食，都十分高級，與台灣社會一般所稱的「高級」日本式台灣人的模式相符。

蔡英文的父親，據接近過他的人士透露，活脫脫是李登輝翻版型的歐吉桑。蔡英文的生活要求，日常習慣，反映的是李夫人曾文惠女士的特色；她們的服裝，價格不菲，是通稱的高檔貨，外表看起來卻不浮誇，沒有張揚財富的炫耀氣息。

李總統一家，喜愛高級日本料理；蔡英文對日本料理餐廳，熟如指掌，還是美食級點菜高手，看得出自幼跟在父母身旁的家學淵源，耳濡目染。

李總統那天對蔡英文表達的興趣，或許不是百分之百的嫌貧愛富，那位幕僚的反應，卻可顯現若干人格特質上的端倪。

幕僚也分高等、下等？

恐怕不是很公平的質疑。可以確定的是，蔡英文和曾為李總統擔任地下信使，赴大陸與中共高層會面的鄭淑敏一樣，是李登輝喜歡的女性典型；她們都是學歷高、本省籍、家境優渥、長相清秀、少說多聽；面對長者，充分散發日本式家庭教育背景的台灣女子。

五、否定「九二共識」，主掌陸委會唯一政績

「蔡英文在陸委會主委任內，做了那些特別值得一書的事啊？」民進黨確定提名史上首位女性總統候選人，黨齡超資淺的蔡主席參選二〇一二大選後，我和一位曾與蔡英文共事，兩人私交不錯的前政府政務官員聊天。提到她的政治治理和政策執行經驗及能力，我問得坦白。

「二〇〇〇年六月二十七日，阿扁說有條件承認『九二共識』的第二天，蔡英文就立刻公開否認了。」這位個性忠厚、行事認真，服務過國民黨和民進黨政府的官員未加思考，回覆了我的問題。

二〇一一年八月蔡英文發表「十年政綱」政見的記者會上，口頭否決「九二共識」的存在時，國民黨當局回駁陳水扁總統任內曾經表示願意接受「九二共識」，有意凸顯民進黨政府的反覆多變，不足信賴。

蔡英文方面立即以當年她陸委會主委身分，勇於違抗總統陳水扁所言的事實，反證她對「九二共識」的一貫否認立場。

蔡英文入閣於阿扁政府，且任政治敏感性極高的陸委會主委，是二〇〇〇年政黨輪替後，李登

輝主動提出的協助說促成的。蔡主委初期，和阿扁並不熟稔，處理陳總統回應一個月前蘇起提出的「九二共識」說，是忠誠本著李總統時代的信念，還是為陳水扁自認說錯話做補救，目前沒有足夠資訊深入追究。

不過，以一個主張國民黨政府黨國統治不具正當性，台灣的政治應該回歸本土做為黨中心信仰的民進黨總統候選人的角色看，堅持「九二共識」是無中生有，固然有抵擋中共「一中」乃指「中華人民共和國」的高度主權防護需要；另一方面，「中華民國」四個字，才是民進黨人士不能接受的。「九二共識」和「一個中國，各自表述」劃上等號，承認「九二共識」，就是承認中華民國，民進黨政治人物即使想彈性操作，也不敢冒不承認中華民國是台灣的國名的綠營支持者眾怒。

在民進黨人眼裡，中華民國是選舉時不能不認同的工具性名詞，借來使用以獲取政權，爭取中間選票而已。一中，不接受所指的是中共的中華人民共和國，也不接受是「中華民國」。

其他政績乏善可陳

蔡英文和幕僚面臨二〇一二年總統選舉，無法對參選中華民國第十三屆總統的中華民國法統性提出否決，反而在一九九二年沒有達成「九二共識」的實質協議，沒有簽署條約法律效應上做文章，為的也是堅信「中華民國是流亡政府」的深綠死忠支持者的選票。

在台灣實行總統民選後，每一位希望濃厚的總統候選人，從李登輝一九九六年爭取第一屆民選總統，到二〇一二年的選戰，不論藍綠，在台灣社會的國家認同仍無法形成共識的情況下，既想鞏固基本盤，又要攻佔關鍵中間選票，面對大陸政策相關議題，都同樣必須玩弄詭譎的文字遊戲。

蔡英文的台灣共識，和馬英九二〇〇八年參選定調至今的「不統不獨不武」，就因應了這樣的需要。

同儕以蔡英文陸委會主委任內勇於反抗強勢的阿扁總統為榮，對她維護台灣主權，深表讚許；卻避免提及她四年陸委會任內，幾無作為，政務推動多為李登輝國民黨政府時代所遺留政策執行而已的乏善可陳。

說穿了，搶得政權，要吸納足夠選票；爭取選票，要看選民臉色。討好選民，這些政治人物不得不經常變臉，藍綠兩個政黨的大陸政策，真的有多麼深刻的「中國因素」，多麼高尚的「台灣之愛」嗎？和我同樣持懷疑的人為數甚多。

以蔡英文為例，她曾以學者身分參與辜汪在上海的二次會談，當時，她是什麼心情？

再深入探究，以中華民國為名，卻在中共也存在且已搶佔聯合國會席位的政治干擾下，台灣以多變的名稱和世界大多數國家建立了深切的實質關係。這些外交模式，事實上在二十世紀的國際關係社群網裡，建構了不少充滿創意和政治寬容性強，技巧嫻潤的「共識」實例；從蔡英文的邏輯推論，這裡面有不少和她批評為「鐵皮屋」的「九二共識」的形成過程類似；民進政黨執政八年，並沒有將之拆除。

「台灣」的身段，「台灣人」的彈性，「中華民國」的深居高處，瓊樓玉宇可勝寒的耐力，有著國際關係突破性作為，和一個國家維護主權生機的努力的珍貴價值。民進黨政治人物，不能將歷年來政府官員艱辛的血汗付出，傳承而為資產；反而為了選票，以意識型態短線操作，是現實，也是悲哀。

綠營人士形容的車輪牌（國徽）護照上的中華民國四個字都能忍耐大半生了，為何排斥接受也是政治工具性功能的「九二共識」？

是蔡英文的法律人性格所致，堅信沒檔案沒簽約，沒「九二共識」嗎？這是什麼法律人？蔡英文留學英國，再沒學問的台灣人，在國中讀各國歷史政治體制時，也都學到英國憲法是柔性憲法的本質。「九二共識」形成過程，不就是符合由法律實際案例演變創造的柔性協議案嗎？

否定「九二共識」，被授意反駁蘇起

向來唯唯諾諾，凡事模糊操作，不給予肯定答覆的蔡英文；在她的公眾角色，特別是政治政策等要負起責任的議題，習慣以文字變化和重組合的方式說明，減少風險的蔡英文；這樣的風格，綠營人士也都看在眼裡。

二〇〇〇年六月，才上任不久的陸委會蔡主委，與阿扁並不熟識，和扁身邊的愛將也只是點頭之交，怕事怕負責的她，為什麼有勇氣提出「九二共識」並不存在的抗命反駁呢？

我搜集閱讀比對了相關資料，檢視了相關檔案，與關係人士時常見面晤談，整理出了結論。

蔡英文絕無勇氣和阿扁抗爭，背後指揮她出面否決「九二共識」的，是李總統時代的幕僚團成員。然而，這些成員當中的核心人士不幸往生，蔡英文若一口否認，將死無對證。

蘇起出任陸委會主委期間，也是李總統信賴的私房幕僚團成員密集主導執行大陸政策的關鍵時刻。蘇起與連戰先生關係良好，李總統有意協助他一手扶持的副總統連戰接任他的總統職位，目的在可以繼續掌控連戰，進而垂簾聽政。任用蘇起是像連戰示好的舉動，大陸政策主軸內容，還是他體制外的私房小政府說了才算。「兩國論」瞞著蘇起就是這個緣故。

蘇起二〇〇〇年片面提「九二共識」

蘇起一心一意想為兩岸找到可以良性溝通會談的管道，二〇〇〇年三月陳水扁取下政權，表現了兩岸和平穩定的意願；蘇起在這個時機，沒有經過政府內部公開討論與國會背書，片面提出了「九二共識」這一名詞，太過急切的做法，確實不利我方與中共當局的談判進展。幕僚團認為應立即否認，是戰術運用，為的是有益於未來和中共談判的籌碼運作。只是沒想到，之後，陳水扁反反覆覆，對大陸政策不知所云，其間又有新潮流人士和中共人士暗通款曲，幕僚團徒呼無奈；沒什麼主張的蔡英文主委，施政上也做不出所以然，政績都是技術性的政策執行。

依照蘇起的解釋，「九二共識」在字面上，用來取代自一九九二年至二〇〇〇年之間，兩岸雙方面從一個中國的內涵，到「一個中國，各自表述」，簡稱「一中各表」，直至二〇〇〇年，歷經八年雙方磨合過程的總結；並不是說，一九九二年兩會香港會談時曾經達成，付諸文字簽下協約形式的共識。

這是「九二共識」一詞首次出現在台灣和大陸；解釋合理，操作上犯了談判大忌，則是敗筆。這時，蘇起尚未交接陸委會職務，主導兩岸關係的李總統幕僚團也還在忙著移交政權。他們之間因九九年「兩國論」事件起爭議，互相指責，已到仇視對方的地步。向來第一手掌握大陸政策，制定兩岸交流節奏步伐的李總統幕僚團，認定蘇起公佈「九二共識」一詞，事前既未和大陸政策相關幕僚討論，事後未告知，純粹一個人的主張，破壞與中共重開談判協商的戰略戰術和節奏，是絕不能接受的一己之言；還有人批判蘇起搶功，自以為可以寫歷史。

陳水扁好大喜功程度更甚於李總統，他明白任內要做出令國際震動的大事，兩岸突破才是唯一途徑。那時，他的身邊沒有具深度的大陸問題及大陸政策策士，他本人又沒有任何談判的涵養訓練，蘇起既是前朝陸委會主委，他接下總統一個月後，就快快背書了蘇前主委的說法。

其實，純就「九二共識」討論，蔡英文口中否認的「九二共識」，和蘇起所說的「九二共識」，是橘子與蘋果，完全兩回事。

蔡英文膽子小，做事謹慎，從不站在第一線做無謂犧牲，為何會在阿扁談話後跳出來呢？她雖剛上任，過去和幕僚團共同參與大陸事務，與核心人士交情仍深，被交代反駁，奉命行事而已的可能性極高。李總統幕僚團堅持反對蘇起之言，有對蘇起個人情緒上的反感，更有對中共談判策略上的必要。

幕僚團成員有若干人，後來在扁政府曾一度居於重要官職。二〇〇三年左右，邱義仁主掌大權，他外行領導內行，粗糙的行事風格，鬼鬼祟祟的祕密外交，心裡只有權謀沒有人民的私慾，逼退了這些人才。

蔡英文仍然在官場上如魚得水。

出乎幕僚團老友意料，過去這位言聽計從，沒什麼主張，音樂洋娃娃一樣，為她輸入什麼歌曲，就唱什麼歌的蔡英文，這一回沒有跟著他們堅持是非正義。她，找到了新的幕後力量。

六、李朝到扁朝：嬌羞的女性特質「迷倒」阿扁？

經常語出驚人的前副總統呂秀蓮對蔡英文沒好印象，民進黨內總統府級的官員瞭解，是蔡小妹一度差點擋了她的副首之路，讓呂副耿耿於懷，記恨在心，只要找到機會，一定不放棄挖苦或攻擊蔡英文。

阿扁對蔡英文的厚愛，一般的認知，是他成功為民進黨奪下政權後，內閣中受矚目的陸委會主委一職，請出當時因「兩國論」已是政壇知名的蔡英文擔任。

其實，這個職位，蔡英文不是第一人選。

陳水扁二〇〇〇年接任總統，向李登輝請教治國，李先生也不客氣，洋洋灑灑提出了不少意見。他向阿扁示好，指點做總統，手下的幕僚超級重要，並且承諾將請託他極度推薦、表現優秀的舊屬，留在扁政府中幫忙。

阿扁為平息國人及中共方面，對他兩岸政策上的疑慮，出人意表請出軍方將領唐飛出任他的首位閣揆，就是前朝政府人馬。國安會也留任原來官員。

蔡英文那時是國安會不支薪諮詢委員，她一九九八年十月辜汪二次會談期間，銜命以發言人身分赴上海與會，與幕後總管大局的總統幕僚團高層配合良好，聰穎順從的表現，很讓這些總統高級幕僚印象深刻，也算是李總統時代的明日之星。

唐飛組閣，閣員的決定權不高，陳水扁的影子十分深重。其中，陸委會主委，他第一時間，就找了李總統精心栽培的一位國安會官員。

陸委會主委，蔡英文非第一人選

這位人士隱身幕後，受知於已故的國安會秘書長殷宗文，參與了不少國機大事。兩岸關係的拓展，策略戰術的設計推動；美日台關係的加強等，甚為成功也深受李登輝總統肯定。尤其是一九九六年中共發動的導彈危機，他和國安團隊精準推算中共軍方的可能舉動，情報獲取和分析都鮮少差錯，圈內人士極度讚賞。然而，這位國安會高官功不在己，從不張揚自己的角色，他的信念是，「幕僚就是沒有聲音的人」。

陳水扁從李總統的說明中，明瞭國安會人員在李總統時期的特殊地位，顯然認定將來他治國，大陸政策必將是核心重點。陸委會主委職務，李總統的國安會功臣經驗豐富，非此人莫屬。

這位人士婉拒了。他的理由是自己擅長做幕僚，拋頭露面的政務官，他不合適。

據說，阿扁苦勸無效，最後莫可奈何，請他的陸委會第一人選推薦代替者。

這位官員給了阿扁一個名字：蔡英文。理由是，兩岸關係是世界性議題，需要一位能說流利英語的陸委會主委擔當這個日益深重的角色。蔡英文留學美英兩國，又多次參與涉外事務，英語溝通力強，是首選人才。

況且，這位阿扁中意的陸委會主委向新任總統說明，兩岸題目，本質上就十分剛硬，男性世界主導的劍拔弩張難以迴旋；由蔡英文出任陸委會主委，她的女性特質，和極少見的冷靜理性，可以軟化雙方容易流於僵硬的氣氛，有助於兩岸互動的推進。

陳水扁接受了這一建議。蔡英文一腳踏入阿扁核心。

阿扁看蔡英文有自卑感？

四年後，卸下陸委會主委職務的蔡英文，正式加入民進黨，由阿扁欽定成為民進黨不分區立法委員。

又隔一年，蔡英文躍升而為副閣揆。

好一個大紅人。

黨內黨外固然有叫好聲，私底下異議流竄，不少民進黨資深黨員畏於阿扁的霸勢，不敢公然質疑；倒是呂秀蓮始終不改變她對蔡家後生小妹不以為然的態度。

呂秀蓮二〇〇四年大選前，察覺阿扁有意拋她而去，另覓蔡英文為副手搭檔時，公然發飆批蔡，最後終於逼迫壓制阿扁回心轉意。

順利做了歷史上第一位當了兩任副總統的人物，呂秀蓮仍未忘懷蔡英文可能竄位的舊恨；眼看蔡英文在政壇一路攀高，她公開評論蔡英文，「靠著女性的嬌羞特質」，開啟了平坦的從政道路。

嬌羞？呂秀蓮的意思是，陳水扁執政八年，獲得破格重用的蔡英文，靠的不完全是才能。

她以女性特質「迷倒」了阿扁嗎？

我不認為蔡英文那麼簡單。

她雖常自稱是受寵愛長大的嬌嬌女，因為家庭複雜，從小在一個爸爸，好幾位媽媽，不少同父異母兄姊的環境求生存，她的身上有著探察人心人性的敏感嗅覺；面對陳水扁及扁團隊中邱義仁等要角，蔡英文以迎合個人品味的方式，贏得他們的好感和認同。

熟悉阿扁的人士大都相信，貧困出身的他，性格中有著很極端的自卑及自大的不平衡；蔡英文充分掌握這樣的方向和阿扁互動。她小么女兒的言談姿態，高學歷又理智的思維邏輯，得到有自卑情結的阿扁相當程度的感激，視她為既想加以保護的柔弱小妹妹，又像自歎不如的大姊姊般接納。

蔡英文完全不像呂秀蓮，更與吳淑珍相異的特色，讓民進黨男性政治人物甘心將權位拱手交在她的手上。

〈第二章〉

蔡英文與民進黨

一、勇敢跳火坑，變身「暴力小英」

蔡英文即使一如我的意料，無法打勝二〇一二年總統選戰，當不上第一位女性總統，她在中華民國政治史的紀錄上，依然佔有關鍵地位。

參選二〇一二年總統大戰，只是順水推舟；實質的經歷，還在於她在民進黨廢墟殘燭時，擔當黨主席的勇氣。

這也是擅長以避免或降低風險做為決策原則的蔡英文，精準計算的收穫。

這個決定，是沉重的，卻不具殺傷力的危險。二〇〇八年失去政權的民進黨，是以兩百二十萬票之差，近乎羞辱的被台灣選民逐出政府的。阿扁一家涉貪，民進黨人及支持者對外雖不承認，對內明瞭，他們早就擔心的炸彈終於發作，對黨的傷害無可估計。

蔡英文同意參加以她為主的黨主席選舉，事先不會不評估當上主席、民進黨不能短期內翻身，她無法完成支持者所託使命的代價。不過，既然民進黨已經跌落到最悲涼的谷底了，再壞也不會太淒慘；何況物極必反，只要稍有表現，就是反彈、回升，是蔡英文的成就。

若是直直往前衝，那就是中了大樂透的幸運和天使一般的救星。

回報民進黨給予的從政空間；感懷動容於黨內好友們的淚水傷痛；不能拒絕李遠哲等前輩的勸說；這些，是蔡英文解釋她參選主席背後動力的說詞，我也毫不懷疑。

畢竟，政黨領域的職位，在任何一個國家體制裡，不論是那種理念與什麼樣的治黨精神，都是左手與天使，右手和惡魔打交道的工作。如果不是個性配合，或者超級堅持力推驅，當事人的痛苦，只能說是如人飲水。國民黨這個百年政黨，當過黨主席領導人的蔣經國先生，李登輝和現任主席馬英九，內心深處對黨內龍蛇混雜的屬性暗暗厭惡至極的心境，早不是政壇祕密。蔡英文有錢有閑，有生活品味，有自主的嗜好興趣，以及家族企業的董事長職位，若不是使命感驅使，大可不必跳入火坑。

為了展現擁抱綠營的決心，蔡英文接任主席後，不是沒有犧牲。反陳雲林來台的遊行失序，她被抨擊是「暴力小英」，清純形象變樣。

知其不可為而為之，最後還走出困頓，在破敗的民進黨花園裡栽培出希望的花苞。蔡英文驚世主席的角色，史上少見。

珍惜形象的蔡英文不喜歡人們提及她「暴力小英」時代領導遊行，不能控制現場民眾，又中途落跑的往事。在綠營親蔡人士編寫解說她生平的維基百科網路資料上，特別記註了她主導反親中大遊行的街頭運動，卻沒有反陳雲林的任何功榮。

寵愛，不僅來自家人，蔡英文還從綠營支持群眾，得到黨內其他同志沒有的特殊優惠待遇。是蔡英文台語講的不流暢的問題。

二、講「國語」嘛也通！

在綠營，尤其是南部地區綠營支持者集中的地方，本地方言台語，是普遍共用的溝通工具；在政治意涵上，說母語，對不少民眾而言，代表的是根在台灣、長在台灣，說一樣的話就是自己人的象徵。馬英九總統決心投入更高層的政治權位競逐時，所下的苦工，不是當年研究生的讀書，找資料寫論文跑圖書館，而是學台語、練唱歌，瞭解城鄉民情，走遍台灣的寺廟公園，伸出他的雙手爭取一張張的選票。

他的用心，取得以台語為方言的大多數台灣民眾肯定。二〇〇八年的大選狂勝，馬式台語不無關連。

蔡英文原籍屏東，是客家子弟，但她自幼在台北長大；在她生長的推行國語時代，北部的台灣，說台語的習慣不像南部那般草根；加上蔡家祖籍客家，一家人父母與孩子，都以國語溝通，大學畢業後就出國留學，沒有機會講母語，練習的少，講的就不流利。她的國語，也就是中國大陸習慣指稱的普通話，發音咬字，倒是很有外省子弟的口音，也因此給人以較像藍營政治人物的感受。

蔡家客家人，不講台語說得通。我的很多客家朋友不喜歡部分台灣人的大福佬主義，就是不肯學台語，表示立場。

而且，蔡爸爸做汽車生意，接觸的是美國人，外國雜誌和專業書籍，國語溝通較多，沒有必要講台語，也是事實。

做政務官關在辦公室裡，蔡英文的工作，和爸爸當年勤學修車術看書、與美方人士談生意都需要良好的英文一樣，英文程度維持相當水準，可能還比台語重要。當了民進黨黨主席後，就不同了。

幕僚與助理體會到蔡主席下鄉，無法全程和支持者用台語交流的可能，卻不以為意，沒當成一項大問題看待。

會不會說台語，綠營人雙重標準

直到那天肥皂箱演說，蔡英文出任黨主席後的首次下鄉活動，她終於一生當中第一次，因為講不輪轉，亦即說不流利支持者口中的「媽媽的話」，嘗到被台下不滿群眾嗆聲倒場的滋味。

措手不及的蔡英文，接下黨主席重任，先花了一、兩個月的時間，在台北市北平東路民進黨大樓所在地辦公室上下走動，設法快速融和到黨內文化體系裡；也找機會讓黨工和義工們在接觸互動中，瞭解這位陌生的黨主席。

到了該和心焦情切的支持者見面交心的時候了。黨內幹部理解，蔡主席風格再不同，再有特色，民進黨政治領袖深入民心的搏感情、話家常，走動到基層的傳統，絕對不能輕易忽視。

選擇了理想的時機，採用不登上大舞台嘶聲吶喊，以小小肥皂箱，溫馨現代感強兼顧傳統的方式，設計了蔡主席的第一次戶外開講。

蔡英文也很認真的準備。好強，她的這一個性，在之後雙英ＥＣＦＡ辯論敗北，消極沮喪了很長一段時間，展露無遺。這回自己做主，自己的場合，自己掌控的劇本，怎麼可能失算。

「講台語啦，講台語啦！」沒想到才開口沒說多久，肥皂箱前心心切切盼望主席前來安撫他們破碎心靈的綠營群眾裡，傳來了鼓噪不滿的鬧場聲。

僵住了。

經常在演講中風靡現場的蔡英文，在助理和身邊人緊急打圓場下，尬尷的擋掉了她擔任民進黨主席後第一堂嚴苛的「口試」課。

黨主席開始要求幹部找些機會與她講台語，方便練習。公眾說話，她還是不習慣以台語傳達理念，彰顯政治訴求。

就這樣結結巴巴的台語，一路走著，隨著馬英九總統民調日益下落的情勢，轉換成為民進黨一場又一場選舉戰役的勝利。

小英果然武功高強，不愧為金庸筆下的「小龍女」。

選戰愈打愈好，宜蘭光復了；立委補選贏得莫名其妙；新北市輸的不難看；大台中差一點逼掉國民黨的老將胡志強。

救星地位鞏固。蔡主席也很開心要和支持群眾再好好聊聊，交換勝利的愉悅心情。

說台語吧。她沒忘記第一次的經驗。

「沒關係啦，你沒要緊啊，講國語嘛A通啦！」才吃力地沒說上幾句，還是有些生疏，台下出聲了。

這一次，不是抗議不耐，是溫馨的安慰。

客家人不學講客家話也沒關係

都是自家人，救世主了，綠營支持者不再在意蔡英文不輪轉的台語。這一天，依舊出乎她和助理及黨工幹部的意料。

這些綠營支持者忘記了，他們曾經批判台語不流利的藍營政治人物，不講母語沒有誠意，不愛台灣的罪惡。雙重標準的標準，是血統主義，也是因為現在用得到她。蔡主席可以打倒馬英九，是工具。於是，明明是客家人，不會客家話也就罷了，她連學都不學的懶散和沒誠心，也都可以原諒。蔡英文真是好命。他的前輩，謝長廷為了爭取總統大位，拚命上客家話課，還通過認證。

向來對政治人物無情，用之即仰、棄之如敝屣、毫不回頭的綠營選民，會視蔡英文如厝內愛嬌女那樣，一直快樂如意「不太會講媽媽的話」下去嗎？

不樂觀。民進黨內外都承認，這個草根性極強的政黨，黨內文化，傳統上是打殺、鬥狠、互罵、相毆踐踏聲中成長壯大的。蔡英文以選戰和民調的時代造英雄優勢，帶動了她主導的蔡主席現象。一旦選舉失利，公主遇難落冷宮，不是不可能，只是時機早晚而已。

三、冷眼旁觀，蔡主席如何擺平大老？

民進黨裡暗箭難防，明爭激烈，派系林立，三教九流齊聚，江湖四海的特質，建黨早期的大老黃信介先生有感而發，不只一次指出黨內自己人相殺相殘爭權奪利的可怕；蔡英文出任黨主席，雖然已有政務官歷練，也加入民進黨成為黨員，實際上踏進黨中央，景象處境仍舊是可以想像的五味雜陳。

她展現在外的笑容，和不與人爭的淡泊，及時解決黨的債務的努力，度過了初時的磨合期。大老們冷眼旁觀。

敏感的人士觀察到，他們在等待蔡英文何時知難而退。他們並不認為她會成為他們政治生命的威脅；他們習慣以舊有的民進黨文化思考蔡英文。

於是，「沒有能力領導」、「學者性格濃厚」等字眼，從維基解密流出的資訊，顯露了蘇貞昌和謝長廷低估了蔡英文的政治企圖心。

當年，林義雄為陳水扁開路

蔡英文與馬英九相似，「以時間熬空間」的政治性忍耐力，不費吹灰之功，將蘇謝逐出了政壇燈光燦爛的舞台。

馬英九二〇〇五年和連戰明搶國民黨主席職位，禮貌至上，口口聲聲歡迎連主席一同參選；實質裡一步都不退讓，連戰氣在心裡說不出口。

蔡主席和前長官行政院長蘇貞昌卡位二〇一二年總統候選人黨內提名資格，自始即擺明了一起上擂台比高下，在黨內制度規定裡爭取出線機會；資歷淺、年紀輕的她，毫沒有禮讓給資深民進黨大老，上屆副總統候選人，政治閱歷更為完整的蘇貞昌的意思。政治鬥爭手法和馬英九如出一轍。

不同的是，黨內實力。馬英九由蔣經國一手提拔，基層做起，沒有功勞也有苦勞。蔡英文在黨內黨齡甚淺，直到選總統時才七年；入黨為的又是做立委、利己，和創黨元老不惜犧牲性命與國民黨硬幹，怎能相比？

曾是綠營好友的莊淇銘教授說，蔡主席揚言要選民選她做總統，讓台灣達成共識團結走向未來。但是，選前一百天，「她連黨內大老都擺不平，黨內共識團結都做不到，全國如何共識團結，更奢談什麼台灣共識」？

民進黨建黨過程艱苦，創黨元老拚著家小和個人性命換來了黨的成長，他們與國民黨坐享利益分配的大老，完全不同。二〇〇〇年陳水扁競選總統，許信良躍躍欲試，當主席的林義雄硬是幫阿扁拿到了提名資格。

競選過程，林義雄以政治受難資深黨員身分，為陳水扁一一拜會訪晤大老，化除了他們對律師一代後輩新人無功無勛，竟然可以一舉拿天下的排斥。

蔡英文佔著主席的位子，不把大老放在眼裡。林義雄深居簡出，眼看沒有為她向大老請託團結，助上多臂之力的意思。

現在，蔡主席當面教訓人

一九八六年民進黨建黨時，蔡英文在那裡？她剛從英國返台，享受著父親因緣際會，藉政治環境賺來的大筆財富換得的富家女生活。

八六年九月二十八日那天，民進黨人選在圓山飯店創黨，等待不知會否被執政者槍決時；三十歲的蔡英文，則是住在不遠處的陽明山豪宅裡的千金。

總統候選人提名初選後，自認吃了蔡英文暗虧的蘇貞昌百感交集，最後以不出任蔡英文副手搭檔，為兩人恩斷義絕劃下肯定的句點。

有智多星稱號的謝長廷，總統提名初選，迎合蔡英文需要，壓制蘇貞昌的政治小動作，換來的也只是派系成員獲蔡主席賞賜的不分區立委席次。諷刺的是，蔡英文也給予謝蘇不分區立委提名，安全名單範圍之外，能不能上榜，要看兩位老人家打拚。

沒有能力？學者個性？蘇貞昌與謝長廷政壇打滾數十年，會不會就此栽在他們看不上眼的蔡英文手裡，還很難說。蔡英文高高自居，像個老師罵學生一樣，動不動就教訓黨內同志的嘴臉，倒是令黨內老中青與新生代，都十分咋舌。

二〇一一年九月底選戰討論會，做主持人，她當場斥責蘇貞昌人馬林錫耀助選部署不力。消息見了報，黨內人士奔相走告，各有解讀。

選舉是候選人拜託全天下人，向所有人低頭的考驗。蔡英文則是另類之舉，她批評助選部屬不夠認真；對同志質疑，現場立即罵人，不檢討不反省，不認為她是一位被幫助者的表現，只能說是性格使然。

四、後母與毒蘋果

童話中的寓言，果然像巫婆一樣，跳躍在蔡英文的眼前了。

總統選戰還沒正式開始；副總統搭檔的完美指標人選觸礁，輔選元老尚未歸隊成軍，蔡主席公主般無憂無慮的日子，就演變成一場難以阻擋的危機了。

都是柯建銘惹的禍？

依照蔡英文的邏輯，引發黨內強烈反彈，以所謂公媽派為首的黃幸男、蔡同榮等黨內同志，藉由蔡同榮主掌的電視台，反復痛罵蔡英文提名柯建銘等不分區立法委員的失格失當，都是她力挺柯建銘造成的。

當時在黨內會議中，面對批判她危機處理不當的炮火時，竟然直指被指稱不適任的柯建銘，才是帶來危機的人，責任不在她主席的身上。

有點像被寵壞了的小孩，不承認錯也就罷了，還賴在地上打滾。

白馬王子在那裡呢？

沒人相救。連七個小矮人都不見人影。

為權位入黨的小公主

這一輪風暴，因為木已成舟，不減損主席威望、選戰元氣，黨內觀望派以大局為重，保持沉默。

反正，民進黨向來有著算舊帳，君子報仇十年不晚的習慣；公主的外衣，不能輕易脫下。有意思的是，那個幾乎人人都知道的遙遠的白雪公主故事裡，差點要了公主小命的毒蘋果，是壞透了的後母設計誘騙公主吃下中毒的。蔡英文的毒蘋果，卻是自己一手往口裡吞、腹中塞，自作自受。

是後母太狠毒了嗎？

還是公主太天真？

黨齡七年就參選總統做民進黨的候選人，蔡英文面對的是穿草鞋革命、坐牢吃苦、青春換暗日的黨內先驅，冒著家破人亡危險闖蕩出的天下。她入黨時的理由，是為了要得到不分區立委的權位；和當初那些老黨員的理想與犧牲不可同日而語，卻還可以一統黨內上下發號司令；資深同志氣得批她像武則天般獨霸不講道理的心情，可以理解。

〈第三章〉

探索蔡英文

一、內在的她

江山易改本性難移

如果不是政治色彩，及政治能力檢驗的影響，蔡英文與沒當總統前的馬英九一樣，是一位許多媽媽及爸爸都想望擁有，不可多得的乖巧嬌嬌女。

家境富裕，表現在外的卻無驕氣，待人謙和有禮；

個性穩定；女性，但保有連男性都拜服的理智與冷靜；

學歷好，品味高，人也長的秀氣可愛；

單身，生活自在悠遊，散發柔性獨立女性的新穎格調；

平日少言少語，公開場合必要時，口若懸河，條理分明；

心思細密，善解人意，是最佳的聽眾，具有能穿透吸引人心的特殊能力；

這樣的女子，怎能不讓人疼愛？

也因此，她有意無意間形塑而成的酷酷風格，一度招來了年輕一代台灣青年的喜愛。

然而，人都有兩面，都有黑我白我，表面的蔡英文是如何形成的，真相內在蔡英文又是什麼模樣？

沒有人可以提出確切答案。

我的解讀，也只能提供參考；人有本性，通常真的符合「江山易改本性難移」祖宗遺訓。社會文明，人類群聚關係互相撞擊的身不由己，易於形成一個人的多重面向。蔡英文這樣的小孩，生長在一個父親擁有至少兩位妻妾的家庭環境中，又比一般同樣背景的小孩複雜一些。我和大部分台灣人，沒有她的親身經歷，沒有同理心的比對，深入她的世界，多少是困難危險的挑戰。

人和人相處，本來就微妙詭異。看待政治人物，有公有私，有選舉之前很久的記憶；也有候選人精心操作設計或反制的即時印象，使得選民評價政治人物的投票行為，受到有心理性的，群眾效應的，還有博奕理論的競逐衝撞。這些層面，不能不列入探索蔡英文的元素。

再說一次，我看蔡英文，努力以既有的事實為基礎，有缺失是必然，但不是刻意。

參選總統不能再迴避檢驗

蔡英文說過，四十歲以前，根本不懂政治，這裡就以政治做分水嶺。四十歲左右，是她參與李登輝總統民間智囊的年紀，也是踩進政治事務的啟蒙期；之前的她，家庭父母，校園和短暫的兩次戀情，佔據了人生的全部。不輕易透露隱私的她，總是重複這些微不足道的花邊小故事，應付對她好奇的平面及電子媒體。

電視台製作個人傳記型專訪，她迴避關鍵提問，主動回憶學開車出車禍，母親陪在一旁壯膽還不小心受傷；以及成績不好，父母著急，不愛上鋼琴課，姊姊如何鉅細靡遺為她準備早餐、買衣服，照顧她生活等，和檢驗一位優秀政治人物毫無重大關連的小故事。

她的目的，只是要人們分享譏笑她生活白痴的一面；或者欣賞她小女孩的嬌羞嗎？也或者，她是在掩飾什麼？

她有那些不能被外界測知的真相？她的遮掩閃避，是自知之明的保護嗎？

如果沒有參選國家領袖大位的雄心壯志，蔡英文一手主控的公眾形象，也許可以不被揭穿。但是，總統，太重要的職位，關係成千成萬，世代人民的喜樂存亡。

出任總統候選人的蔡英文，已經沒有資格用她慣有的小女兒般的笑容，逃開放大鏡下的檢驗。分別從這些層面解讀這位女性總統參選人，可以減少差誤。

她最崇拜的女人：沒有「名分」的媽媽

冷靜、穩重，情緒波動低，這種性格特質的人，一般被認為極度守成念舊，不喜歡變化與驚奇。公眾眼前的蔡英文，並不否認父親生意有成的富裕家境，讓她備受寵愛，時時受到家人的呵護。父親希望家中的孩子，有的學醫，有的學商，有的學法，各有所長。她說，姊姊學的是心理，她雖然最想讀考古系、歷史或中文，最後還是完成爸爸的心願，考上了台大法律系。嚴謹的家教訓練，既透露著蔡英文的順從性格，也反映著父親擁有元配又有側室的富豪大家宅裡，眾多兒女競逐爭奪父愛，遵從父命、討好父親的必要。

蔡英文很少提及母親是父親妾室的家族祕辛。僅在一次專訪中，淡淡的為母親抱屈，說她「始終」沒有「名分」。仔細瞭解，五房孩子小心翼翼、謹慎發言，小小世界裡塞著不讓人知祕密的自我封閉，在她的斷續的自我描述裡，可以看出輪廓。

觀人眼色，側室孩子的特質

比方，她曾說，家中許多藏書，她喜歡一本一本慢慢閱讀；因為，在家中看書，「可以不要和活著的人互動」。

國內公眾人物，知名的企業家中，有好幾位也是側室所生的孩子；他們超級成功背後親子之情的落漠，時常流露在言談之中。

精神上類似寄人籬下，安全感威脅度震盪的生長環境影響下，蔡英文習慣看人臉色；注意周遭人際變化；對人對事保持第一時間的距離，力求鎮定，緩慢回應的條理及特質，與一般被寵壞了的大小姐截然不同，原因和成長背景不無關係。

冷靜，為了自保；穩重，是同父異母兄姊較多的多重家庭子女，必要的生存法則。

然而，骨子裡，她並不懼怕改變，甚至還偏愛標新立異。

看電視，她最著迷的是以舊翻新的日本節目「改造全能王」；開車，她喜歡加速度、開快車。衝出現狀約束，除舊佈新的強烈企圖，在潛意識裡蠢動，表現的十分露骨。

蔡英文講究吃與穿。表現在外的，卻儘量低調、不張揚；據說，台北市老饕們鍾愛，大隱於市型的高級日本料理店，蔡英文大多不陌生；穿衣服，早有媒體報導了，上下服裝行頭，到平底鞋，都是名牌，以英國品牌為主，也穿義大利的PRADA。

乍看之下，平民般的衣著行止；仔細探察，高價之外，還很注意高格調。

這有點像她做人的態度；表相上，不擺架子，不計較高低褒貶，隨和親切到讓人驚喜。

實際上，有一個例子，解答了我的疑問。

那是二〇〇四年立法院重組，蔡英文在阿扁運作下，被提名擔任民進黨不分區立法委員。國民黨、親民黨和台聯，也都推出了背景相似，亦即術有專攻的博士，本省籍、年輕、又有學者資歷的女性不分區立委進入立法院。

天生自負難自棄？

她們分別是，李紀珠、劉憶如和賴幸媛。加蔡英文，她們四人被美譽為「四女將」，美女團。其他三人沒什麼異議，才主掌了四年陸委會主委的蔡英文並不開心。我清晰記得，一位民進黨男性政務官，在一個討論這四位女性被稱呼為立法院佳話的場合裡，傳達了蔡主委並不喜歡她本人被公開和「她們」相提並論的不悅。

親和，是品牌高高在上卻刻意低調奢華的展現方式罷了。

之後，一位民進黨友人，氣憤蔡主席處理不分區立委提名危機時的死不認錯，電話中形容她是「目中無人」，「謙虛、溫文儒雅，都是假象」。

我並不意外。

壓抑的冷靜，日子久了，總有爆發的一天；天生的自負，再掩飾也無法抹洗掉心靈深處的掙扎吶喊。

蔡英文的本性，我注意到，充分展現在她選擇副總統的目標和過程的堅持上。

此時，民進黨內有心人士，也開始驚異的體認到，生長背景不同的蔡英文，與他們存在著可怕的「非我族類」的階級差異。

法律人，女教授與害羞的大女孩

細緻，較無創意，指的是學法律的人；

穩重，中規中矩，這是教授的基本形象。

這兩種特質，馬英九和蔡英文恰好相同；他們表現在公眾眼前的，就是缺乏挑動群眾熱情的個人魅力。一位美國賓州大學亞洲問題研究專家，曾有面對面訪問馬蔡的經驗。他觀察，這兩位候選人，都不是天生的造勢型政治明星，沒什麼特有的吸引力；學者氣質十分濃厚。

講英文，留美博士和留英博士怎麼評分？

笑笑。這位教授說，是馬先生比較優秀的感覺。不過，他解釋：「可能是因為談話主題不同的原因，那天與蔡女士對話，討論的題目，比較不正式」。

結合起來，教授加學者，就是不少人公認的，最沒有煽動群眾魅力的人物。

蔡英文的選舉舞台演講，出道比馬英九晚，平平如白開水的程度更重，與黨內永遠的女司儀，高雄市長陳菊「菊姊」相比，更是天差地別。

即使是剛出道的主席發言人徐佳青，一走上選舉造勢的舞台，立刻在台下人頭鑽動的燃燒下，展開動員的召喚，發揮能耐，也比沒什麼經驗的蔡英文強。

特立獨行不讀哈佛

這個不能改變的狀況，是冷靜、理性、條理分明，邏輯清晰等優點必須付出的代價。蔡英文既然不靠街頭起家，當然也不在意她沒有公眾講話魔力的缺點。

事實上，在她自我塑造安靜、沉默，不動聲色人格特質的過程中，選擇赴英國繼續攻讀博士學位，而不是留在台灣當時大多數海外深造者的目的地美國，顯示著她的特立獨行之外，也加重了她與一般年輕女性不相像的個性特徵。

她到美國康乃爾大學讀法律碩士學位時，據哈佛大學孔傑榮教授透露，同一時間，哈佛也給了她入學許可，不知道為何，蔡英文選擇了也是優秀大學的康乃爾。

英國留學的另一個指標，很可能和她的家境較佳，不必期待美國大學較易申請得到的獎學金資助有關。她不是很喜歡提及的倫敦政經學院學妹賴幸媛，在她之後出任陸委會主委，十分巧合。蔡賴求學海外的財務寬裕，比起馬英九、金溥聰等公務人員的子女，和農家子弟許信良、陳水扁、謝長廷等人，機會與際遇都幸運許多。

英國人的紳士風度舉世皆知；英國人一板一眼，歷史悠久的厚度，成熟的內閣民主體制，不同於美國教育的學風和制度，對於已在美國修得康乃爾大學法學碩士學位的蔡英文來講，確實是十分有益的互補。

根據蔡英文接受訪問的說法，在倫敦政經學院讀書求取博士學位四年，她依然很害羞，不講話，功課也不怎麼樣，甚至，教授還擔心她過不了關。

以靜制動不輕易曝險

英國教授有所不知，在家庭環境影響下，蔡英文的習慣，是對於沒有把握的新人新事新物，通常以靜制動，不輕易出聲出手，避免曝露於風險之中。

冷眼觀察，其實也適合英國那個社會的氛圍。

有親近主席的民進黨中央幹部表示，蔡英文的英國經驗，讓她更體會完全民主的重要。

我的觀察是，別小看了蔡英文心內的那位叛逆小女孩。

學法律，或許是用法律條文挑戰對手逼死政敵的優勢；當教授，拿到的是高社會地位的入場券。

畢竟，她要擺脫的，是「沒有名分」的陰影。

英國，內閣制，不在她的競選政見「十年政綱」目標之列。當年投入葉國興召集的學者專家民間幕僚團，同心同德的成員，大都是左派思維居多的反黨國統治，還政於民，人民第一的社會主義思潮的支持者。

英國人的陰沉，蔡英文有過之無不及；不少英國人嚮往追隨的費邊主義，蔡英文似乎一度也是粉絲，飄飄忽忽的。

台灣共識？是一種過程？當我看到她這樣解釋重要的主張，竟然充滿嘗試意味，忽統忽獨時，想到了沙灘上蓋的小房子。蔡英文是天之驕女的日子過得太久了嗎？愈說愈糊塗，包山包海，想要將台灣全國人民都加入自己粉絲團的蔡教授，在文字遊戲的背後，到底打的是什麼算盤？

「靠爸族」，自由自在！

扶搖直上，玩政治；蔡英文是無心插柳，還是處心積慮達到目的？

選擇民進黨為基地，她為自己找到與傳統女性政治人物區隔市場的利基。在她的升遷跑道上，一人比賽，前不必追，後無來者，保障勝利。她不費工夫，愛做不做的好整以暇，就拿到了行政院副院長寶座，過程理所當然；對照丈夫自焚身亡、悲劇女英雄般在生死交關之時投入立委選舉，一路靠哭哭啼啼、嘔心瀝血、赴湯蹈火才當上副閣揆的先輩葉菊蘭，蔡英文的際遇不是普通的好命。

悲情苦海數十年，到了二十一世紀，那個總是活在被壓迫陰影中的民進黨，應該是陽光照耀的世代了。

蔡英文從不哭窮；她的臉上總是洋溢著無辜的滿足幸福。

她是富家女，手上接收來的資產，輕鬆計算就有數億元新台幣。

標準的「靠爸族」，瀟瀟灑灑、無欲則剛；黨內沒有人敢於公開懷疑她會汙錢，也沒有人勇於猜測蔡英文有著像秀蓮姊那樣，明顯寫在臉上的權力欲望和野心。

讓敵手低估自己的能力

隱藏加善意的偽裝，讓敵手低估自己的實力，關鍵時刻出手，制勝機率往往接近百分之一百。

學法律，也學貿易問題的蔡英文，應該是這類成功學的企管研究者探討的案例對象。

女性在政壇打拚，世間各國，大都必須面對官職高位有底線，受異性阻擋的「天花板限制」效應。蔡英文關關順暢，靠的卻都是男人。

外表中性化，動作超女性的蔡英文，以異於一般女人較易情緒化的冷靜，得到男性政治領導級人才的認同；從老先生李登輝、李遠哲，到中年的葉國興、陳水扁、邱義仁，他們在她的政治工作上，都無怨無悔的提攜讚譽肯定，在眾生芸芸的立法院女性委員口中，是令她們難以想望的特例。

最讓各界意想不到的，是二〇〇八年接掌黨主席後，她的領導業績也時來運轉，由黑翻紅。這段時間，提拔協助她的大貴人，也是男性，是敵對政黨的大明星級人物：總統馬英九。

二、政壇的她

本土召喚vs.黨國教育

一九五六年出生的蔡英文，生長成人的黃金時期，還是國民黨蔣介石總統的專權獨裁統治時代。消滅共匪、反攻大陸、統一中國，外加推行國語運動，風起雲湧在全台灣進行。她年幼時居住的台北市中山北路，目前晶華飯店那一帶，更是繁華的都會中心。

高中畢業後，舉家遷至陽明山，富豪之家的理想居所，也是台籍台北人的聚集地。據她大學同學說，蔡英文大學時邀請同學赴家中烤肉、包水餃，同學們對她家宅邸院子之大，印象深刻。

「她家有游泳池，有網球場，她開外國車上學，校中少有」，同學接受電視訪問時說。在那個一九七〇年代末期，台灣的出口加工業尚未發光發亮的時代，人均所得仍然不高，就住在電影一般的豪宅裡，蔡英文的富家女身分很不普通。

蔡家座落在陽明山的豪宅，確實也曾經借給電影公司拍攝文藝愛情片。

蔡爸爸的財富，固然來自他的辛勤、聰明、生意人的頭腦；但是回顧那時的大環境，蔡家上下不能否認的是，美國協助台灣，守住國民黨政權不被中共打倒的援華政策，才是蔡潔生先生能夠從駐台美軍的車輛資源，美軍訪台客人來往消費，以及與美方建立的良好政商人脈中，獲得美金外匯、不動產財富的主要原因。

綠營的救星，國民黨獨裁執政下的最大受益者，蔡家不是唯一的一家，卻是打著反國民黨旗幟，爭取執政權的第一人。

蔡家是美援和國民黨治理的受益者

民進黨習慣追究歷史上的凶手；追討對不起台灣人的外省人，獨裁蔣家政權的幫兇；卻從不感謝讓許多台灣本地人成為富豪大地主的國民黨政府。

一九四五年日本戰敗，台灣收回到中華民國治理後，百廢待興；國民黨敗於共產黨之手，避逃台灣，風雨飄搖，發展經濟的資源一無所有，愧對國民黨當局的美國政府，韓戰後加強台灣海峽的防衛，確定台灣的戰略地位。於是，不能讓台灣倒下落入老共之手的美援資金，陸續挹注台灣，美軍駐防台灣人員有增無減。

蔡蔡文的爸爸蔡潔生就是掌握了這樣的商機，和美國在台軍方建立了友善關係，他成為富戶財主的地點，正是美軍和美國駐台官方人士的出沒地區。蔡英文受益於美援，得利於國民黨和美國的良好邦交，一生享受榮華富貴，不能說不是事實。

從民進黨人的邏輯標準看，這是不名譽的過去；是歷史的罪人；是賣台的先鋒。

只要能拿下政權，什麼都好。這是辜寬敏說過的話；代表了獨派的務實，與綠營人沒有原則的多重標準。

客家祖先方言一句不通，說台語也辛苦的蔡英文，講國語咬字標準，沒有方言腔調的說話模式，證明蔡英文自小深受國民黨國語運動的薰陶，是優秀標竿類學生。依照綠營人士的說詞，這是國民黨洗腦教育造成的結果。

家中說國語，蔡父對政治沒興趣

洗腦，不只蔡英文一個人。和她同一世代，從小，我的人生最高想望，是跟著蔣公反攻成功，和母親一起回到山東青島萊陽路的小紅瓦洋房，過著衣錦還鄉的日子。

母親去世前，都沒有返回家園一次。一九八七年政府開放赴大陸探親，八九年中，我曾特別安排行程，前去小紅瓦前的萊陽路，一圓媽媽的夢。

小洋房一幢裡住著好幾戶人家，看起來擁擠雜亂；外牆牆板剝落，色澤暗沉，看不出美麗家鄉的記憶。

二〇一一年五月，我再去了一趟萊陽路，一切都不一樣了。乾淨的道路，美麗的青島海濱，帆船漂洋的遠方，乍看像極了西雅圖，也像三藩市的太平洋畔。

台灣不再有洗腦教育的今天，母親的故園，似乎也在進行著某種微妙的洗禮。

蔣介石先生與他的政治宣傳黨羽們，無法封鎖的是開放的世界；是求進步的人群的頭腦；是人權與生俱來的吶喊。

蔡英文赴美英留學，洗腦教育的自我解放，也在她的自我描述中。剛開始，她還是統一派。據她表示，在國外，有一回教授問到她有關台灣的政治問題。

眾目睽睽之下，她回答支持的是「統一」。

蔡英文一家，她的兄姊和父母，家人相處講的是國民黨政府強力推行的國語；蔡家早年的友人說，在他們的印象中，蔡潔生對政治沒有太突出的意見，不太有興趣，他喜歡的是生意經。在那個時代，台灣還沒有藍綠對立，蔡爸爸事業做的不小，與當政的國民黨保持友善關係，是合理的推測。家人不熱心於談政治，自己也不關懷政治，二十五歲左右的蔡英文談國家認同冒出一句「統一」，不足意外。

況且，早年的日子，國民黨海外特工不少，以監督留學生的政治忠誠度為主；我懷疑蔡英文當時的答案，是很多台灣人所默契，抵制強權統治者的自保之路。

黨國教育的元素，留在蔡英文腦際的陰影，隨著李登輝總統接位，本土人士醞釀大翻身後，有了正視現實狀態的機會。

台灣人出頭，台灣認同，到「兩國論」，到否定「九二共識」，和而不同，和而求同；蔡英文從政治門外漢，轉身而為政客。本土，已經不只是理念，是權位鬥爭的工具。

五十六歲的蔡英文，在二〇一一年角逐總統大位前夕，已經擺脫黨國教育的「毒素」了嗎？

我不認為。至少，在她的副總統搭檔人選的選擇對象上，她表現的，是正宗的國民黨式的階級思維：門當戶對。

民進黨，蔡英文精算的從政市場

「蔡英文左看右看，都不像綠營的政治人物。」這話，是民進黨人私下不否認的共識。既然如此，蔡英文又為什麼能夠在扁政府裡扶搖直上，做到副閣揆？

這是正確的時代，做正確的事。

若在早年，沒有悲情折磨，不是政治受難者家屬或遠親，蔡英文這種言談舉止帶著若干雅致氣息，像個外省權貴家庭出身的女性，極難受到悲情主義彌漫的民進黨人接納。

二〇〇〇年得到政權以後不一樣了，快樂希望加解放，民進黨走出冬天陰霾的第一步，以代表著光明幸福的蔡英文為象徵，可以說是理所當然。

蔡英文也選對了自我行銷的市場。這裡，同類型的競爭者少。她的優點，英文流利，談判資歷足，有著李登輝時代的本土標籤，都是扁呂主政團隊自上至下所欠缺的。

還有，她的家世優渥。我相信，本省家庭長大的蔡英文，很早就看穿了台灣社會金錢至上，鈔票可以讓鬼推磨，可以壓制異議抵抗聲浪的脆弱本色；她以有錢卻不在意多有錢的灑脫，說服了陳水扁和他身旁重臣邱義仁，她是一個不會造成他們壓力，沒有權力競爭企圖心，不鍾情於官位權力的鄰家小妹。

超優學歷，富裕家境，加上單身的無牽無掛，蔡英文直升機般的仕途，也輕易被現實勢利高漲的台灣社會接受。

在她冒出頭之前，同性不敢忌恨阻擋，異性也欣賞多於防堵；主要是她女性卻有男性的冷靜，讓同為女性者心嚮往之，自歎弗如而傾心拜服；男性看不到她的威脅，把她當成是政治角力場上的佈景道具。

她中性化的妝扮，理性的談吐，增加了男性的好感；十分女性的嬌羞舉止，反而形成了待保護小妹妹般的吸引力。

當然，對待她的長官，關係她政治前途的人，她有著計劃性的相處之道。陸委會主委卸任後當上民進黨不分區立委，就是典型的成果。

「四不」，安全係數高的決策模式

「不倉促決定，不打沒把握的仗，不強出頭，不做無謂的犧牲」，這是我觀察英文官場生涯抉擇時刻行為模式的結論。

換句話說，是風險至上，安全第一。

從接任扁政府首屆陸委會主委，到放棄台聯邀請，轉而投入民進黨成為不分區立法委員；到行政院副院長到出任黨主席、競選總統，仔細比對，都符合這個四不原則。

個人如此，總統選舉政見，多少也反映著這樣的色彩。「和而不同，和而求同」，到「台灣意識」取代「九二共識」，很多人聽不懂，看不明白，她的目的就是如此。

依法行政，集體決議，不打破傳統，不做烈士，不承擔第一線責任，是蔡英文減少個人風險的重要堅持。在黨主席任內，引發的不分區立法委員提名風暴，即是主席保持距離決策模式造成的危機。事情鬧大了後，她不解外界指摘箭靶打在自己的身上，在黨內檢討會，以主席之尊說出引發危機者還要求他人危機處理的失當之言，就是「四不」防線遭破壞後的不知所措。

再精算，也有失手翻船的錯誤。

受不了失敗

雙英ＥＣＦＡ辯論落敗，就是蔡英文忘不了的痛。

這場辯論，非但給了馬英九順利推動ＥＣＦＡ簽訂的政績，還大大提升了馬英九的信心。蔡英文若是當時一舉擊敗一般認定並無辯才的馬英九，她的二〇一二年總統選戰說不定真有勝算。

更糟糕的是，經不起公眾眼前敗下陣來的打擊，蔡英文尊嚴受傷之外，也成了驚弓之鳥，之後面臨類似的對壘，都有失敗症候群的恐懼。

一切，都因為蔡主席過於自信，太小看對手馬英九了。

黨內核心幹部承認那次辯論前，屬下有人擔心主席的表現可能沒把握，建議要辯論，先從兩黨院長層級開始，給蔡主席留下學習旁觀的空間；也可以決定進退，避免受到沒防備的負面衝擊。

蔡英文本人不以為意，胸有成竹。

這也是蔡英文的敵手沒有疏忽的觀察點，「自以為是、得意忘形」，在冷靜理性著稱的蔡英文身上，不是絕緣體。

雙英辯論辨實力

辯論一役，讓對手馬英九陣營透徹洞悉蔡英文的弱點：害怕失敗，不能接受公眾的檢驗；做事不若馬總統認真；而且，更讓對手詫異的是，她的口才，思辨的能力，似乎只是被包裝的精美玻璃球，經不起外力的震盪。

情急之下，在沒有幕僚仔細操盤，背後搖控指點的場合，面對台灣新聞媒體特殊的逼問攻勢，蔡英文講錯話的比率十分高。這個發現，讓馬英九的選戰策士大為雀躍。

選舉投票的日子愈來愈近了，在不到一百二十天的二〇一一年九月十九日這天，金溥聰的連環炮美國包圍戰，果然讓行程疲憊，記者問答密集的蔡英文，掉入了最深的陷阱。她在美國回覆記者詢問時說，台灣共識包括兩岸發展的各種可能，「統一也是民進黨的選項」。

台北的民進黨中央黨部湧進了一批批的抗議電話。

民進黨在台北的發言人不得不走上火線，這位形象清新的男性發言人梁文傑指責，「媒體扭曲，蔡主席沒說過統一是民進黨選項的話」。

性格決定命運：高高在上，是蔡英文的死穴

雙英辯論，馬英九方面收穫最大的，不僅是總統本人占上風的勝利；外界最沒注意到的，是馬英九與他輔選親近幹部所看到的蔡英文不為人知的另一面，那就是比較馬英九的勤奮肯學習，蔡英文對政治事務；對領導；並不認真，而且還是不小的不認真。

這也是馬團隊得知蔡英文擊退蘇貞昌，取得民進黨總統候選人提名資格時，感覺如釋重負的原因。

「主席不認真」，民進黨內資深一點的核心幹部，早就感受到了。只不過，沒有人敢揭穿這件國王的新衣。

這些黨員，都跟過陳水扁、謝長廷、蘇貞昌打選戰、闖天下。他們習慣了沒早沒晚隨時點名交代工作任務，事前事後叮嚀囑咐的長官風格。其中，蘇貞昌要求嚴格，責備屬下之嚴厲，黨內聞名；大家公認，被蘇院長訓練出來的幹部，多半擁有實拚實做的認證。

蔡主席做黨的領導人，像上班族。她的舉重若輕，在二〇〇八年底，士氣低靡的那個時刻，其實還滿適合於大病初癒般的民進黨。

日子久了，真要作戰，敏感的黨工發現，是主席調整適應候選人打選仗的生活型態的時候了。

「不認真」，是真的偷懶，享受休閒不努力投入該瞭解的事務或議案之中嗎？

旁觀的人說不出所以然來。或許，受溺愛照顧慣了，大小姐般的蔡英文，還沒有領略選戰如同作戰，作戰就要吃苦耐勞的事實。

不認真不誠懇不能吃苦

於是關於她出巡南部，住的要求五星級飯店；參選新北市長，不像其他候選人辛苦走透透，而是蜻蜓點水舉辦座談會，宣揚施政理念等說法，陸續出現在耳語傳播和新聞報導上。

不認真，反射在不少事情上的，是事前沒有周全的演練、準備；事後，也不知危機管理，應對外界的疑問。

反對海協會會長陳雲林來台的遊行，蔡英文領隊，卻在群眾沒有散去前離開，遊行隊伍最後鬧到失控，血腥畫面赤裸裸出現在電視新聞鏡頭裡。這次破天荒的嘗試，蔡英文被冠上「暴力小英」汙名。她的街頭運動領導力不足，表露無遺。

蔡英文極度排斥暴力小英的封號，也不喜歡上街頭了。民進黨抗議陳雲林訪台的力道急轉直下，就是主席力有未逮的結果。

不食人間煙火，不知民間疾苦

自信升級到自負，關於自己的危機，也沒有警覺性，出現在她也按月申領退職金百分之十八的優惠利息上。

等到被發掘爆成新聞時，她還沒有意識到問題的嚴重性，以「領來做公益」之語交給下面人代為發言，隨便搪塞應付；連黨內人士都認為十分不堪，私下頻頻搖頭。

高高在上、富家女、一生順利，要什麼有什麼，無風無雨，父母姊姊照顧得無微不至，連讀了大學，每天帶母親準備的便當，還外加一杯新鮮果汁。她承認，大學畢業後出國前，沒喝過外面賣的咖啡和茶。

從沒面對過重大挫折，不食人間煙火，不知苦難為何物的蔡英文，最大的弱點，就在這裡了。她，沒有接受失敗的準備；沒有被批評攻擊的防衛寬容度量；沒有一天二十四小時，只能在車上睡三、四個小時，選舉行程一個接一個，從不間斷還不能叫苦的歷練。

她，還是一張白紙，沒有被檢驗過的白紙，面對公眾目光的她，極不真實。她的神祕感；她的酷；她的高支持度民調，來自於那個還在新鮮感中包圍著的她，來自那個不透明的她。

逐漸真相揭露，蔡英文經得起更嚴苛抽絲剝繭的檢驗嗎？

這個問題，也是民進黨部分人士說不出口的憂慮。

〈第四章〉

誰謀殺了小龍女？

一、同流合汙？不與貪扁切割，好友不諒解

高處不勝寒？

蔡英文追求政治權位的層級愈高，老朋友卻愈變愈少了。舊雨中最知名的前新聞局局長葉國興和她反目不往來，是圈內人都知道的小內幕。

為了什麼？

這幾年，友人已不再對外多言。近來，她獲得爭取政黨輪替，擊敗國民黨政權的機會，這些原本政治理念情投意合，自年輕時代就走在一起，暢談國事救世大論，並且曾並肩作戰超越性別的知己好友，對於蔡英文政權可能帶來的理想實踐，還是抱著一絲希望。

初始的希望與期待落空，正是二〇〇六年倒扁風潮響徹雲霄之時；蔡英文當年的好兄弟、好哥兒們對她穩坐行政院副院長官職，不為正義之聲所動，未能與扁政府劃清界線，對她極端不諒解，甚至十分不屑。

扁呂連任成功，二〇〇四年進入第二屆領導後，果然驗證了權力是腐敗的春藥的名言。核心的黨內人士，聞到了腐朽的氣息已經散揚：力主二次金改的陳水扁一手掌控，閣揆不得其門介入，甚至因推動不力遭阿扁斥責；吳淑珍人在官邸掌權收錢，第一家庭往來人士多為鑽營附勢者，明志高潔之人多半敬而遠之。

憂心忡忡，又擔心自己無法對抗扁政府日益墮落趨向者，選擇離去。辭職的辭職，遠避他鄉的，保持著自清的默然。

貪腐的事實爆發為被證實的司法案件，扁家女婿趙建銘介入台開案，掀起的骨牌效應，紅衫軍上街，倒扁運動如烈火般燃燒，綠營裡不少人死心了，他們準備集結成為一股救台灣於扁貪政府汙泥的清新之士。

蔡英文呢？

當年跟著李登輝，這些學有所長，不以權位而以淑世救人民為職志的老友們，等待著蔡英文以行動注入清流。

時間換來的是失望。蔡副院長仍舊安坐在行政院高高在上的官場位子上。

她的忍耐力，超乎了昔日好友的耐力。據說，葉國興對蔡英文無視於大是大非，道德勇氣的堅持，而不恥蔡英文戀棧權位的憤怒，只是多位老友中的一位。

這裡面，一位不幸在數年前壯年病故往生的年輕男性教授，在蔡英文出道處理政治事務過程，提供了不少極具幫助的建議。對於蔡英文不能明示大義，裝糊塗般在扁政府裡坐享權貴利益，非常嚴厲的批判她同流合汙，是知識份子之羞，令他不恥。他表達的，是當年那個以服務人民為主的團隊，無法化解的悲憤。

二、不分區立委：棄李投扁交心效忠？

任滿四年，陳水扁總統連任就職，蔡英文辭去陸委會公職，曾短暫無業做閑雲野鶴。之前，據指出，阿扁有意派遣蔡英文出任駐美代表，被她拒絕。

二〇〇四年十月舉行立法委員改選。從綠營分離的台聯黨，在陳水扁的利益召喚下，黨內少數公職人員，早已成為替陳水扁政府服務的盟友，台聯掛著李登輝總統任精神領袖的招牌，仍思索有所作為。

民進黨不會放棄鞏固政黨地盤的努力，在任何選舉，尤其是立法委員選舉中，絕不禮讓台聯。台聯黨中央瞭解阿扁獨攬大權的野心，在資源不足的情況下，展開人才競逐戰，企圖以提名優秀不分區立委參選人，增強選民的認同，保住二〇〇〇年政黨首度輪替後，台聯初試啼聲參與立院選仗，一舉奪下不少城池的佳績。

人才？有知名度，又有民意支持？

蔡英文的名字，浮現上了台聯黨內主導提名人士的心頭。

當時的蔡英文還是清湯掛麵的無黨籍。過去四年主掌陸委會，黨內沒人敢要她入黨，她也不認為有這個必要。沒有政黨黨籍，讓她面對不同政黨立委質詢時，反而有客觀立場壓制質疑的火力。擔任不分區立委就不一樣了，她必須入黨成為該黨黨員。

台聯黨中央以高規格的誠惶誠恐，請出蔡主委加以相勸，希望她入黨加入不分區陣容，為李登輝創辦的台聯黨繼續為台灣人打拚。

蔡主委之能夠從言談舉止活像個大男孩的大學老師，逐步進入政壇，做到令不少人稱羨的政務官全身而退，享有正面社會評價，在當時的台聯高層人士眼裡，完全是李總統慧眼提拔所賜。

「也該是她回報的時刻了吧？」

台聯一位高層事後回憶，當他們得知蔡英文投效入阿扁陣營，同意做民進黨不分區立委時，很驚訝於蔡英文政治性選擇的「無情無義」。

公開的說法，陳水扁說，是他主動請出人才蔡英文入黨，正式成為民進黨黨員，列名不分區立委。民進黨黨內還是沒有人敢於公開表示異議。「蔡英文有民調做後盾啊！」話雖然說得酸溜溜，卻是政治現實。

跳槽民進黨背友求榮？

台聯高層那位人士有不同看法。他忿恨的說：「是蔡英文主動去跟阿扁說台聯找她做不分區立委的。」

他的解讀，蔡英文不念舊情分，看不上眼台聯，以類似出賣背叛的方式，去向掌握更多資源的陳水扁交心，換取後來政治官位回報，司馬昭之心很明確。

蔡英文是看準了陳水扁內心深處自卑又自大的情結，以投效於他的動作，得到阿扁授予權位的酬賞嗎？

或許是小人之心的揣測。不過，陳水扁身邊的妻子與女兒，和影響力不小的岳母，都是強勢、得理不饒人型的女性。她們公然面對媒體，也不忌諱，完全不把他當一回事，已非新聞。對於異性，阿扁早有居下風的習慣，也對條件優秀的女性，多少充滿畏懼之心。

善於體察人心的蔡英文，不會不知道，以她這樣家境如吳淑珍般富裕出身，擁有高學歷，又能講流利英文的女性，一旦對阿扁拜服敬重，將會博得他多大的感恩知己之情。

後來的事實顯示，蔡英文投效於阿扁旗下，獲得的回饋，不僅是行政院副院長。她今日看來有機會奪下中華民國總統高位的權力登峰機會，也決定於那一刻政治正確的抉擇。

二、知己邱義仁：蔡英文忠實的貴人

陸委會主委之後，蔡英文從台聯提議獲得的靈感，轉而交給民進黨實現，成為不分區立委。之後，僅僅短短不到一年，又從立法院轉進行政院，成為史上第二院女性行政院副院長。

立委任內，蔡英文成績有限；這一點，她自己也不否認。所以，到底何德何能？何種歷練與資格，支撐她擔當通曉各部會業務，輔佐閣揆的大任？

這些問題，在蔡英文身為阿扁眼前第一紅人的時刻，是噤若寒蟬，只聽扁珍一家一言堂的民進黨人敢怒不敢提的私怨話題。

蔡英文到底是如何征服搶權位如吃人虎，內鬥如狼豹一樣的民進黨扁核心的？

依照台聯高層的分析，是她出賣栽培她有恩的李登輝，向阿扁交心靠近換來的報酬；另一種推論，來自於不恥她與貪汙阿扁政府沆瀣一氣的知交舊友。他們的看法是，蔡英文選對了親近對象，下工夫、做關係，打通在陳水扁政府升官發達的道路。

這位陳水扁的第一策士，即是神祕色彩不輸蔡英文的邱義仁。和吳乃仁在黨內稱為「兩粒仁」的邱義仁，公務作風迴異於汲汲營營的黨內多數人士。他高雅的服飾品味，據說達到義大利超級名牌雅曼尼的水準。

前高鐵董事長殷琪曾公開承認，她最欣賞的政治人物，是神采外表別有一格的邱義仁。

李敖的觀察比較苛刻，他眼中看到的邱義仁，和劉兆玄一樣「沒有脖子」。

邱義仁不太多話，嘴角總是一抹不知所以的微笑，在三一九槍擊案發生後，他主持記者會時仍掛在臉上，惹來很大困擾。他的特色性格，一位綠營色彩濃厚的李登輝總統時代官員認為，跟蔡英文很對味。「他們兩人相處，頗有小兄弟，好哥們的情投意合。」

扁邱不擇手段，蔡英文不以為意

蔡英文從政的優勢之一，就是她中性的形象舉止；她在男性居眾的官場上與異性相處，不易引發公事以外男女非分關係的想像或誤解。這種讓背後提攜她的高層男性權力人士，較無後顧之憂的特殊際遇，或許也是邱義仁不畏譏讒，勇於為她爭取官職的原因。

蔡英文與邱義仁建立談得來的交誼，工作上展開的管道極為自然。二〇〇〇年民進黨執政後，兩岸關係、大陸政策，是台海能否和平，台灣是否穩定發展的重要指標。政府機構中，陸委會站在第一線；總統府是實質主宰指揮總部。蔡英文擔任陸委會主委，她負責報告政策政務的對象，不是行政院院長，而是後來接下總統府國安會秘書長的邱義仁。友人判斷，邱義仁掌大權，又是陳水扁的親信，蔡英文明白邱義仁的影響力，積極和邱秘書長建立情誼，最後結為政治夥伴聯盟，得到官位高升的任命。

政壇聯盟理所當然，只不過，人人都知道邱義仁主政治理，毫不認真，政策執行擬定得過且過，一團糊塗帳的行事風格，與他共事過的人，畏懼萬分，敬而遠之。邱義仁凡事以術優先，不擇手段沾沾自喜。他的名言，不論是非，隨機亂打亂說，「頭過身就過」，搶下政權再說的選戰祕笈，以及「民進黨人不唸書，也不太會認字」的自嘲，氣味和蔡英文完全不同。對蔡英文精算操作，充分掌握邱義仁和陳水扁的喜好，獲得政治權位，不因他們的不正派行為而退卻，老友不能理解也無法諒解。

四、家族事業公帑投資：不只是瓜田李下的問題！

蔡英文解釋過許多次，她家族參與投資的宇昌生化科技，是在她離開行政院副院長職位後，經過行政院開發基金公開討論，從基金中撥付投資六億元新台幣的計劃；是民進黨政府為了提升台灣生化科技研發商業化能力，選擇前景可觀的宇昌創辦人何大一合作，爭取美國授權生產抗愛滋病藥品的整體考量，不是為了私利。

但是，瓜田李下的事實，明擺在大眾眼前；再怎麼辯解，還是免不了她身為政務高官，公私不分的道德傷害。

何大一是抗愛滋權威，在宣佈蔡英文出任他擔任創辦人的宇昌生技董事長時，曾誇讚蔡英文是A+級領導人。

當天，記者詢問蔡英文家族和宇昌的關係，蔡英文迂迴不肯正面答覆，只說她的家族出資是因為「要補足不夠的資金缺口」。

宇昌承辦人何美玥是蔡好友愛將

負責本投資案的政府方面協調人，是時任經建會主委的何美玥女士。她證實，蔡英文是宇昌生技的大股東台懋公司的法人代表。

補足資金缺口的意思，是資金籌募困難嗎？宇昌公司，在何大一、蔡英文及另一位合作人中央研究院院長翁啟惠等人的描繪下，任務遠大，市場光明，是千載難逢的良機，為何出現資金缺口呢？何況，政府基金投注給宇昌生技的是比重不低的四成股權，另外六成資金竟有困難？行政院相關部會當初核定本案時，不顧後續資金是否足夠，就貿然拿出納稅人的金錢投入，不是失職就是有著難言之隱。

蔡英文沒有好好回答這個問題。

她當了不到一年的董事長，就匆匆退出，參選政權旁落的民進黨黨主席。A＋董事長不見了，那時號稱的夢幻團隊拆散了，沒看到蔡英文說抱歉；何大一也未詳細說明。

六億台幣，合計美金二千萬元，在總資本額一九〇〇億台幣的開發基金，不是大數字。以這樣的金額推動台灣生化業，從獲得美國ＦＤＡ授權生產的藥品，開展下一步光輝，說服力極高。只不過，何大一先生談到蔡英文擔任宇昌董事長的優越條件時曾對一家雜誌表示，他看中的是蔡英文的「正直」。

促成本案的何美玥，是蔡英文多次讚揚的優秀女性政務官，是她的好朋友。二〇一二年選舉，何美玥是蔡英文「十年政綱」財經政策起稿人之一，蔡何不平常的交情，可見端倪。

蔡英文五鬼搬運？蔡家台懋賺了多少錢？

台懋是什麼公司？依照公司成立的時間表來推算，這是一家完全配合宇昌生技的蔡家資產新生兒。二〇〇七年九月三日，台懋投資公司獲准成立，資本額六千萬元，完全由蔡英文家族潔生投資公司轉投資，董事長就是蔡英文。

這是一個非常有意思的時間點。

這時的蔡英文，剛隨蘇貞昌閣揆辭職，她離開行政院的時間是二〇〇七年五月；真是巧合中的巧合，二〇〇七年六月十五日，當時仍是民進黨執政的政府通過了一項和蔡英文關係深厚的法案：「生技新藥產業發展條例」，這當中，有不少對生技產業免稅或投資抵減辦法的規定。

更巧合的還在發生。

熟悉政府政策進度的蔡家台懋生技投資公司，及被民進黨當局形容得超級偉大的宇昌科技獲核准成立，這是二〇〇七年九月五日。

看出來了沒？五月，蔡辭職；六月優惠生技業的法案通過；九月，台懋和宇昌相繼成立。無縫連接大概就是這個意思。這裡面，還有熟悉法律的人規避了政府官員圖利自家人的高明手法。

記得嗎？蔡英文說，爸爸希望家族中有人讀法，可以保護蔡家富豪的資產。果然，蔡家老爸不愧是精明的生意人，小么女護產不僅有功，還可以從政治上的官位牽連，為自家倍數增加了財富。

更精采的還在發生。成立時，宇昌公司對外宣佈的消息是，該公司由台懋生技公司轉投資，蔡英文以大股東身分代表擔任董事長。宇昌公司還正式對外指出，第一階段籌資五千萬美金，國發基金已經同意投資百分之四十股權。

二〇〇七年九月十四日，宇昌公司董事長蔡英文宣佈取得美國生技公司Genentech專利。第二天，經建會主委何美玥宣布，國發基金投資上限兩千萬美金，佔宇昌股權的百分之四十；那時，國發基金已經出資新台幣四千萬投資宇昌公司。

一切都按照劇本順利推進，二〇〇八年三月，政府公開承認，國發基金已經投資宇昌公司兩億元。同時間，宇昌組織正式經營團隊，由張念原出任執行長，資本額六．六億元。大股東除蔡英文家族代表的台懋生技公司外，還有永豐餘、統一企業以及國發基金。

此時，政黨輪替的可能性極高，宇昌的案子也快馬加鞭。二〇〇八年三月十八日，行政院國家發展基金通過投資台懋生技創投八．七五億元，持股百分之二十五；五月十三日，宇昌生技向經濟部工業局提出申請，希望能適用「生技新藥產業發展條例」的獎勵優惠，一旦通過審核，股東可獲得百分之二十的投資抵減。

請看這裡，這一次國發基金直接通過的投資對象，台懋創投，是蔡英文主持的公司。沒話說啦，現在的蔡英文可是民間企業家哩。

何美玥還是她的好友手帕交。

神不知鬼不覺？

這時，馬英九已當選，但是民進黨仍執政中。

二〇〇八年五月二十二日，《經濟日報》報導，潤泰集團旗下四家子公司共投資一千萬美元，讓宇昌資本額達到三千萬美元。宇昌生技創始股東中，行政院國發基金持股四成，永豐餘集團上智創投、統一集團統一國際，及蔡英文掌控的台懋生技各持有兩成股權。因這次潤泰集團的投資，取代國發基金成為宇昌最大股東，也讓國發基金的持股比重降到百分之二十六．六。

二〇〇八年五月二十八日，依《經濟日報》報導，台泥董事會通過，以每股十元投資台懋三億元，取得該公司約百分之二十二．五的股權。原由蔡英文家族投資六千萬成立的台懋生技公司，資本額由一．三二億元擴充到十三．二億元。依照規劃，包括蔡英文在內的台懋股東們，原本計劃成立台懋生技創投公司，取代台懋生技的角色，不過台泥證實，台懋生技創投將不再成立，直接由台懋生技來扮演管理及創投的任務。

注意了，這一來一往，台懋增值了多少？

還有呢。二〇〇九年三月二十七日，報紙指出，宇昌生技及台懋生技兩公司股東大改組，已當選民進黨黨主席的蔡英文退出經營權，其持有台懋的百分之十五股權全數賣給潤泰集團，路孔明投資一．一八億元，成為台懋新股東。台懋改名為「合一生技投資」公司之後，經營權由潤泰、台泥及中天三大股東合作，並由路孔明接任新任董事長。

從二〇〇七年五月辭職前後，蔡英文靠國家政策，和官場密友生財有道，為家族膨脹賺進大筆鈔票的本事，如何解釋？

這不叫官官相護、官官與官商勾結？依我看，從自己一手可以主導的政策，及與相關政府決策者良好關係上，謀得自家人的私利，蔡英文以台懋為橋樑，透過參與宇昌生技這一役得利，和她的副手候選人蘇嘉全的農地購買又不農用的模式，根本是雙胞胎。更有甚之，非但要鈔票，蔡英文還企圖從中獲取好名聲！

這樣的人，做了元首和副元首，會怎樣？

何大一口中「正直」的蔡英文公私不分

自己手中握有行政權，對主導部會擁有長官部屬指揮權，通過政府出資，又從家族中拿錢一起來從事一件不是完全公益的投資案，是「正直」的表現嗎？

何大一或許無辜；「正直」的人會不計較瓜田李下，利益迴避嗎？何博士的標準，至少在我看來，是羞辱了「正直」這兩個字的氣節。

同樣的，李總統以部分國安基金費用，投入台灣綜合研究院的設立，之後視台綜院為台聯的附屬智囊機構，女兒呂安妮還出任副院長，也有公私混為一談的問題。

李總統為此遭貪汙起訴，大喊不公時，一位他深為信賴的前幕僚，被我問及他個人的評論時，也不袒護長官。他說，沒把錢放到自己的荷包或許沒犯罪；可是，將公帑視為私款使用，即使沒貪汙，也是道德上的重大瑕疵。

法律之下，蔡英文既未非法動用公費，又沒有違反政務官的旋轉門條款，讓人找不出缺失；仔細深看宇昌的成立，動用國庫鈔票的行政過程，和一群看似高高在上高科技知識分子的結合，奇異詭怪高人一等的氛圍裡，閃現著一種虛假和偽善。

還有人為宇昌案粉飾說，這像是早年政府基金投資台積電、成就張忠謀一樣，何大一可能是下一個張忠謀。

姑且不談宇昌會不會成為台積電第二，就看看當年主導公款發展科技業的政府官員們好了。不論是李國鼎和孫運璿，他們的家族子女，有投資台積電嗎？有擔任台積電的董事長嗎？

蔡英文怎麼說服自己在宇昌案的合理、合法、合情角色，毫無可議之疑點，俯仰不愧於良心的？這是旁觀審視她多年的我，難以理解的問號。

五、「十八趴」揩公益：貪小便宜又雙重標準！

民進黨炒作部分公務退休人員支領退休金保障優惠年息百分之十八的待遇，已經不只一次。二〇一一年中，距離總統大選不到一年，再引發此一主題爭議。藍營方面認為，民進黨人故意提醒選民階級差異，以突顯國民黨黨國體制的不公，藉此加強來自底層的基層選民對國民黨的反感，強化基本盤勢；並擴大中間選民對國民黨執政無法照顧全體住民的失能。

討論話題深受綠營民眾集中收看的電視談話節目共鳴，接連數日的火炮，對民進黨支持者凝聚力的深度扎根，顯然甚有幫助。

無能說批判置頂的馬英九政府，再度為國民黨龐大的歷史執政包袱左支右絀。農民、榮民，都是弱勢階層。藍營政治評論者認為，民進黨以弱勢者居多的少數榮民津貼為燃點，燒起「十八趴」爭論，區分榮民和農民勞工有別的待遇，是有心機地製造台灣人民階級仇恨，心思殘酷。

就在新一波「十八趴」不知將持續爭議多久的七嘴八舌下，突然，立委邱毅暴露了一則令外界不敢相信的消息：做過政務高官的蔡英文，退職之後，也依法請領「十八趴」的退職金優惠利息。

蔡英文領的，估計每個月六萬兩千餘元的優遇。這是大學剛畢業的社會新鮮人月薪的三倍。

「十八趴」，在民進黨政府八年執政時代，不但未能取消，民進黨籍官員照樣享受「十八趴」的前朝政府官員大有人在，已是眾所周知。現任反對黨，正在大大攻擊「十八趴」政策的民進黨黨主席本人，竟然也是「十八趴」的受益人？

這可不是政策公平性，或獨惠特定族群的問題了。

「十八趴」既然是十惡不赦，為什麼蔡主席還行動認同？第一時間，蔡英文不知所措，自知理虧的困窘表露無遺。民進黨主打「十八趴」不亦樂乎的炮手，也都不知如何是好。

直到「主席領『十八趴』才有錢捐做公益」的說法出籠，「十八趴」的火炮子彈已經轉彎回到民進黨身上了。

灰頭土臉；主打「十八趴」的民進黨民代、綠營節目，剎時收手。如今，「十八趴」已成禁忌，沒有人再主動用這個議題攻打國民黨。

支領不公不義的「十八趴」特權優惠，做為慈善公益的資金捐贈？

這是獲有博士學位，被稱讚是A＋級領導人的蔡英文的親口解釋。

不可思議的幼稚；不可想像的愚笨；不合乎邏輯的詭辯，不認錯的缺乏自省。

這是蔡英文？

宇昌科技疑雲，加上「十八趴」不捨不棄、不明不白、欺世盜名的辯解，反射出的蔡英文，至少，處理金錢利益的態度，顯然和她平日模糊化的言談一樣，不夠光明磊落，不能坦坦蕩蕩面對詰難和檢驗。

諷刺的是，被蔡英文邊緣化的謝長廷和蘇貞昌，也被仔細查找；具有資格的他們兩人，自始至終都沒有申領「十八趴」。

六、主席的「功勞簿」：天上掉下來的禮物！

政治人物的成績單，間接來自民調；直接的檢驗，是選票。

蔡英文困境下承擔民進黨主席重任，勇氣固然可嘉，黨內有志挑戰者不乏人在；祝福她成功的欣喜聲背後，也有不少暗暗等待她鬧出笑話的異議人士。

蔡英文的戰戰兢兢可想而知。

那時的民進黨，既要化除貪腐汙名，又要重振跌落深淵的士氣；再加上黨內財務困頓，付不出的帳款，等著千金小姐出身的蔡主席日里萬機。

鎮定和笑容，蔡英文憑著她的招牌，穩定了民進黨黨部的人心撼動。陳水扁一家陸續遭起訴，前政府官員一個接一個遭收押，接受司法制裁的消息，持續重擊著民進黨和支持者的心頭。

什麼時候才能雨過天晴呢？

黨內年輕一代承認，在那段幾近窒息的掙扎裡，實在無法想像民進黨的二〇一二年還有希望如此之高的總統選戰。

選舉，帶來了一輪又一輪的曙光。

最先是立委補選。民進黨提名的劉建國在斗六打敗了國民黨候選人。

還是選舉。一次又一次。

終於，撥雲見日，民進黨恢復元氣了，民進黨救星黨主席蔡英文救援成功，戰績優異的事實，推升了她在黨內的地位，也提升了她在全國民調的支持度。

奇蹟是如何造成的？連蔡英文本人都說過，她不知道民進黨是怎麼贏得了那麼順利的選舉。像天上掉下來的禮物一般，蔡英文的好手氣，讓反對者也不能不認命這是她的福氣。

事實上，這一切，政壇普遍相信的結論是，執政不佳的馬英九總統和他的內閣團隊，幫助蔡主席度過了民進黨的難關。

馬英九高漲的聲勢，二〇〇八年大選時如颶風不可阻擋的壓倒性勝利，很大一部分來自於陳水扁政府的施政不得人心，和扁珍一家的貪得無饜。

輕而易舉的功勞簿上都是國民黨人的名字，能夠證明蔡主席治國的雄心與能力嗎？

她上任之後，民進黨有任何革新洗面的成長進步嗎？

二〇一二年民進黨立法委員選舉的不分區立委提名名單，讓人給了她不及格的評分。

七、敗蘇「下毒手」，阿扁式的不擇手段

選舉勝利的滋味，讓嗜好美食的蔡英文上了癮。

新北市市長一役，蔡英文披上戰袍代表民進黨親征戰場，雖未獲勝，選票數字表現不差，相對台北市的蘇貞昌，更是公認輸得漂亮。

「這次美好的經驗，讓蔡主席開始喜歡上了選舉。」一位黨內幹部觀察，五都選戰，民進黨雖然並未如預期般，拿下北部三都任何一都的政權；但整體選票數字領先對手四十萬票，再度逼得國民黨必須面對選票流失的痛苦，成果令人滿意。黨內靜下心來，要準備更重要的總統選舉提名初選戰了。

最被看好的上屆大選副總統搭檔蘇貞昌，在台北市長的選舉上，選票數不如上一次參選的謝長廷，面子上十分掛不住。

更難堪的是，台北市長候選人位子，是蘇貞昌早早未經過黨內高層協商，越過主席蔡英文，以霸王硬上弓的方式，生米煮成熟飯的。蔡英文不能接受，很不高興，因而與蘇貞昌種下不解的嫌隙。

主席本人，也是這樣被強迫上陣，毫無選擇地被架上新北市市長爭奪戰的戰場。新北市幅員廣大，政界普遍認為，兩度當選新北市前身台北縣長的蘇貞昌，返回新北市打選仗，遊刃有餘，事半

功倍。台北市由形象較具大都會吸引力的蔡英文擔綱，應該更能增強民進黨的整體五都戰力。無奈，蘇貞昌一腳佔據了台北市，蔡英文千呼萬喚始出來的姿態，多少反映了她對蘇貞昌強勢作為的不滿。

形勢卻比人強，開票開出了蘇貞昌的疲態，也開出了蔡英文的希望。

公開沒有表示，據說，參與總統大選的提名初選戰，志在必得的雄心壯志，多半出自蔡主席本人的意願和主張。

幕僚黨工看到了主席異於過往，投入選戰準備的熱情和興趣。

雙方實力僵持不下，蔡英文發現初選的這場仗，不比黨外的戰役輕鬆；放手一搏吧。

就這樣，一場黨內同志看在眼裡的殺戮內鬥、兄弟鬩牆的慘烈畫面，一天天上演，一天比天天更殘酷。

謝長廷和蘇貞昌二〇〇八年總統選舉提名初選，黨內同志刀刀見骨的景象重現。蔡英文以主席優勢，很早定調這次初選，以全民調結果高下做決定。

表面上，主席要求黨員理性、光明正大輔選；私底下的抹黑說法，一波波出籠。先是說，有傳言指，藍營下祕密指令，支持者接獲蘇蔡民調競爭電話，要回答選擇蘇貞昌。

接著，「唯一支持」說有排蘇的惡意；沒多久，又有「蔡馬馬」的說法。

蘇貞昌陣營氣憤難當，認為這種特定民調回答的提示，根本是精心惡毒，不公平幫助蔡英文的手段。

「蔡馬馬」諧音「蔡媽媽」，意思是綠營選民若是接到民調電話調查，為了協助蔡英文提高民調支持數字，不僅在蔡蘇這一組人相比較時，表態選擇蔡英文；還要綠營人被問到馬英九和蘇貞昌兩人，選誰做總統時，違背良心說是馬英九。目的在壓低蘇貞昌的民調。

蔡馬馬的陰險意涵，是蔡主席輔選團隊放出來的計策？一開始，蔡英文面對「蔡馬馬」三個字，還笑說有創意。

事情鬧大了，被懷疑是她在下毒手，藉網路放話殺人時，她又派出子弟兵說和她無關。蔡英文公開呼籲網友「適可而止」；她還希望所有參選陣營在初選過程中「保持和平理性」，不要以這些少數人的想法進行不當操作，「所有支持者不要被假議題所影響」。

蔡馬馬丟汽油彈，蔡英文下殺手？

至今沒人說明，「蔡馬馬」是那一位有創意的網友提出的字眼。只知道，網友是在「蔡英文總統網路後援大會」上發起「蔡馬馬」口號的。

根據《自由時報》的報導，民進黨中執委洪智坤在臉書上質疑「蔡馬馬」的宣傳方式，「說穿了就是仇恨。因為不希望某人出線、見不得選後整合團結，因此以『丟汽油彈』的方式，要泛綠的選民做出違反意志的回答，甚至刻意挑撥，不願意看到蘇蔡合」。

報導說，洪智坤指出，這顯然不是蔡英文的意思，但從初選到現在，始終有一股力量企圖將小英往負面的方向走，蔡英文應公開拒絕如此惡質毀黨的操弄。

《自由時報》是綠營支持者必讀的日報。那段時間的新聞處理，一般印象較偏向台北縣長出身的蘇貞昌。據指出，《自由時報》所有人家族擁有位於台北縣，現今新北市內大量土地。吵得不可開交。黨內人士看在眼中。

「原來，蔡主席也是一個容忍、接納扁式割喉戰法的人物。」

不少民進黨員私下的覺醒，勾勒成為蔡主席最新的面貌。

蔡馬馬，是經典的殺向自己昔日長官，前行政院長蘇貞昌的傑作。

蔡主席全盤否認她的授權與知情，「但她用的人，是阿扁時代的選舉戰將啊」！清新、高格調，不隨俗不從眾的蔡主席，也轉化成為選舉殺手了嗎？

還是選舉會改變一個人的良知？

蔡英文果然承襲了黃信介時代就心寒的民進黨鬥爭傳統：「人前手牽手，人後下毒手」？

蔡主席初選勝出了；蔡前副院長和蘇前院長也相見無言。蘇貞昌不肯接受蔡英文副總統搭檔的決定，確定了蔡蘇的分道揚鑣。二〇一一年九月間，海外友人來台訪問蘇貞昌。據說，蘇貞昌不否認初選時遭蔡打壓的「難受」；他拒當備胎副手，主要的理由，是估計蔡英文的一二年選戰很難獲勝。

八、十年政綱，「扁團隊的研究生作業」

在林萬億鬧出外遇遭妻子當場查獲的花邊新聞後，蔡英文與林萬億同台鄰座，宣達總統選舉教育政策政見的畫面，提醒了人們蔡英文總統選舉政見發表會上，一個個政壇老面孔輪番上陣的現象。

原來，她的未來政府重大核心政策的執筆人，以陳水扁八年執政時代的政務官團隊為主。「這那裡是蔡英文的『十年政綱』呢？」一位大學教授形容，這好像是蔡教授指導的研究生發表論文，接受口試的場面。

扁團隊大集合是事實。蔡英文公佈的「十年政綱」主要起草者，包括國安會前代理秘書長陳忠信、金管會前主委施俊吉、經建會前主委陳博志、何美玥等「四大智囊」主掌兩岸財經。他們在陳水扁執政時，並不是明星級政務官；主持教育的林萬億與蔡英文併肩而坐，高談教育大計，十二年國教的目標後，竟然鬧出與助理婚外情的新聞，黨內莫不感到尷尬。

更不可思議的是，林萬億與助理開房間遭妻子查獲報警之事，教育政綱公佈日前，他本人曾婉轉告知蔡主席，蔡主席不認為有影響，力邀他同席。當時，就令不少人擔心不是政治正確的決定。

新聞爆發後，主席身旁有人說，「這是藍營的政治操弄」，更讓擅長操作新聞玩政治的民進黨內行同志暗中發笑。

我的質疑是，處理「十年政綱」的發佈，蔡英文都如此漫不經心，「十年政綱」的骨幹內涵，她會認真努力嗎？

洋洋灑灑，「十年政綱」一詞，是二〇一一年一月就由蔡主席對外宣佈的。千呼萬喚始出來，文字內容得到了不少報紙版面的刊登。為了擔心說的不夠清楚，民進黨也花錢買廣告，刊載在報紙上提醒各界主席的十年宏願。

具體內容，不可避免的以大陸政策最受注意。這是最能觸動選民投票選項神經的議題。其他的承諾、志向和保證，台灣人民的民主選舉歷練成熟了，也明白這些說法經不起真正的實踐。

李遠哲：選舉政見不必實現

早年陳水扁無法兌現他的選舉政見挨批時，阿扁支持者之一的前中央研究院院長李遠哲先生，一句「政見可以不必實現」的註腳，算是說穿了政見的本質。

蔡英文有「十年政綱」，馬英九推出「黃金十年」。民主國家政治人物對選民選票負責，四年一任管四年；八年兩任，負責八年。馬蔡選的明明就是一任才四年的總統，兩方的陣營十年競賽說，民主選票授權的依據何在值得商榷；不過，相對於以前的政府領導人，蔡英文和馬英九的口氣，還算平實謙遜。我記得李總統接任蔣經國的任期屆滿，由老國代票選續任總統，推動修憲大工程時，曾口出豪語指出，那一次修憲完成，台灣可以安享三十年的平安日子。

當時我曾撰文表示了懷疑的態度，還引用了美國國父華盛頓先生卸職返鄉，人們請他留下金玉良言供後代參考時，他說的話。

「後代子孫的事，由後代子孫自己用選票來決定。」依稀記得華盛頓充滿民主真知灼見的基本輪廓。

十年；甚至二十年、三十年，是國家整體發展方向，是一個負責任有效能的政府，延攬各界專業人才，組織而成專責機構進行專業研究，隨時提供給國人、世界，國際之間相互參比進步的數據、分析；問題的預測及解決之道；是政府代代相傳的職責，不應該只是口說無憑、選前花妙，選後如泡影的選舉政見。

〈第五章〉

PRADA級的副總統？同志說不出口的哀怨

一、副手也要名牌，民進黨人是次級品？

轉了一大圈，蔡英文還是沒在台灣的人才庫裡shopping到她中意的副總統參選候選人。傳言紛紛。最後，「蔡主席不得已，要回到黨內尋找她的大戰搭檔了」；耳語流出的弦外之音，是蔡主席找不到一流的，她屬意的極品級副手人選，只好降低標準，返回民進黨將就她不是最滿意的選舉伙伴。

些微的難堪；敏感的「她其實不太認可黨內自己人」的情緒，還需要修復。何況，總統提名初選戰的傷口尚未癒合，民調較高的蘇貞昌不接受蔡英文的副手之邀，黨內早已猜到。心結如此之深，二〇一二總統大選，蘇貞昌陣營消極助選的畫面，可以期待。

終於成軍，平均年齡年輕一些的英嘉（民進黨刻意避免用蘇蔡配做文宣，為的是蘇與輸相似，不吉利）配，蔡英文加蘇嘉全，夢幻嗎？連蔡英文都承認，她公佈由小蘇出任她的副手搭配人選後，黨內有人向她提出「為什麼是他」的異議。

後來，蘇嘉全以妻子名義在家鄉屏東購買農業用地，興建像歐洲城堡一般的宅邸，涉及違反農地農用法令規定的事件，遭國民黨籍立委邱毅揭露，果然驗證了部分民進黨人對蔡英文此一副手的疑問，不是無的放矢。

蔡英文一如故往，面對危機不知如何處理，只好輕描淡寫，以拖待變。黨內不同心同力，冷眼旁觀，看笑話的同志，為數並不少。蘇嘉全和太太洪恆珠的「問題」，經不起理性檢驗的部分，以蘇嘉全擔任內政部長、農委會主委，身為太太的長官時，不顧內舉避親，將九職等的公務員洪恆珠升官為十二職等，調任屏東生物科技園區籌備處副主任，很受非議。

農地上建豪宅，還狡辯不肯承認；財富累積不合乎常理，背後顯現的，是從屏東縣長到內政部長，到農委會主委，官路亨通的蘇嘉全及太太，對於運用公職權位換取金錢或相同利益的興趣，十分高昂。

一旦蘇嘉全當上副總統，洪恆珠會不會是下一個扁嫂吳淑珍？甚至比吳淑珍還要貪婪的權貴夫人呢？

蘇家會是另一個扁家嗎？

這種傷害性極大的疑慮，憑良心說，蔡英文不會不寒而慄嗎？

這還不是她唯一的困擾。

核心的麻煩，不完全是蔡英文怎樣化解蘇貞昌曾被副手小妹妹「背後下毒手」的舊仇，以及蘇嘉全的未爆彈和年資尚淺，無法擺平派系反彈的隱憂；漂浮在民進黨中央上空，似有若無的陰影，是蔡英文究竟怎麼看待她自己與民進黨人的關係？

蔡英文的執著、堅持、自負級的自信，以及較一般上班族高水準的生活模式，日子久了，相處磨合時間長了，民進黨內不論親疏，各級人士大都理解到了主席這一部分的不可動搖。沒料到的是，在不太動聲色的運作過程中，她選擇副總統參選人的標準，竟然和她的穿著、吃食與住行一樣，要求的也是名牌、品味、格調。

偏偏，高品味，在蔡英文走進民進黨中央黨部大門出任主席之前，從來不是民進黨人的特質。還有人注意到，英國社會講究的紳士風度，可能也是蔡主席欣賞的特點。林信義、林全、林義守、詹啟賢，尤其是中央銀行總裁彭淮南，這些傳言的可能人選，他們身上，看不出民進黨人慣有的草根本土氣質。

自己人難道不夠資格？或者，民進黨同志就是次級品嗎？蘇貞昌最終拒絕出任她的副手，似乎精確傳達了黨內人士的憤懟。

大戰就在眼前，習慣於放下內部歧異，一致齊心對外的民進黨人，這股說不出口的怨氣，在二〇一二年一日蔡英文落選後，很可能爆發成為反蔡的動力。

二、情有獨鍾彭總裁？林義守也向她說「不」

愛之適足以害之。這句話，應驗在三番多次蔡英文企圖說服彭淮南出任她的副總統搭檔過程中。

潔身自愛，在專業領域屢受肯定的中央銀行總裁彭淮南，歷經李登輝、陳水扁總統到現在馬英九總統主政的中央政府，又曾克服甚為重大的二〇〇八年世界金融海嘯衝擊。他的優質形象，無人挑戰，可以從立法院接受立委質詢時，立法委員們的唯唯諾諾，不敢公然為難彭總裁，待之以禮的態度透露端倪。

自視不低，選戰希望獲勝也高的蔡英文，認定彭總裁是最能加分，最能與她匹配的副手，確是智慧的抉擇。只不過，蔡主席出手爭取他加入聯盟搭檔陣容的過程，卻一次又一次傷害了彭淮南總裁累積多年，不介入複雜的政治黨派，不參與無聊人情酬祚的公眾形象；更嚴重的是，當媒體以似乎是某些當事人刻意操弄的爆料方式，揭露彭淮南夫婦前去蔡英文宅邸拜會，以及李總統受蔡英文之託，代為約請彭總裁會晤當面說服他的消息傳出時，彭淮南本人的回應，一度近乎說謊；另一次，說明和李總統面談，他還在文字稿件中透露了怒氣。

這樣的損害，對彭淮南而言，是極端不值得的代價；蔡英文個人的行為，造成了中央銀行總裁國家公眾角色的傷痕，非常不道德。

蔡英文本人涉足政治已深，個人利害和計較，充分反應在副總統人選的尋尋覓覓上，固然可以理解；但緊追不捨彭淮南，和運作媒體報導的手法，顯示出她的判斷力，被獨斷固執，及不容許人家向她說不的驕氣所矇蔽的危險弱點。

錯誤靠學習修正。蔡英文有著目中無人的習慣；請人當副手，一個個碰壁，這次挫折，能夠提醒她檢討改進嗎？

拒絕她好意相約的副手對象，比如南台灣影響力極高的義守大學創辦人，鋼鐵大王企業鉅子林義守先生、南部醫界大老詹啟賢等，懷著怎樣的心情評價衡量蔡英文這場選戰的意義？外界難以得知。最後定案的蔡總統候選人的副總統搭配人選蘇嘉全，是次級選擇的情何以堪，倒是蔡英文自己創造的難題。

三、副手考慮多？關鍵在總統候選人！

副總統的職掌是什麼？

美國的歷任副總統中，近代最知名的，是老布希的副手奎爾連馬鈴薯的英文如何拼都不知道的傻氣。這個笑話背後直指的，是副總統的能力學養沒什麼；甚至連會不會寫英文字都不要緊的不重要。

「副總統就像他辦公室牆上掛著的時鐘」，也是一位對副總統大位感到像雞肋一樣的美國前副總統說的。意思是，數著時刻分分秒秒過日子，無所事事。

「備位」，就是這兩個字。所有民主體制國家基準下產生的副總統，唯一的使命與任務，是準備一旦總統無法承擔總統職務時接下大位。

歷史上副總統升任總統，近在眼前的台灣，李登輝先生即是最活生生的例子。那時，一九八八年一月十三日，總統蔣經國先生病故，當天下午李副總統依憲法規定接任總統。台灣的政治也因為當年蔣經國總統的副手選擇，出現了不一樣的走向。

副總統挑戰總統職位成功的，美國的老布希總統是實例。也因為如此，馬英九連任總統戰挑上吳敦義為副總統搭檔，立即引發了國民黨內接班爭奪暗潮洶湧的傳言。

民進黨的政黨板塊愈來愈穩固的趨勢下，總統候選人的副總統配合人選，隱含著可以直驅元首大位的可能，蔡英文找副手謹慎小心，不是沒有道理。

問題是，副總統在選舉爭戰相持不下，五五波的情勢中，有著多少積極加分作用，一直是個沒有具體正面回答的謎題。

蔡英文在二〇一一年四月二十七日民調險勝，闖過黨內初選煉獄般的殘酷驚險洗禮後，終於獲得民進黨擁戴提名為總統候選人。

當時，她小龍女救黨救國的聲望，如日中天。

三個多月後，蔡英文的本事究竟有多強的疑問，從國民黨流向了民進黨的內部。

被她打敗的蘇貞昌，第一時間曾被她否決做為副手搭配的蘇貞昌，在綠營支持者心中的地位，卻逐日升高。二〇一一年七月底，一項民意調查顯示，蘇貞昌是台灣民眾最相信的政治人物，正式敲響了蔡英文的警鐘：她，踏入政壇才十一年，政治歷練與政務經驗，有所侷限；人生的過程，也是順路多於逆境，習慣了掌聲讚賞，面對批判抨擊，惱怒是她的第一反應，「這樣的人，會是合格的總統嗎」？

四、「空心菜」，情何以堪！

網路上剛出現這三個字時，民進黨輔選幹部當成玩笑。「我們說他們馬英九無能，他們拿蔡字作文章，太刻薄搞不起來的！」

這時，不分區立委提名遭反彈風波還在嘩然議論階段，蔡英文高人氣的主席威望，有著居高等待進一步大幅躍升的氣氛。

二〇一二年和總統選舉同時舉行的立委選舉，由政黨提名的不分區立委，關係政黨內部權力均衡的政治妥協藝術，也影響選民選舉日政黨票投票對象的抉擇。一向，國民黨百年歷史，政黨包袱重，提出的不分區名單，被認為總是遠遠不如民進黨令人滿意。民進黨不分區立委產生過程，從黨員投票，到黨員票選和民調比例分配等，一方面注重民主機制的貫徹；另一方面，杜絕人頭黨員與賄選問題。國民黨為求改進，近年也力求擺脫財團以政治捐獻換取席位的惡習，學習民進黨內以投票及民調雙重標準途徑，選出不分區立委的方式。

出乎各界意料的，民進黨的新一屆不分區立委提名，竟然在迅雷不及掩耳的高層少數人定奪下，以黨主席組織提名委員會，針對黨內推荐名單討論定案為主。

這也表示，主席的意志主掌不分區委員的生殺大權。如此違反民進黨傳統，近乎主席一人獨斷的作為，引發震驚。然而，小英主席的支持度太高，太沒有人可以取代她女霸主的地位了。除了誓死反「英」到底的呂秀蓮副總統提出微弱的不滿，蔡主席一言九鼎的泰斗角色，黨內無人敢於提出異議。

輿論界持不同觀點的，冷眼等待蔡英文一言堂式領導的發展。

果然，二〇一一年七月，民進黨搶先在國民黨之前公佈的不分區名單，引起了親痛仇快的不良效應。

有案在身的，竟然列在榜上前三名；蔡英文手帕交的女性知己，搶到了安全名單內，保證將來不會失業。

阿扁恩人之子；蘇貞昌的子弟，謝長廷的人馬，綠色聯盟的代表，一字排開。這份名單，依照綠營媒體《自由時報》的評論，是蔡主席「被派系處理」的不當安排，「向派系妥協，高於專業改革」。

不分區提名私心自用屈服派系

過度屈服於派系，循私袒護自己的閨友，蔡主席過去努力維護，不淌入黨務紛爭渾水的遠距離形象，一夕崩潰。人在獄中的陳水扁也寫了文章，指責蔡英文不分區立委的決定，錯誤百出。阿扁明白指出，蔡英文將密友蕭美琴、鄭麗君列入超安全排名，「『國王的人馬』固然令人稱羨，但是否會讓人覺得蔡總統參選人缺乏必勝的信心，而必須為身邊的人預留後路？」一語拆穿蔡英文已預估選不上總統，藉不分區立委提名的權力，循私替好朋友找工作的意圖。

更別說被提名人鄭素華的賄選前科紀錄，提名審查委員會如何過關？莫非他們真的只是主席御用的橡皮圖章？

更鉅大的反彈，來自於擁有媒體，民視電視台頻道的蔡同榮所屬的「公媽派」。他們鎖定的打擊對象，是政壇聞名的綠營不倒翁柯建銘。

賭錢、玩女人、關說官員，介入司法案件，立委黃幸男向黨中央提出柯建銘行為不檢的控訴，替未能列名不分區安全名單的蔡同榮討公道意味濃厚。

初始，黨中央不以為意。近年來，一直是民進黨能量所在的大掌櫃柯建銘，最有名的律己哲學，是「永遠忠於黨主席」的亦步亦趨。陳水扁時代，電視畫面上他總是陪笑臉貼在阿扁身邊；蔡英文掌權，小英主席是他唯一的主子。不分區立委提名，他不動搖的第二名不分區立委地位，朝野人士都有柯委員「功能性核心角色」的默契認知。

換句話說，柯委員長袖善舞，縱橫捭闔的能耐，黨內無人可以取代；沒有他在立法院裡支撐，很多可做不可說，不能擺上檯面的政治操作技倆和妥協談判，將會真空。

做過政務官不認識同黨立委周慧瑛

公投之父蔡同榮列名安全名單之外，孰可忍孰不可忍。

民視炮火猛烈的攻擊中，殺到蔡主席的部分，加深了批評者比喻她為「空心菜」的實證。

其中，一位資深黨員，在電視節目發言公然指責蔡主席不用心，腦袋空空。他舉出的實例，是競選新北市市長時，蔡英文尋求他和妻子周慧瑛的支持幫助，「到了我們那裡來拜會，我發現她根本不認識我的太太！」

這位黨員氣憤陳述，蔡英文做陸委會主委四年，跟立法院互動理應很多，「我家老婆那時候也是立法委員，她竟然連自己政黨的委員都不認識啊！」

周慧瑛是民進黨第五屆立法委員，她的任期自二〇〇三年至二〇〇五年初。這段期間，蔡英文做過民進黨陸委會主委，加入民進黨成為不分區立委候選人。

「空心」還是「自大」？

類似的控訴，赤裸裸的脫下了像國王新衣一般的蔡主席過往機智、聰慧可人的公眾面貌。危機擴大到不得不面對時，蔡英文替自己又製造了新的危機。

「她到底有沒有能力啊？」

那是討論不分區立委提名造成黨內風暴的檢討會議，由蔡主席主持。會中氣氛凝重。據說，蔡英文的臉色也不好，少有的凶惡。言不及義了一段時間後，被批得一無是處、早就按捺不住的柯建銘開炮了。

他直指主席沒有好好危機處理，造成情勢不可收拾的傷害。

現場一片寂靜。

吸了一口氣，蔡英文火大了。「造成危機的人來說危機處理，合理嗎？」有點撕破臉的危險了。

「空心菜」說傷害不小

全程，主席將究責的箭靶指向了提名審查委員會。她是最後看名單拍板的人，幕僚作業粗糙，怎麼能全都推到她的身上？

會議後，不平之鳴的聲音，流傳成為蔡英文不講理、死不認錯，如同「武則天」，女皇帝的小道說法。

「空心菜」的負面封號，就這樣和蔡主席劃上了等號。

早就與她有心結的同志，暗暗心喜；總統大戰的輔選幹部苦在心頭，有口難言。真是情何以堪啊。三個字，也說穿了他們曾有的憂慮。

「空心菜」字眼，最早出現在網路上，是一位沒有公開發表自己真實姓名的無名氏網友自創的。注意網路內容的網友說，幾個月前，網路上這位網友，每次看到蔡英文的新聞，就會在討論欄，加註「空心菜又講話了」的字眼。網友另一句諷刺蔡英文的字眼，是「蔡十八趴」，流傳力不若「空心菜」。

如此有創意的字眼，網友何方人物？國民黨方面表示不知道；民進黨也承認，殺傷力極大的「空心菜」一詞，原創者是網友，國民黨不懷好意發揚光大。

「空心菜」為什麼會廣為大眾議論共鳴呢？這才是民進黨人的危機。國民黨方面解釋，是外在氛圍的質疑烘托出來的效果。

為了擺脫「空心菜」的負面形象，蔡英文自嘲空心菜很營養；民進黨文宣，將會繼續打「無能」，要擴大馬英九「無能」在選民心中的深刻印象。國民黨輔選幹部評估，破壞性不大，理由也是氛圍。國民黨選舉戰將分析，無能的指責達到最高峰時，是二〇〇八年七、八月到二〇〇九年初的階段。當時外在環境不佳，馬總統沒有實質政績佐證能力，只有任謗任怨。「現在情況不同，無能說，傷害不大。」

〈第六章〉

當蔡英文挑戰馬英九

一、馬陣營評蔡英文：優點也是缺點

早先有傳言說，馬英九下屆總統選戰，等待民進黨總統初選提名人揭曉時刻，較為擔心的對手，是蘇貞昌。

蔡英文比較好打嗎？

忙於選戰的馬英九台灣加油讚競選辦公室人員，年輕人滿屋的景象，顯現了依照既定節奏向前行的信心。談蔡英文，羅智強充滿自信。擔任「台灣加油讚」副執行長的他，近年來，為馬英九做主席的國民黨引進不少青年人才；他一手主持的輔選網軍大隊，就是二〇〇八年馬總統執政後，推動黨的新血年輕化的成果。

「蔡英文的優點，也是她的缺點」。

「優點是，剛出道時，她的想像空間」，羅智強分析，蔡英文的神祕感，對問題的講話及態度都保持模糊的特色，讓不熟悉她的人，或者尚未被檢驗過的她，充滿了讓人想像認同的空間，各種背景和立場不同的人，都可以隨自己意願，將自己喜好的類型投射到蔡英文身上。

這樣的蔡英文，之所以得到民眾的喜歡，很大一部分是民眾想像而來的；不是真實的蔡英文。

反反覆覆，她要把這個國家帶到那裡去？

這是她民調升高，一度人氣超級的原因。

這個優點，到了參選的戰役正式開打，卻成了缺點，選舉的負擔。有著二〇〇八年在馬英九身邊打選戰經驗的羅智強說，現在，她要選總統了，她模糊的想像空間，反而讓人產生「不知道她要做什麼，她要把這個國家帶到那裡去的疑慮」。

模糊久了，就給人反反覆覆的感覺。

模糊慣了，一旦要修正，十分困難，容易說錯話，愈講愈前言不對後語，就發生了在美國說了統一是選項，又遭到黨中央發稿糾正的問題。

參與台南市立委選舉的國民黨籍候選人蘇俊賓也透露，馬陣營輔選骨幹評析蔡英文參選的利弊得失時，估計她不習慣把話說清楚的模糊習性，將是蔡英文和馬英九對陣時的最大弱點；選舉日接近，馬吳陣營猛攻蔡的模糊政見，模糊主張，突顯她不是一位可靠的國家領導人的火力，將持續加強。

頭號輔選戰將金溥聰九月訪美，和蔡英文打分庭抗禮戰時，不斷以「翻來覆去，一廂情願，自以為是」形容同在美國訪問的蔡英文。目的，也是要消化掉蔡英文的神祕感，轉化她的想像空間為難以預測的危險。

二、蔡陣營看馬英九：無能賣台終將發酵

「空心菜」？「無能」的殺傷力比較大吧！

這是一位民進黨輔選幹部，面對「空心菜」負面化蔡英文的可能影響，極快速的回應。

馬英九總統上任不到四個月，碰上金融海嘯，之後八八風災，民眾對總統危機處理能力感到疑惑，加上台灣經濟備受摧殘，社會上悲觀氣氛四起時，前立委沈富雄一句「走了壞蛋，來了笨蛋」的形容，掀起了國家領導人，無能比較可惡，還是貪腐比較不能被人民接受的討論。

清廉的馬英九被標記上了「無能馬」的稱號。

從金融風暴中恢復元氣，至少費了半年。這一百八十多天，在馬英九政府發放消費券刺激消費，提振經濟成長；提高銀行存款保證至全額，保障存戶存款等因應措施陸續釋出後，民眾的焦慮悽苦之情，獲得舒緩；這段時間裡馬政府辯護無力，持續遭媒體批判，及立委補選等選戰敗於民進黨之手等不利發展，並沒有消除掉社會上當成笑話，或者抨擊依據的「馬英九無能」這五個字。

「無能馬」最大受益者，在政治舞台上，就是民進黨蔡英文主席了。一路往前衝的蔡主席，就這樣掌握了和馬英九一爭總統大位的機會。「無能」成為蔡英文的幸運字眼。

台灣第一女總統強過無能馬

蔡英文和馬英九暴露在大眾眼前的外在條件，台灣社會上所謂長髮的馬英九就是蔡英文的說法，基本上不算笑謔。既然像雙胞胎，選民為什麼要拋棄具有四年經驗的馬英九，選出一個新手開車的蔡英文接任總統職位呢？難道只為了要看到一位長髮的小馬哥？

民進黨的幹部笑笑。

「差別，當然就在蔡主席的團隊比馬政府有能力。」更大的差異，在國家主權的維護與尊嚴上。

賣台馬，是充滿惡意的說詞。蔡英文決定使用的，是九二共識 vs. 台灣共識。

為了突顯總統候選人的柔性理智特色，民進黨的二〇一二選舉主軸，檯面上的蔡主席，將維持「台灣第一女總統」的超然柔性和優雅。不好聽的，攻擊性的，質疑愛國忠誠的，由各級文宣操盤手分工製作推出。

民進黨人堅信，隱藏在蔡主席模糊策略中的「十年政綱」兩岸政策篇，傳遞了務實，中共可以和民進黨對話的空間。

賣台加重版，在綠營地區有強化支持者動員選票的功效；「台灣意識」立法過程，共識凝聚的說明，可以吸引中間選民的認同；蔡主席本人的都會女性代言人形象，是搶佔北部藍營優勢選區選票的利器。

相對的，馬英九只會露出疲態，被「無能」和「賣台」纏身到無法自拔，就是蔡英文的機會。

阿扁的問題如何處理呢？

保持距離以策安全。說理和激情併用，將是民進黨配合蔡英文人格特質所推出的選舉戰略。

三、二〇一二文宣戰

跟屁蟲 vs. 分庭抗禮；入聯公投 vs. 返聯公投

金溥聰訪問美國，台灣加油讚的副執行長羅智強說明，是早就計劃好的行程。他們也意料到對手蔡英文選前必有美國行，時間重疊，是故意分散媒體效應，民進黨人批評「來亂的」，或者綠營媒體形容的「跟屁蟲」？

「是分庭抗禮啦！」

溫文儒雅之氣不輸馬英九總統的羅智強靦腆一笑。

「Me Too」緊跟在旁的「你有我也有」戰術，二〇〇八年和謝長廷對陣，就是馬蕭競選陣營的主軸。民進黨的選戰高手們不是沒有警覺，只是沒有料到，金溥聰親身上場，還執行得如此徹底。

廣告學上，Me Too「跟隨」是手法之一。以前媒體競爭，報紙的《聯合報》做什麼，同業中相抗衡的《中國時報》也立刻推出相同的做法；包括報紙版面的更動改進，以及工作人員的獎勵都是如此。電視頻道的比賽更激烈，台灣的有線電視界，一家財團創辦的電視集團，採取的就是你播什麼我也播什麼的Me Too策略。

國民黨最經典的「勾勾滴」（台語，跟屁蟲、糾纏不休的意思）策略，就是民進黨辦「入聯公投」，他們也發動「返聯公投」，兩個產品幾乎一模一樣，看選民如何分辨。

二〇〇八年謝長廷輸得那麼慘，就是金小刀跟屁蟲策略奏效的結果，民進黨裡沒人察覺嗎？負責青年軍的李政毅說，有啊，發言人推出俊男美女時就知道金小刀故技重施了。

民進黨人甩不掉國民黨的「分庭抗禮」手法，氣得大罵金溥聰是小人、是蟑螂。金溥聰還回批請不要人身攻擊。

在台灣，選舉向來是民進黨表現的天下。國民黨保守、沒創意，老掉牙的文宣，換來的總是訕笑。金小刀的手法翻轉了這樣的劣勢。

這種高效能的戰術，蔡英文身為前大學教授，沒有做系統性分析加以抗衡，任令下屬謾罵對方也就罷了，本人也曾批評對方是「勾勾滴」。馬吳競選幹部莫不偷笑。

台灣加油 vs. Taiwan Next

金溥聰主導文宣戰，敢想敢做，充滿想像力和意志力，經常讓對手驚訝，連自己人有時候也懷疑，如此大膽不計毀譽的選戰方略，能否生效。

事實證明，二〇〇八年造勢大會和遊行等活動，幾乎做得像綠營翻版的設計，抵銷了民進黨區別藍綠不同，強調本土草根特色的努力。

二〇一二年大選，民進黨推「Taiwan Next」，國民黨喊「台灣加油」，也是金溥聰和團隊分析民進黨戰術準則，早早推出的「分庭抗禮」戰法。

你強調年輕，我推出年紀更小的發言人團隊「分庭抗禮」。

金溥聰早在二〇〇八年選舉後，就和合作夥伴討論下一回選戰，連任的馬英九可能面對年齡相對較小的對手挑戰。

準備計劃從那時就著手進行。民進黨的青年團隊興奮的看到競爭敵手的強力刺激，認定以他們長期經營年輕人的成果，不可能不敵短線操作的金家軍。

青年軍，藍綠網路全面開戰

年輕的小英，對上無能的老馬？

為了化解年紀上的差距，藍營提前推出青年軍應戰。民進黨和年輕世代一向關係較緊密，組織系統也較完整，黨內青年輔選幹部在民進黨五都戰果極佳後，就充滿鬥志準備以年輕人的攻勢，進逼垂垂老化的國民黨。

金溥聰方面，明白老大的印象，是馬英九總統二〇一二年總統連任戰的阻礙。二〇〇八年總統大戰後，就和他一手訓練的年輕戰友羅智強、蘇俊賓等人取得默契，要在二〇一二年前，擴大馬英九和年輕一代的接觸，吸收有潛力的年輕人加入國民黨的行列。

透過各地辦理活動，尋訪人才並加以培訓，在民進黨尚未推出最強勢的年輕牌之前，由羅智強主導的媒體俊男美女發言人團隊立刻就位；網路平台，也一掃上屆選舉居下風的缺點，以新媒體部為小組，請到三十歲上下的青年團隊操盤。為的，是削弱民進黨長期以來的網路文宣強項。

「這些年輕的發言人，是有計劃培養的。」羅智強說，殷偉和馬瑋國，都是國民黨主動挖掘，刻意訓練的。他們接受過不同的歷練，上場做發言人表現不俗，顯現了過去幾年藍營下功夫與年輕人搏感情的努力，具有誠意和成效。

刺客，國民黨閃電挑戰綠營老將

立委刺客候選人，由蘇俊賓領軍；包括了他本人回到大學研究所母校成功大學所在地台南市參選；嘉義立委候選人陳以真，也是成大人，蘇俊賓當年紅極一時的小學妹學生領袖。江啟臣到台中參選前，已在新聞局任局長歷練；加上女籃國手錢薇娟到台北縣出戰。這些出人意表，不像國民黨作風的提名戰略，對民進黨候選人的威脅，雖然不算致命襲擊，國民黨卻認為是整體老化形象轉型的開始。

國民黨本來就有人才斷層的危險，通過新一代無背景者的參選，「可以讓年輕人看到希望」，蘇俊賓充滿信心。

「這些實際的行動，讓過去卻步不前的年輕一代，相信他們加入國民黨是有前途有希望的。」他說。

新陳代謝慢，向來是國民黨備受改革派選民詬病的缺點，刺客能不能為國民黨大換血帶來契機，二〇一二年的嘗試成效很重要。

年輕票，雙英勢均力敵

選舉，保住優勢、強化弱點是基本功。參考的指標，經驗和歷屆選舉開票數字之外，民調是主要依據。國民黨和民進黨選舉裝備中，最主要的民調部門及解讀民調的專家學者，絕不可缺。

民進黨的民調中心負責人陳俊麟，在同一領域中，向來名聲極佳。他的解讀是候選人調整選舉戰略方法和活動的指標。精於彈性戰法的民進黨候選人們，無論參與那一種重要的選舉，都會在競選期間，接到民調中心定期的資訊，告知候選人個人最新民調變化，及根據民調細部分析由民調中心提出的選舉戰法調整建議。

國民黨的民調合作機構多，黨內參考的民調，過去有呈報給長官的壓力，曾出現讓人質疑的錯誤。二〇〇〇年大選投票前夕，馬英九以民調結果連戰超前宋楚瑜，請求藍營選民集中投給連戰棄宋保連，讓宋楚瑜記恨在心，經常斥責國民黨做假民調。

馬英九選舉，由自己人金溥聰率團隊掌控民調，依數字和分析進行選戰的彈性處理，準確度據說比民進黨的民調中心還高。

年輕票，就是從民調中顯現的重要族群。比對不同機構二〇一一年九月中的民調數字顯示，蔡英文和馬英九在年輕選民中，呈現五五波優勢各佔一半的形勢。

其中，二十到二十四歲的選民，較傾向投給蔡英文；二十四到二十九歲，馬英九稍居領先。雙方都強調要繼續加油。

決戰中台灣vs.決戰雲嘉南：主軸「國家主權」

影響選舉的地域區隔，在藍綠政治地盤有著北藍南綠的分野下，民調的區域性分析，也十分重要。依照民進黨的統計分析，高雄屏東向來偏綠的地區，蔡英文要保持超越對手不難；北部的台北、新北市加基隆的北北基，少輸為贏；桃園、新竹、苗栗的桃竹苗藍營有優勢；花蓮、台東較傾向藍營，幸好選舉人口總數不高。宜蘭是民進黨執政，差距不大最佳。金門、馬祖傳統上是藍營的天下。澎湖，要看選戰的努力程度。

最後，就是中台灣與雲嘉南了。

民進黨人設法以蘇嘉全五都選舉時的爆發力，延燒輔選團隊的士氣，及支持者的信心，打出決戰中台灣的口號。在雲嘉南、高高屏地區，綠營雖然樂觀，拉大距離的衝力必須加足；國民黨方面，高屏已有好轉，中彰投不像民進黨評估的那麼差，視綠營執政大本營雲嘉南為決戰場。

如何追趕支持度？民進黨高談維護台灣的主權棄馬保台；國民黨強調主權，國家的名字叫中華民國，廣告首波推國旗篇就是這個用意。

〈第七章〉

蔡主席的機會：馬總統失落的黃金一百日

曾經，馬英九與周美青，是電視新聞台收視率的超級保證。

正式就職後不久，黃金一百天，完全變調。二〇〇八年七月二十日前後，台北的電子與平面媒體所做民調，馬英九就職總統兩個月，民間支持度跌到百分之三十上下；最低，《遠見》雜誌公佈的資料，百分之二十七。

只比陳水扁總統民調最低的百分之十八，高出不到十個百分點。

二〇〇八馬上好，竟然變成官民都想像不到的民主政治震盪。民眾從驚訝、不解到迷惘；偏偏金融危機，八八風災接踵襲來。經濟蕭條，和風災政府危機處理失當，馬總統備受惡評，無能批判之聲四起，馬英九「媒體寵兒」的稱號走入歷史。

發生了那些問題？回顧那段日子，最早出手讓馬英九難堪的，是自己人，黨內同志。

一、人事任命反彈，國民黨變最大反對黨

最先，是陸委會主委人事任命案。

相中與前總統李登輝關係緊密，有入門女弟子之情的前台聯立委賴幸媛出任敏感的陸委會主委一職，據指出，馬英九與身邊幕僚，原先十分自信，認定這是馬英九總統引領藍綠和解，定位為全民總統的重要積極決定。

事後發展，卻是如核子彈般的反彈批判與陣前換人壓力。

反賴的藍營政治人物認為，馬總統這項人事案，為兩岸關係投入不祥變數，對各界期待甚高的兩岸關係解凍不利。

反馬的綠營政治人物不買帳，批評賴幸媛不具正統綠色代表性。

藍營選民更惱火於李登輝陰影不散，對於馬英九選擇李登輝人馬出掌陸委會主委，捨棄自己人，討好選舉期間糟蹋馬蕭不遺餘力的綠營民眾，十分不解、痛心，批判火力強烈。

一家電視台談話節目那幾日開放觀眾叩應，罵聲不斷。一位男性觀眾直接用「王八蛋」字眼表達對總統馬英九的氣憤，主持人立即制止。

也有人公開形容，馬總統「尚未結婚就搞外遇」，令選民為之氣結，更無以置信。

中國大陸國家級的媒體新華社，也不假詞色。以一篇「兩岸關係遇風切」為題，比喻馬英九推

出賴幸媛任陸委會主委有如風切，風暴不安難免。

台灣的股市在風切評論文公佈當日，指數下跌一百八十七點。

此時，距離五二〇馬總統正式就職還有一個多月。炮火聲不絕於耳，《聯合報》與《中國時報》社論，以理性語法，耐心解讀馬總統的用人哲學，直指理想與現實的差異，婉轉提醒馬總統可能面臨的風險。

還沒上任就沒蜜月？

馬總統紅不讓的行情開始動搖。

危機當前，民情譁然的第三天，馬英九辦公室安排賴幸媛露面召開記者會，重申她支持「九二共識」一中各表，馬政府兩岸政策基本架構的立場。

隔日，馬總統主動要求大陸觀眾為主的有線電視台鳳凰頻道專訪，強調馬蕭上任後的大陸政策不變，試圖平息中國大陸當局的疑慮。

「既然如此，就給賴幸媛一個機會吧」。

經過緊急補救，馬總統危機變轉機，《聯合報》社論與民調，都顯示民眾願意給馬總統的大膽抉擇一次試煉。

同時間，民進黨即將卸任的行政院，鬧出了陳水扁總統親信要員涉入巴紐建交金援下落不明醜聞。

「又是陳貴人救了馬英九」，不少評論者這樣說。

賴幸媛案風波結束，批馬聲音歇止。

反沈富雄教訓馬總統，吳主席袖手

好景不長，監察院的提名，又造成了強烈反彈；賴幸媛任命案的前車之鑑，並沒有讓馬總統警覺到，他和親信幕僚嚮往的「全民總統、和解台灣」的美夢，靠著延攬親綠人士進入政府就可以實現的構想，還沒有被台灣政治環境接受的基礎。

「要出事了」，內行的政治觀察者看到問題引爆點了。這次提名，全民總統的味道十分濃厚。監委提名人選公佈，親民黨主席宋楚瑜先生受邀推薦三人落馬，綠營色彩人士上榜後，藍營委員的私下集結運作，預告著總統府低估了馬總統疏於溝通，吝於分享權力的後座反彈力道。

終於釀成了台灣社會的批馬高潮。

沈富雄任監院副院長案遭同黨藍營委員杯葛否決，黨主席吳伯雄沒能為馬總統疏通委員情緒，十分奇怪。知悉內情的人士了解，馬總統上任不久，向吳主席提出黨政分離的主張，吳主席心涼如水。

馬總統的能力領導與政治領導不及格的批評之聲，如火山爆發般衝上水面，馬總統也有如那艘自稱不沉的「鐵達尼號」一樣，撞上冰山後災難不斷。他的聲望直線下墜，陷入領導危機。

《聯合報》與《中國時報》，連續以社論評議馬總統二線總統及和解全民總統之誤謬。向來強力支持馬英九的藍營大炮型評論者，包括前考試院長王作榮先生，《新新聞》週報社長筆名南方朔的王杏慶先生，及馬英九力邀出任新台灣基金會執行長的林火旺先生，分別發表文章批馬，兩王一林的怒火之聲，震驚政界。

南方朔以「柔性剛愎自用」形容當上總統的馬英九。他說，馬英九有著扭曲的外省人情結與二二八情結。

王作榮院長批評馬英九用人不當，識人不明，要他立即重組內閣。

壞消息還不只如此。七月二十日左右，TVBS、《中國時報》及《遠見》雜誌公佈的民意調查，馬英九的支持度平均三十趴；最低點，《遠見》的數字，百分之二十七。

二、總統不見了？惹惱民眾

就職典禮，我也在現場。二〇〇八年五月二十日，總統意興飛揚；周美青風采迷人，一舉一動，一顰一笑，都成為媒體鏡頭捕捉對象；她平實中透著高雅的裝扮，還被形容帶動了簡約風潮。媒體界再度以馬英九時代的專題報導，迎合滿足馬迷的資訊美食需求。台灣社會半數以上的人民，再度愛上馬英九；不一樣的馬英九，他的名字叫做馬總統。人人每天都想看到馬總統，都想知道馬英九如何轉變成為馬總統。

馬總統卻從攝影機、電視畫面前消失了。

一開始，不習慣，等著。卻還是馬總統的消聲匿跡。

貫徹憲法規定的雙首長制。幕僚解釋說，馬總統刻意退居第二線，由他任命的閣揆劉兆玄站上第一線，以清新的形象，有歷練的從政經驗，與國民黨執政時期的舊團隊，凝聚馬到成功的馬劉政權班底。

選民吶喊，選的是馬總統不是劉總統；馬總統的二線定位被譏為縮在總統府內玩線上遊戲的宅男總統，民間批判聲浪不斷。直到七月初馬總統才站上第一線發表談話，為時已晚；馬總統領導能力不足的耳語深入各階層。中間選民，尤其是投綠轉投藍的選民爆發了不滿潮，情況嚴重，民調數字可以證明。

馬英九高估了劉院長當年俠士之風出任官員的魅力，劉院長本人也遺忘了與時俱進，民意如流水的不移名言。

犧牲說造成大反感

過去，劉兆玄的學者風範，說話斯文有節，緩慢中流露智慧的風格，是吸引力；如今，看來是退化不前進，沒有感受民間疾苦的緩慢。

劉院長接任馬政府的閣揆時，是地位高尚的大學校長，是大家長、讀書人；接任後，是公僕，是人民眼中的政客，是立委口中待宰的羔羊。在他心裡，這是犧牲，他引進的閣員也是如此。站在他們對面的媒體、民眾及國會立委，對這一說法嗤之以鼻；不僅不認同他們的偉大情操，還不屑於他們的代表性。

馬英九以他們做為代理治理群的做法，引來的是倍數反彈。見不到馬英九；罵不到馬英九，就以劉內閣為目標。

箭靶久了，傷痕累累，即使未發生八八風災，和美國牛肉進口的風暴，劉兆玄內閣的任期，也不會如馬劉當初共識那樣，打前鋒做滿一年半到兩年，再換手接續新班底。

三、劉內閣輸在起跑點

對的人擺在不對的位子上

油價上漲，股市下跌，從市場供需法則的變動，及全球趨勢看，台灣不能免於潮流，馬英九總統在這樣時機點接掌政權，衝擊難免。

加上陳水扁總統八年執政，政府支出上升、赤字增加，經濟、財經金融政策鎖國，更添加了馬英九新政府治國上的不利負擔。

尚未交接總統職位時，即有熟悉財經環境的人士多次公開預警，馬英九政府所面對的，有如戰後廢墟重建。

馬英九總統本人與副手蕭萬長先生，明白將如履薄冰；他們的閣揆也知道，未來的路途絕不順坦。

但是，國民黨過去的紀錄，與從鎖國到開放的期待，仍讓他們充滿希望。民眾屏息等待，卻在等待中失去耐心。

情況持續惡化，物價四處都是上漲的跡象；不耐煩的台灣人民，開始失望埋怨，咒罵批判、到處點火。總統大選前的希望與選舉當日的興奮，轉化而為無法相信的不解。

偏偏，就在這股不安疑懼的氣氛之中，馬總統還堅持在二線的定位上。

劉兆玄院長和他驕傲的閣員，陷在各種反對黨及民間非組織性、卻演化為系統性的負面評價漩渦之中。

所有的不滿與指責，都指向了馬劉政權。明明與國際情勢惡化息息相關的油價上升，與股市跌跌不休現象，劉內閣也無法說服民眾這是他們無法掌控的要素。

人民將怨懟之情如大雨般傾盆沖向馬劉，情緒上固然是找代罪羔羊與缺口；但是，五二〇後油價調整反覆，突然提前宣佈失去民眾信賴的變化，以及政府官員對於股市敏感度高，不能任意發言的警覺性不足，都被投資人和一般小市民找到了把柄。

比方，新聞局長史亞平在行政院院會後召開記者會，談到院會振興經濟討論方案，是否提及股市拯救措施時，忙中有誤的回答，竟然是沒有藥方。

「救股市沒有藥方？」

此話一出，正午十二點，台股立刻在等待政府釋放利多的期待中下跌。

沒有藥方，也成了劉兆玄內閣無法磨滅的笑柄。

沒幾日，經濟部長尹啟銘先生解釋他選前所說股市可能攻上兩萬點的說詞，「是說笑」。

感覺上政府官員無法感受人民的苦痛與無助，繼續動搖著人民對馬蕭劉政權的信心。

薛香川是致命傷，馬身邊早有人警告

劉內閣的最大一顆炸彈，是薛香川，馬英九總統上任後的首任行政院秘書長。閣員組合時，誰出任閣揆，在國民黨內形成拉鋸戰，江丙坤背後勢力極大，馬英九了解那一波挺江風潮不能不有所回應。他不肯讓出重要的行政院長位子，突然宣佈由江丙坤出任海基會董事長，委以總統視之為任內重要政策方向的兩岸事務協商統籌重任。

高招出手，挺江陣營一時之間無話可說，馬英九為他屬意的劉兆玄開出了順利接任閣揆的大道。

只可惜，組閣困難不少。劉兆玄懷著我不入地獄，誰入地獄的情懷，決心為馬家小兄弟捨命相隨，重出江湖大幹一場為國為民留下記憶。只不過，他邀請的人才中，有些人不是這樣的想法，他們不想跳火坑。

閣員人選，從第一選擇到第二，到第三。劉兆玄也是有個性的人，馬總統身邊核心推荐的官員儲備人選，他不同意的照樣拒絕，並不留情；劉兆玄看上的人選，馬英九的愛將反對，劉兆玄也不接受，照用不誤。沒想到果然陰錯陽差，壓倒劉內閣的最後一根，也是第一根稻草的秘書長薛香川，曾是馬英九好友兼幕僚的一位人士，大力勸說切莫引進內閣的人選。劉兆玄不信邪，八八風災發言和因應不當等，薛香川非但讓自己身陷不知民間疾苦的批判，也連帶使得劉院長個人民眾支持及信任基礎崩潰，當年那位力阻薛香川入主行政院出任秘書長的人士所言，不幸全都應驗；劉兆玄不得不辭職以挽救馬總統失卻人心的政權。

薛香川學有所長，是他專業上不可多得的人才；但自視過高，發言時常讓旁聽者為他著急，不知他的自負和高度的自信，來自那些支撐。他接任秘書長，原本是個和外界連絡溝通的潤滑劑角色，沒想到，因為擁有綠卡問題，進了行政院沒多久，就不知所云，一張臭臉名聞各界，成了人民眼中的黑名單人物。

閣員誤以為兩百二十萬票領先，是給他們的掌聲

之後，立法院與行政院關係沒進展也就罷了；在薛香川無所作為的催動下，執政的國民黨立委形容，他們在立法院，跟同黨的行政院之間之隔閡和無交情，常錯亂的以為面對的是敵對政黨，而不是同黨同志。做秘書長的薛香川之不適任，初期就已顯露無遺。

自信滿滿的劉院長和他的幕僚，不以為意。難道他們以為，馬蕭配二百二十萬票遙遙領先的選票，「也有他們的掌聲和讚賞喝彩嗎」？一位國民黨籍旁觀的人士，當時焦急的看著不知死之將至，自以為馬英九的明星光彩也是他們功勞的閣員，「自我感覺良好」，簡直不知如何啟口勸說。

當民進黨籍的立委重整士氣和武裝，恢復了在國會的作戰力量時，行政院閣員還沉醉在他們是犧牲小我，為民付出的偉大情操的自我欣賞情緒裡；他們面對立法委員，自認是國民黨時代有經驗的老大哥，倚老賣老不肯放低身段。嚴重的是，動輒與立委口角爭辯，怒不掩飾的，是行政院院長劉兆玄本人。

有綠卡，在劉兆玄嘴裡何罪之有不說，還是犧牲，是國際觀的展現。

活在過去的掌聲的劉內閣，二〇〇九年八八風災前，就已經面臨民意不信任票倒閣的危機了。可怕的是，當時的馬總統正在二線總統制的實驗當中，人，不見了。

不耐煩的人民等不到馬總統的覺醒，卻等來了八八風災後，薛香川主動打電話到電視台談話節目，辯解自己在八八父親節和家人吃頓大飯店的台菜慶賀，有何不可的委屈宣言。

「父親節耶！」薛香川說這話時，小林村已滅村，許多爸爸失去了生命，許多子女沒了爸爸！

馬總統好友死黨之一的台大教授林火旺，不循私，公開在電視談話節目，揭露劉院長風災那晚還去理髮的秘聞。

背後，都展現著單一的訊息：這一幫政府高官，距離台灣民眾實在十分遙遠。

風災是週末發生的。當晚，我參加電視談話節目，晚報上說，南部災情嚴重，行政院長決定第二天南下勘災。

勘災也要挑日子嗎？那天，我曾立刻表示這種態度需要修正，院長應該連夜南下慰問災民；這才是民胞物與。

劉院長顯然沒接受我的建言。他的秘書長，他從大學帶來的院長辦公室外行幕僚，都沒有警覺心。他們的失職，也害得劉兆玄請辭院長，帶著他任內一個村落毀滅的悲傷遺憾和紀錄，離開閣揆職位。

四、國安會角色侷限，功能萎縮

總統府國家安全會議，在李登輝任總統前數年，以蔣緯國為秘書長，安撫意味濃厚，沒有強化成為總統最高幕僚單位的企圖。一九九六年當選第一屆民選總統後，李登輝努力醞釀改組國安會，下設諮詢委員，修正提升為總統的政策總設計師和主要幕僚。

啟用曾任國安局局長的殷宗文為國安會秘書長，並慎重選任副秘書長和諮詢委員，李總統以實際行動，告示政府其他單位，特別是內閣，關於軍事、外交與大陸政策的總統職掌內重大政務，國安會是他的唯一主要諮詢負責對象；最後確認權，由總統本人拍板定案後，各部會層級機構必須照章行事。

這之前，國安會的角色，已經悄悄轉型。著名的九六年中共導彈危機，由不同政府單位掛名委員或類似職位人士組合的總統幕僚團，以準國安會角色向總統精準提供情報和分析，掌握中共導彈發射時機與可能落彈地點，並在沙盤推演的十八套劇本解讀下，協助總統府因應重大難關。

李總統深為信任的殷宗文、張榮豐等之後的國安會高層，即是這一幕僚團的骨幹。他們在李登輝成為第一屆民選總統，開啟李登輝時代的大道時，儼然已是李總統唯一的心腹團隊。幾乎不論什麼事，他都習慣交代國安會研究議論可行性；執行過程，也多半依照國安會提案推動。兩次辜汪會談，甚至密使訪北京，國安密帳傳出的外交專案等敏感重大議題，國安會及國安局高層，都扮演重要功臣角色。

陳水扁二〇〇〇年接下李總統政權時，國政複雜程度，早在他預料中；他接受了李總統所提由李朝國安會、國安局高級官員留任，幫助阿扁穩住軍情人心士氣，及對外關係的延續。

國安會在阿扁執政期最重要的任務，是領導指揮對外談判，依照劇本完成中共加入WTO後不多久，台灣也正式成為WTO會員國的使命。

WTO入會簽約，台灣的代表，是經濟部部長林信義，背後為他撰寫劇本的，是國安會。

阿扁破壞體制，馬英九固守體制失策

APEC年會，李登輝總統視之為與中共當局操玩外交三角遊戲的場域，陳水扁依樣畫葫蘆，還加碼操作；國安會也被指派擔任APEC總統特使的導演，指揮他們在前線演出。

得意忘形的陳水扁早期還尊敬國安會李登輝舊屬的能力，後來就不相信這些人的忠誠度，也不想受制於李朝人馬了。他別出心裁，任用了政客出身的邱義仁及康寧祥出掌國安會。

那是國安會的災難期。尤其康秘書長的異想天開，外行領導內行行為，果然讓正宗國安會資深幕僚群忍無可忍，相繼辭職。

已露出腐蝕敗相的陳水扁，二〇〇四年連任成功後變本加厲，沒感受到國安會功能變質的危險，甚至視之為私人東廠，再度指派邱義仁為他進行祕密外交，動用祕密外交預算公款等。國安會好不容易建立的，制度體系內總統最高幕僚的地位，逐漸瓦解。

馬英九總統上任，沒有注意到，國安會可以擔當的重任除了純外交大陸軍事政策幕僚，還可以是總統的智庫，是危機預防和危機管理的最理想單位。他任用的秘書長蘇起，學問佳、人品好、性格溫和，但書生氣息極濃，自我定位，也只是建議者，而非責任承擔者。

風災、談判責任分不清

於是，八八風災，過去危機處理角色突出的國安會，不為所動。總統未能察覺他在大災難發生後，不改變正常行程，依然行禮如儀，參加沒必要的國際會議，主持球賽開球儀式，是不知民苦民痛的可怕舉動時，國安會成員自高層秘書長，到基層諮詢委員，也沒有人提醒總統立即赴災區安慰民心，指揮救災善後。

風災後是否接受外援，國安會與外交部爭議不休，互推責任；對美談判牛肉進口，帶骨牛肉一併開放，軒然大波響起，終於成為打擊馬總統民調的鉅浪。國安會主導談判，衛生署依計行事，追究過失，兩方都不認帳。

這些，都與國安會的角色認知有關。蘇起認定他只是建言者，執行方案的應變和彈性調整，是各主管部會的事。

形勢惡化到不能收拾的時候，國安會沒能做好總統幕僚的過錯，也一起算了總帳，蘇起以家庭個人因素請辭。

傳言說，逼走蘇起的人，是那時被總統火速召回台北滅火的總統好友金溥聰；不過始終沒人證實，蘇起公私場合都大加否認。

人事任命建言權，總統身邊人士都有角色，誰推荐的人較優秀或者製造麻煩，也是政界高級八卦。金溥聰○八年後一直未進入政府任職，傳言指他對若干人事任命有不同看法，但都無法獲得證實。

金溥聰推荐的政府官員，也有承受不起外界指責，任期草草結束的；比方，教育部長鄭瑞城。監察院院長王建煊先生的任命，金溥聰是建言人。這位院長的表現，毀譽都有；他的言行和一般社會認知，經常發生差距。有一回我親耳聽到沈富雄先生大罵在監院推動替媽媽洗腳運動的王院長，「不曉得在做什麼」。

王建煊評論打工學生很笨，不知道從師長處好好學習，也讓人懷疑不食人間煙火，不知有人家計困難，學費無著非打工不可的苦境。

金溥聰二○○九年秋自美返台接下國民黨秘書長職位，回到馬團隊；馬金生死之交，忘卻嫌隙容易；政壇人才難覓，薛香川、蘇起，還有史亞平等適當的人，被派上不適當官位，徒然成為犧牲品，事後又勞駕總統為他們安排職務安插予以彌補的周折，浪費社會資源，損傷總統民望，幫助蔡英文壯大，國民黨的損失不能說不大。

五、北市府人馬進總統府，小孩開大車

馬英九登上了總統寶座，過去兩屆台北市長任內，陪同他走過八年煙雲磨難的市府團隊，是共度難關的難友，也是互信深厚的莫逆。市長從市府這一頭，直直搬家進了總統府。市長辦公室和市長熟悉，受信賴的市長辦公室部屬，原班人馬一起進駐總統府總統辦公室，雞犬升天，理所當然，也是傳統，外界無人質疑。

有著總統府煩瑣事務適應經驗的前政府高級官員中，卻有人看出了這個小問題背後的大憂慮。市府門檻低，新人乍到容易適應；總統府可不一樣，當年幫馬英九開動市府治理班車的團隊，不見得適合執掌總統府辦公室。總統府這個衙門大，人才要求條件門檻高，市政府層級的人士可能無法承擔，「如果不注意，是要出事的」。

八八風災造成馬英九從政生涯難以回補的重大傷害，總統和主要幕僚警覺性不足，固然要負責，總統府辦公室從主任以下，無一人意識到總統府幕僚為總統事前安排好的錦上添花式行程，在災民深陷苦難時，毫無價值。他們沒有立即取消，或者提出修正建言，政壇熟手直言，就是市府級官員小型車駕駛，開著超速跑車，手持TURBO渦輪大馬力方向盤，卻不知如何掌舵的慘烈結果。

六、學者博士不是天生好官員

馬總統上任，最受注目的人事任命特色，是前國民黨政府財經專長為主的第一線官員，加上最新發掘的人才，也就是實現全民總統目標的綠營菁英。

「全民總統」不被接受後，學者成了最佳安全人選。馬總統最信賴的長年好友，高朗、朱雲鵬、蘇起、蘇永欽，及金溥聰，都擁有博士學位，都是所謂的外省人。這樣的一致性，在被南方朔識為有外省人自卑情結的馬英九內心深處，確實充滿不安；否則，他擔任總統後引進學者型政務官，不會那麼巧合的，都是博士級的本省籍，多半出身於南部地區的大學教授。內政部長江宜樺即是典型的例子。

也有人分析，學者總統加學者總統好友，理所當然擴大的交友知己圈也是學者。比方，江宜樺，據說就是高朗的知交。

學者學術研究與官員政策規劃不同

學者單純，閱歷單一，讀了萬卷書，不見得會是體察民瘼的好官員；這是普通常識。反映在實際的官員治理品質上卻更複雜嚴重，循環影響的政府施政，顯現在馬英九總統政府裡的，是災難。

高高在上，是明顯的特色。一個我沒有證實的傳聞，可以表達其中精髓。這是一位同業轉述的。他說，劉內閣充斥著總統的老友新知，大博士；和這些長官開會，一些中級的技術官僚，常有聽不懂他們講什麼的痛苦。

「他們講國語都難以理解了，何況，博士長官們時常以英語相互溝通，下屬在座只好做傻瓜。」

學者官員的最大缺失，是政府行政相關法令和業務的嫻熟度不足，以及執行力的難以捉摸。再加上，「平日講的多，做的少，真要解決問題，是很大的難關」。李總統時代進入政府的學者型官員張榮豐，本身歷經了十年研究人員，十三年政治幕僚的角色轉換考驗。在他的一篇題名為「學術研究與政策規劃專論稿」中，他指出，兩者有六個相異之處，包括：

1. 學術研究在解決「為什麼」的問題；而政策規劃在解決「如何操作」的問題。
2. 學術研究大部份是過去導向，而幾乎所有的政策規劃都是未來導向。
3. 學術研究常是屬抽離時、空因素，以建立理論模型的工作；而政策規劃則非常重視時間和空間因素。
4. 學術研究不能先有價值判斷，必須實事求是，否則容易誤導研究結果。但任何政策規劃都有明確的目標或價值觀，否則即無法規劃達成政策目標之策略。
5. 學術研究使用的工具以分析性為主，而政策規劃由於重視如何操作，所以使用的工具較具操作性。
6. 學術研究允許個人或小團隊的研究，但政策規劃則是系統工程的概念及產物。

最後，張榮豐在文章中指出，政策規劃永遠要準備應變計畫，因為未來是不確定的，對手的反應也是不可掌握的。

張榮豐的專業建議，最重要的是：「學者可以意氣風發，但幕僚人員永遠要戒慎恐懼。」

學者找問題的原因，政務官解決問題

歸納他的專論，和與學者政務官共事者的經驗談話，以及我的觀察，學者及政務官員個人認知和條件之間最大不同，簡言之，學者的特長是找問題而不是解答問題。有經驗的官員說，指出問題所在，或者沒問題找問題，顯然比為問題找解答容易得多。

馬政府小看了全國性事務的在地性和與人民切身相關的本土性，新近學者中，不少人以研究國外事務為主，相對於台灣的財經內政軍事等事務，涉獵較少；新手上路，做不出讓人民有感覺的成績，甚至連政策論述都無法勝任，可以想像。

經過一屆四年的歷練，這些學者官員，從總統府到各部會，接受了學習進步的震撼教育，更能發揮政務官的角色了嗎？

答案不好找，原因還是在於他們太學者，太不能和民眾社會打成一片。

馬總統本人經常抱怨，他的政府施政成績優異，只是不會宣傳。有人譏笑這是標準的自我感覺良好。

總統在想不透為什麼人民無感於馬政府的辛苦努力，及他本人不眠不休的付出之際，或者也應該檢討，他當初任用這些學者同類時，有沒有考慮他們成為政務官的自我準備是否足夠？學者單槍匹馬，通常一個人做研究、寫報告，不擅於團隊合作協調；官員卻最需要橫向溝通，凝聚政府決策共識，也需要功不在我的團隊精神。馬政府的學者官員符合這個要求嗎？

學者單打獨鬥，官員團隊合作

教授是自由不受上下班約束，不被團體指令的職業，這也是教授生涯最令不肯為五斗米折腰者嚮往的優點。官員，特別是政務官，別說自由，上下班沒有時間表，私生活品質粗糙，是基本法則。學者轉任政務官，以往一個人坐在研究室，電腦郵件指揮助理搜集資料，上網查詢參考報告，回到辦公桌前，就能夠完成論文，或者教學教材的工作模式，完全打亂。單打獨鬥，一人得天下、失天下的日子，不是政務官可以想望的；政務官是犧牲者，團隊合作的領袖，啦啦隊長，心理醫生，有功屬下賞；有過，自己擔。

對照馬政府第一批政務官，倚老賣老的多，馬上就見真章。接下來，學者新人，躲媒體、仇視媒體，要不就是買時段買寫手為自己化妝宣傳，民眾根本不知道，也沒興趣知道各部會首長的盧山真貌，更別說明星級人物。這種政務官團隊，要讓民眾「有感」，違反基本常識，也太小看民眾的鑑賞辨別能力。

如何改善？「除非一系列的專業型訓練，否則難以轉換學者人格為稱職的政府官員」，曾被派往以色列、美國等地接受政治幕僚培訓的官員，以自身經驗提出他的誠懇建議。

七、同志關係疏離，「馬家軍」立委只剩兩人

劉兆玄還沒上任，立法院裡磨刀霍霍。其中，強力表態支持老長官江丙坤出任閣揆的李嘉進不假辭色的立場，十分鮮明。

親民黨系統出身的立法委員，以邱毅為代表人物，對劉內閣監督指正多於讚美肯定。

馬英九總統提名任命劉兆玄為行政院長，閣員部長無一人來自立法院，固然種下行政當局與同黨籍立委相處不睦的導火線。

「部會首長與院長危機處理那麼差，教我們連替他們講話都不知道如何下手。」一位國民黨籍的立委說這話時，很無可奈何。

經常受邀上電視的名嘴，也覺得困擾。有人說，資訊不夠，行政院與總統府沒人溝通，即使有心說明實情，也找不到著力點。

瞭解國民黨政治生態者都明白，立法院裡，國民黨最大派系，不屬於馬英九領軍。

王金平是立院大檔頭

那位大檔頭的名字，叫做「王金平」。

傳言中，始終和馬英九無法同心同德，和連戰先生結為政治聯盟的王金平，與馬英九的舊仇，來自二〇〇五年國民黨黨主席選舉。王金平堅信，馬英九的輔選核心，在那場選戰，塑造了王金平黑金政治人物的惡劣形象，讓他恨之入骨，一直難忘。

那次選舉，是國民黨內的寧靜政治鬥爭。想要持續掌控黨機器的前主席連戰，設法阻擋大紅人馬英九參選不成，又不願意降低身段和馬同台競逐，推出代理人王金平上陣。馬陣營眼看黨內各級頭頭，都是王金平的盟軍，選舉戰術推展困難，因而推出王金平可能涉及黑金政治關聯的地下文宣，不無可能；但檯面上無人公開承認。王金平的錯綜複雜地方和中央政治關係，在主席大戰之前，台灣政壇即有傳言，他的黑金與否公眾人物面貌，恐怕還待事實驗證，完全推給馬英九及他的幕僚，與真相不符。

王金平與馬英九相敬如賓，從黨主席選舉，到馬英九選擇副總統搭檔，歷經多次放話反目試煉，最後在相忍為黨的前提下平息；但是立法院裡支持王金平和連戰榮譽主席的立委人數較多，是公認的事實。

「跟馬做盟友沒好處」

「反正，馬英九喜歡分好處給敵人，做他的盟友沒有意思」。這樣的評價背後，使得跟在馬英九身旁的戰友愈來愈疏離。

到最終，馬英九民調跌到低點百分之二十七時，立法院裡，盛傳馬系立委只剩下兩個人，吳育昇與賴士葆。其中，吳育昇是馬英九的老大哥關中培養的子弟兵；賴士葆出身於新黨，都不算是馬英九的嫡系。

賴士葆和吳育昇也有苦難言。行政院與總統府和他們的溝通不多，又要被封上馬家軍標誌，公開場合還要替馬政府辯護，捉襟見肘被取笑時，十分尷尬。

連外資也看到了這種不利現象。里昂證券的經濟分析師蘇廷翰，評論馬政府上任後政績不佳，全球情勢惡化之外，「執政團隊合作不力，與國民黨內溝通不良，也是原因」。

馬總統在監院人事任命案，送交立法院同意權行使過程，慘遭修理，顏面盡失，飽受批判之後，接受建議，在考試院正副院長與委員提名人同意權進行投票前夕，一一打電話給黨籍立委，終於開啟了馬英九與國會成員的對話。

事後，馬總統和幕僚表示，這次經驗十分正面。

馬總統與劉院長的治國形象，卻已掉到了被人民評價為不及格的水準。

八、輕視溝通的持續力和媒體的破壞力

那一段時間，電視談話節目不見為馬劉政府辯護之強力人士，外資也公開說不知政府做了什麼。總統府與新聞局發言單位整合混亂、無組織，發言人有口難言，有苦難訴，學習速度比不上民間批判聲浪，動輒得咎，景象難堪

「這份報告，我也是剛剛才拿到的。」說這話時，被稱為劉內閣第一美女的新聞局長史亞平，面露靦腆愛嬌的笑容，好像小女孩被抓到偷用媽媽的口紅一樣，知道自己犯了一個母親一定會原諒，而且還自豪女兒超可愛的小過錯。

只不過，台下的記者，不是史亞平的媽媽。電視鏡頭重播的結果，定位她為一位沒有準備妥善的行政院發言人。

外交官出身的她，在股市慘澹的盤中，答覆記者政府有無救股措施時，急急回說沒有藥方的畫面，也是新聞界坐實她「只是一隻內閣花瓶」，未能充分發揮政府化妝師功能的佐證。

挑選一位外表嫻雅容貌吸引人，又有內涵、口齒清新，還能通曉至少一種外語英語的女性出任新聞局長，據說是馬英九總統與劉兆玄院長抉擇政府發言人的基本共識。

他們所相中的第一人選，不是史亞平，而是一位南部國立大學的女性教授。這位教授，大選期間曾經低調參與馬英九的競選動員座談，提供學術界人士的肯定與奧援。馬英九對她的談吐、台風

與流利的英語表達能力，都極讚許。

這位教授省籍上屬於本省籍，來自南部，是多重優勢的新聞局長候選人。劉兆玄院長在五二〇前，不只一次懇請她北上共襄盛舉，打一場改變台灣，帶來新光芒的執政戰。

教授夫婿家人也在南部。如何考慮，歷經幾番掙扎，終於在劉內閣準備公佈發言人名單的前夕翻轉態度，決定留守大學校園。

事出突然，尋覓遞補人選，有時間緊迫與守密的壓力。

府院發言人過於生嫩

史亞平如何？

是大選期間在馬英九辦公室擔任國際部主任的馮寄台提出的名字。

馬英九台北市長任內出訪澳洲，擔任駐澳副代表的史亞平接待進退合宜，馬英九留著正面印象。

在藍營的淵源上，史亞平曾經是資深外交官國民黨大老丁懋時先生的辦公室主任，忠誠度沒有問題。

各種條件比對之下，史亞平成為劉院長對外溝通的指望。

新鮮面孔的史亞平，甫出現在大眾面前，新政府尚未上任，正面形象極佳。兩個月後，新聞界難耐新聞局長資訊傳達不夠充足，私下給了她並不公平的「花瓶」封號。在台外資與政府財經界人士會談時，就不客氣的說，「不知道就職之初的時日，政府做了些什麼」。

電視政論談話節目中，也議論著史亞平的表現不夠專業，特別是她缺乏財經金融訓練的背景，不能有效傳達拚經濟內閣作為，是極大的弱點。

史局長成為箭靶，還被沈富雄點名應該換人下台的同時，總統府發言人王郁琦的境遇也不好過。

王郁琦、蘇俊賓與羅智強

王郁琦之前，為馬英九做代言人與媒體溝通的，是蘇俊賓和羅智強。

蘇俊賓曾任立委徐中雄的助理，成功大學學士，環工研究所碩士，主張國民黨深耕本土路線，經常出現在電視談話節目而受到馬英九重要幕僚金溥聰注意，吸收為競選幹部。大選期間，蘇俊賓為馬陣營代言，上遍大小電視談話節目。他的論述條理分明，理性堅定但無火氣，頗受藍營選民注目。甚至有藍營女性稱他為「少年阿賓」，說他是熟女殺手。

羅智強律師出身，娃娃臉，擅長寫作。馬英九選舉期間，南下台灣 Long Stay ，騎自行車環島行，每天早出晚歸，羅智強跟在一旁觀摩紀錄，為馬英九代筆寫書，友人曾擔心他會體力不濟，中途跑人。

羅智強全程跟到底，到三二二馬英九當選總統後，接替選戰期間的蘇俊賓，出任五二〇就職前的馬英九辦公室發言人工作。

這時的蘇俊賓，與金溥聰等輔選幹部一同退出馬陣營，回到桃園縣政府擔任環保局局長。蘇俊賓不僅受賞識於馬英九團隊，桃園縣長朱立倫將他網羅為自己人，政界人士並不意外，一致認定他的前途大有可為。二〇一一年他以新生代身分，返回他讀大學和研究所的台南市參選立法委員，對手許添財譏稱為蘇俊賓要打倒他本人，「難之如登月球」，激發了蘇俊賓的鬥志，早早投入選戰，凝聚支持者的動力，效果極佳，已形成不是要輸得漂亮，是要贏得爽快的雄心。

羅智強的電視形象很大男孩，剛開始面對電視鏡頭發言，較為生澀；一段時間後，形成了個人憨厚娓娓道來的特色，受到觀眾接納。律師出身的他，是法界名人陳長文先生的徒弟，在奉命處理賴幸媛人事風暴案時，火陣下代為安排記者會的表現，十分稱職，媒體界對他也頗為肯定。

電視談話節目殺傷力大

羅智強的生涯規劃，也是不進入馬總統的官方團隊。馬英九在身邊沒人選擇的情況下，決定由選戰期間擔任蕭萬長副總統發言人的王郁琦出任總統府發言人。

國內媒體經驗豐富，批判力強的電視政論節目來賓，也就是普遍被稱為名嘴的人士，以發言人的充分必要條件評判，多半對王郁琦的資格，態度保守。一位資深的政治評論者，公開在電視節目上表示，王郁琦的才智與能力雖然突出，不容否認，但是他的訓練背景，公開發言的表達方式，與面孔長相，「卻是極不適任」。

王郁琦的發言人工作，就這樣在不被看好的情況下，開低，不能走高。

瞭解內情的人士為王郁琦抱屈。總統府內，他未能參與重要決策；府外，總統都十分低調退居第二線了，新科發言人又能如何？

比方，張俊彥校長由總統提名為考試院院長候選人，交給立法院審查行使同意權次日，就有週刊報導，張校長與寶來證券負責人白文正有對價關係的公私不分交往。

新聞界與立法院反應激烈，都在等待總統府表示態度。

王郁琦召開了記者會，表達總統力挺張校長到底的立場。接下來呢？沒有詳細說明，走人，記者會結束。

考試院長何其重要，事涉總統最關注的德重於才的質疑，總統府發言人支持張校長的公開談話，卻理不直氣不壯。

朋友中有人關心王郁琦的表現，問他為何會如此？

「手邊什麼資料都沒有，我能說什麼？」

據轉述，王郁琦對於自己打不進核心，也很苦惱。

瞭解總統府內部運作調適緩慢的人士則說，不只王郁琦沒有進入核心，連馬英九總統本人領導了總統府一個多月，也還在核心之外。

馬總統關在總統府裡不出門，說是二線，弄到各界抨擊不認同，紛紛請他改正錯誤的角色認定之後，終於在七月初，藉會見外賓與出席《天下》雜誌活動的機會，馬總統對一蹶不振的股市，與日漸疏離的民心，表達了他的關切。

出人意表的，是他提及國際景氣差，連累台灣時，用的是「我們不是嚇大的字眼」。

雖然不是總統府發言人或發言人室的責任，但總統重要談話，竟然用詞不當、高度不夠、語彙軟弱，身為總統府發言人，事前沒有設計建議，難以避免不稱職的質疑。

第二日，一家日報上出現了馬總統決心走上第一線，要以爐邊談話與民交心，挽救他下落的民間聲望的消息。背後安排這一切的，是發言人室。第一場設計，是七月十三日總統生日這一天，他要趁與總統府記者餐敘，記者為他切生日蛋糕唱生日快樂歌時，發表感人的總統談話。

爐邊談話，是美國史上最偉大的總統之一的羅斯福，在一九三〇年代美國遭受大蕭條衝擊時，透過廣播所發表的三十篇拯救景氣的講演。

當時，尚無電視，收音機是及時性重要媒體。羅斯福總統身患小兒麻痺症，不良於行，甚少在公眾場合出現，他的嗓音渾厚，公眾演説魅力強烈，寫下了美國總統最了不起的溝通紀錄，也成功帶領美國人民度過經濟危難低潮期。

馬總統的爐邊談話，以歡歡樂樂的生日宴為出發？

所謂爐邊談話，一場美麗的誤會，就草草收場。

史亞平與王郁琦新手生嫩的成績，壓低了馬劉政府的公眾評價。社會上一般雖然高標準看待他們，另一方面，也明理的了解，表現不如預期，並不完全是他們的錯，「是任用他們的人的錯」。

消極退守，媒體辯護力節節敗陣

馬上並沒有馬上的政務奇蹟後，台灣社會近乎畸型地陷入全面批馬運動，馬英九身邊的愛將重臣，卻都不見身影。

形勢愈來愈險峻；

總統的民調愈來愈低；

批判總統的字眼愈來愈不堪。

「都是執政黨沒有護航炮手的關係」，明白民情的馬英九選戰幕僚人士，私下心情沉悶的這樣分析。並無公職的他，當時沒有角色為任何執政官員發言。

消極退守於媒體溝通的結果，延燒到二〇一一年總統連任戰時，形成的最大障礙，是「無感復甦」。依照馬政府的解釋，政府政績優秀，只是沒有能夠好好宣傳。

換句話說，溝通能力太差的意思。

這在二〇〇八年中，就已經是很嚴重的病症了。追究起來，馬總統與黨內不少人士的離心離德關係，造成反馬人士冷眼看笑話的心情之外，不少當時大力輔選人士在付出人力財力精力，將馬英九送上高位後，卻發現總統想要封官給爵的對象，「竟然是沒功勞的綠營人士」，內心不滿憤怒積累形成為袖手旁觀的態度，也是馬政府遭攻擊不見救援的主因。

馬英九的明星光環，在接下總統大位後，變成了探照燈下的國家領導人。理性的藍營支持者及馬迷，不再用以往的寬容看待馬英九，他們要檢驗的是領導力；是績效；是政策說明，是溝通與說服。

立法院裡沒有自己人，媒體中沒有良性連繫；發言人體系失能，這些點滴的串連，外加總統本人的說服力沒能加強，惡性交織成了一個不會說話，不能為自己辯護的馬英九政府。

總統演講稿沒有好寫手

演講、記者會、地方巡查，都是民主國家政治領袖疏通國策的管道。馬總統身為大明星小馬哥時，只要露面，就是支持度。如今，角色不同，形勢也有差異。他到民間訪問，事先準備不足，現場出現問題，卻不見相關官員協助；馬英九與陳情哀怨民眾會面，無法第一時間打動人心的口才，以及記者會或者公眾演講魅力的不夠發光發亮，都一一殘忍的呈現在全民眼前。

馬總統的形象和民意支持，能不向下墜落嗎？

立委補選，縣市長改選到五都選舉，都比預期中艱難，很大一部分是忽視媒體溝通的惡果。如何修正呢？選舉式的文宣，或許只是表面，最重要的，應該是改變輕視媒體內涵的心理。總統的演講稿，需要更成熟有力的文字魅力，和領袖的權威性。與媒體界的關係，不僅是人際交往，還在於對媒體環境的全盤掌握。

現今台灣的媒體，與很多國家不同之處，在於全面性的以電視新聞和電視談話節目為主要媒體影響力輸出平台。二十四小時播出的電視新聞台，在多次反復重播一則新聞的效應下，往往加重了單一事件的衝擊。電視政治性談話節目，以藍綠觀眾喜好為導向，不講求事實真相的本質，表現在政治上的，是感性認同，遠大於理性評析。以學者冷靜為基調的馬政府，無法適應這樣的媒體生態，上任至今吃足苦頭，若是堅持舊日習氣，恐怕還是要面對難以應付的媒體效應。

九、危機管理意識與準備薄弱

危機管理能力薄弱，小危機變大災難，在馬英九總統擔任台北市長時期，就是他領導力上有待強化的一面。這是性格平和的馬英九本色的反射，還是部屬揣摩馬英九過度的結果，不得而知。

台灣的中央政府歷來危機管控不如理想，早年即已發生，奇怪的是並沒有學到近代較科學性的應對技巧和能力。

李登輝總統時代，倚重國安會、國安局及優秀幕僚，由政府出資派遣成員遠赴以色列、美國軍方修習治理能力的提升，建立了未來事件預測表，對於世界各國，和台灣內部未來一年至兩三年內可能發生的重大事件及其影響，紀錄來臨時機，內涵和因應建議案，以及預警機制，有效的度過了一九九六年導彈危機，是危機管理實例中，十分突出成功的一環。李總統當時也授權國安會，擬訂一套政府危機處理的系統性規則，並與包括軍方在內的政府單位協調合作，建構預測危機、預防危機、防範危機機制，以及危機發生後的因應及復原等處置。

陳水扁總統上任後，派任的國安會領導高層，對這類業務不感興趣，舊人離去，新任者未加傳承，危機管理這四個字，變成喜歡個人英雄主義的陳總統，一人與媒體、政敵對抗的戰役，政府組織的危機管理能力和訓練付之闕如。

到了馬總統接任，國安會角色重新界定，傳統盡失。加上高票上任的歡樂氣氛濃厚，政府從最高領導人到基層，都遺忘了危機可能降臨，樂極生悲的定律。

大危機之前，民調節節下滑的小危機，不被重視；總統府辦公室內市政府級的部屬，和學者氣息至上的國安會，與媒體關係惡劣的行政院，不是自己人馬的立法院國民黨團，以及還在和總統鬧彆扭的吳伯雄主席主導的國民黨中央，惡性循環，結結相扣，馬總統變成支持度趴在地上的不受歡迎人物也不奇怪。

危機管理分危機預防、危機處理、復原三階段

八八風災，總統辦公室裡市府訓練出來的大小官員，無人為總統設想到災難當前，與悲劇哀嚎中人民無關的儀式性活動，沒有必要繼續，種下了馬總統缺乏同理心，無能等批判字眼的標籤，到連任選戰前夕，依然無法完全脫身。

美國牛肉進口案紛爭中，國安會、外交部和衛生署相互卸責，危機意識低落，總集大成的高層好似束手無策，造成的政府無能後續負面形象，也都流竄到了馬英九總統身上。

連任選舉大選在即，馬總統的危機處理能耐和條件及認知提升了嗎？二〇〇九年八八風災後，台灣幸運的未遭天災襲擊，以及馬總統個人強力強調的災難預防，降低了政府遭受危機處理不力的抨擊，充分顯示，危機意識罩固在政府官員腦際，已是可信的事實；然而，依照危機管理訓練完整的張榮豐先生的研究，「危機首重偵測及防範，最高明者乃是消滅危機於無形，所以孫子兵法云：『善戰者，無智名、無勇功』」。馬總統和下屬有無建立政府組織性偵測防範危機指揮系統，還要

看個案的連續考驗，才能評分。

張榮豐先生主持的危機管理研討課程，很受企業界歡迎，他的課程講義精華指出，「危機管理大致分成危機預防、危機處理、復原等三個階段。不同階段各有不同的作業內容，不同等級指揮系統」。

張榮豐參與處理過導彈危機事件，他的建議與心得有相當的權威說服力。在這篇〈危機管理的基本哲學——善戰者無智名、無勇功〉專論文稿中，他分析：「危機預防階段主要工作內容有三，即危機偵測、危機防範，以及研擬各種劇本（軍方稱為「想定」）下的應變計劃。所謂危機偵測，即依據劇本，將構成該劇本的危機之一連串事件，一一寫下並加以綜合分析，爾後找出構成該危機之關鍵路徑（critical path），並在關鍵路徑上設置偵測點，以提供預警。而危機防範，即是針對形成中的危機，破壞、瓦解其關鍵路徑，使危機無從爆發。」

關於危機處理階段，張榮豐建議，「一旦危機防範失敗，爆發危機，則首要工作是判定危機本質；接著要設立危機處理目標，以避免失焦。同時依照危機本質，調整平日所研擬的應變計劃為危機處理計劃（類似軍方之作戰計劃），並開設指揮中心，以便持續監控危機情勢之發展，以及危機處理計劃之執行狀況。此階段之成敗，端賴平日經營之處置、溝通、後勤，以及形象管理之能量是否足以應付危機。」這其中，形象管理的能量，在我的觀察中，是馬政府最弱的一環。

最後討論復原階段的主要工作。張先生的主張為「依據工作日誌，召開檢討會議，藉以明確責任、汲取教訓，並撰寫檢討報告。其次，則搜集危機處理階段的各種參數及經驗，儲入資料庫備用。而最重要的是擬訂重建或復原計劃，並持續監控其執行狀況，最後則重新認識環境，並回到第一階段的危機預防工作」。

危機管理不是三言兩語可以說明清楚。比對專家的專論，和馬政府上任後的實際作為，危機管理失能帶來的政府治理失卻民心，答案十分清晰。

馬政府的慘痛經驗證明，總統的領導能力中，危機管控的訓練和準備十分重要。蔡英文出任民進黨總統候選人，危機兩個字的挑戰，也是她的弱勢所在。

十、金融海嘯突然來襲，措手不及

二○○八年九月十五日，美國的雷曼兄弟金融機構倒閉，台灣正沉浸在中秋節假期的歡樂喜慶中。股市未開市，新聞報導片片斷斷，馬英九政府中唯一付之予特別眼神的，是中央銀行總裁彭淮南。

中國大陸當局立即採取了金融應對行動。

台灣的財政部從國內金融機構的回報資料中，獲得了購買雷曼兄弟金融工具，曝險的為數不多，不會造成系統性危機的結論。

事實發展，是災變般的黑暗日子。

全球金融危機接續爆發，台灣的股市下墜如雲霄飛車般失控。指數從八千點直線跌到三九○○點左右；政府護盤愈護愈跌，股民哀嘆聲響起的同時，世界經濟蕭條的壞消息，引發的是依靠訂單的廠商全面接不到生產委託，員工過多，必須減少人力支出的困境。

無薪假成了二○○八年底過舊曆年前最令人悲傷的詞彙。

被雷曼兄弟倒債的台灣人，遠多於政府的認知；雷曼兄弟破產後，一連串美國金融機構經營困難，銀行倒閉、汽車工廠活不下去的冷鋒，掃到全世界的經濟都陷入了冰凍的大衰退黑洞裡。

明知是外來的災禍，台灣社會還是渴望英明的總統能施展魔法。馬英九尚未對出任總統後面臨的人與事新問題提出解決之道，立刻又掉進了這樣一個治理能力的磨鍊之中。他開始學習總體經濟，了解金融體系出事，連環衝擊下的世局；試圖向全民解釋全球都陷入冬天，共體時艱的必要。

經濟學者被召入總統府共商因應之計。「國民黨不是最擅長處理經濟難關嗎？」綠營政治人物批評，藍營民眾也在埋怨中等待。

股市還是不見春色。眼看舊曆新年將至，年終獎金已是過眼雲煙，不少人擔心沒有餘裕安享一個大團圓的年假之際，總統府正式宣告最新決議：政府將要發放消費券，幫助增加人民的荷包，刺激民間購買力，輪轉成為經濟成長率。

效果如何見仁見智。飢渴的老百姓，歡心等待著這筆意外之財。反對黨人士也從善如流。消費券發放日，合格的民眾集體前往定點領取的畫面，成為歷史鏡頭。

國際媒體大多正面報導馬英九消費券決策的勇氣和果斷。在好久沒有聽到讚美聲的馬英九政府裡，這樣及時雨般的肯定，帶來了信心的恢復；跟著霉運也開始散去了。全球經濟在全球政治領導人決議的寬鬆貨幣政策之下，逐步脫離重症期的危險，馬總統和他的內閣也吃下定心丸。

〈第八章〉

馬英九有一個夢……

美夢難圓？

大錯沒有，小錯不斷。馬英九總統和核心團隊高票拿下政權後，在樂觀開懷的勝利慶賀聲中，精心規劃的治國藍圖，執行步驟與時間表，才一啟動，就發現窒礙難行，以致於束之高閣，改以符合民意的彈性處理修正腳步。

馬總統的超完美性格裡，對於既定目標的事務，即使困難重重，也會設法實現。二〇〇八年的理想治國方案無法貫徹，二〇一二年連任成功，會再度推動嗎？

選前戰火激烈時刻，這個問題不是馬團隊的重點，畢竟，「先打贏了選舉再說」，一位輔選核心人士說得坦白。

馬英九總統深思熟慮的那個美夢的圖形輪廓，仍然值得仔細探索。這，是理解馬英九二〇〇八年就任總統之初，步履蹣跚背後的因素；也看得到，表面上一板一眼、不體貼，也不會說好聽話的馬英九，內心深處浪漫理想性的一面。

外省第二代出身的馬英九和馬團隊主要成員都明白，意識分明、藍綠對抗，對台灣這個國家是消耗灼傷；對於人數比例不高，一九四九年隨故總統蔣中正先生一同遷台安居的所謂台灣新住民，或一般通稱的外省籍人士，更是無以言喻的痛。

馬團隊學者為主，反思的習慣和能力，較普遍政治行業為背景的職業政治工作者，或說政客，要突出得多。順利將馬英九送上總統寶座後，這些好友親信與長年互勉相知的馬英九幕僚，心心切切告誡自己的，是權位換民選總統的大目標、大方略。

於是，當助選有功的各界友軍同志和同好，等著分享得天下的成果時，卻發現馬英九的做法，完全與他們視之為理所當然的期待背道而馳。他們的反彈，一波又一波，從暗到明，從國民黨內到黨外，自南至北，從立法院到媒體、學校、基層派系。

馬英九堅持了不到三個月，警覺到情況不妙，設法改弦易轍加以調整時，已是民調下滑，嫌隙叢生。他和重要政治幕僚與外界的互動，自此陷入谷底，直到二〇一一年中的連任大戰前夕，還在修補之中。

馬英九二〇〇八年高票獲取總統職位，得到人民授權治國，難道沒有權利義務擘劃架構國家大政方針，未來方向嗎？

理想與現實的差距，給了這個問題最佳回答。

挫敗連連，馬英九修正了他理想性極高的治理願景；不過，依照深入瞭解馬英九個性者的觀察，馬英九是一個相信擇善固執的人，一時的放棄，並不表示永遠的失守。這分二〇〇八年馬總統理想國的輪廓，值得仔細斟酌探索，也可瞭解馬總統和核心幕僚對馬英九時代中華民國的面貌，存在著怎樣的構思；更可以幫助梳理馬英九就任不久，即遭遇重大危機、困難重重的原因。

這分沒有訴諸文字的治國方案，是我綜合各種資訊、訪談所獲得的結論，稱之為馬式理想國的藍圖。

理想國藍圖之一：全民總統，藍綠和解

理想國分不同層面，第一個，目標遠大，立刻踢到鐵板，久久不能翻身的，就是所謂「全民總統，藍綠和解」。這反映在政府官員的人事任命上：

賴幸媛，台聯不分區立委背景，李前總統入門子弟。

沈富雄，前民進黨大老，陳水扁前總統諍友，綠營的良心。

張俊彥，綠營菁英，二二八受難者家屬，蔣家政治迫害史的見證者。

一位出掌陸委會，一位出任監察院副院長，一位擔綱考試院的龍頭。

藍營的總統，綠營的輔佐大將。依照馬英九總統最初的構想，這樣的人事佈局，是他為台灣社會互利和諧、族群彌平裂痕，跨越藍綠鴻溝所做的精心設計。

這，不僅符合七百六十五萬選票支持他的選民們的想望，也可以向另外五百多萬沒投票給他的綠營民眾發出和解的呼喚。

馬英九做總統，不只是國民黨的總統；不只是藍營選民的總統，他是二千三百萬台灣人民的大家長，他要做全民總統。

全民的，不只是藍營的總統。這是馬英九宣誓就職出任中華民國總統之前，為自己的領導所做的定位之一。

這，也是馬英九式的理想國元首。

可惜，民眾、輿論界與政治圈，特別是他所屬的國民黨，絲毫不買帳。二〇〇八年四月底還沒上任，馬總統推出的賴幸媛人事任命案翻騰紛擾三天，終於在賴幸媛本人出面公開宣告支持認同「九二共識」，馬總統的兩岸政策基本原則之後化除。

沈富雄、張俊彥都是綠營菁英

五二〇就職之後，馬英九繼續推動他的全民總統計畫。

監察院副院長提名人揭曉，沈富雄出列。

接著，考試院正副院長提名人選公佈，副院長是國民黨自己人伍錦霖；院長提名人，前交通大學校長張俊彥先生出線。

張校長的父親因政治犯罪刑被處決失去性命時，他才十二、三歲。一輩子，張校長很會念書，卻從沒出國深造。原因，據說是政治犯家屬名列黑名單，禁止出國。

原以為會得到社會掌聲同意誇讚；相反的，軒然一波釀起，國民黨人包括黨中央與立法院裡不少委員，強烈不滿。

民眾，特別是藍營色彩濃厚的馬迷們，不領情。綠營謝長廷總統候選人的支持者，嗤之以鼻。最後的結果，是馬英九學到了重大教訓。提名未獲立法院同意的沈富雄，返回美國探親。張俊彥，「我不殺伯仁、伯仁因我而死」，放棄了考試院長的提名資格；他一輩子都還要籠罩在好友白文正先生投海身亡的痛苦陰影之中。

馬英九總統怎麼樣都沒想到，他誠意化除台灣政治長期藍綠分隔現象的努力，換來的，是台灣社會無法承受的沉重考驗。

沈富雄的監院副院長案，遭到國民黨立委與黨中央及相關重量級人士默契封殺。有人形容，「這是一場下馬威，讓馬總統好看的小政變」。

張俊彥，貴為交通大學校長，又是科技界富豪口中的半導體教父，卻在《壹週刊》揭露他接受寶來證券負責人白文正私家車及司機金援，並在收受白先生鉅款，贈予白先生榮譽博士學位後，演變成台灣政壇最醜陋殘忍的悲劇。

幾日後，白文正先生跳海輕生。

全民總統的理想，間接犧牲了一位金融業鉅子的性命。

「社會階層對立與族群分裂太久」

一切都在預料之外。

參與馬總統全民總統佈局的人士，私下承認，事情的發展，比他們設想的困難太多。

「不懂權力分享」。這是國民黨人的說法。難聽一點，是沒有分配好處大家通吃。

詭異的是，站在改革大道上的馬總統努力跨越藍綠，國民黨人基於政治利益與恩怨大大反對，還能夠理解；民間與輿論界為何也沒有站在馬英九這邊，讚揚支持他的全民總統美麗藍圖，光明夢想與希望呢？

馬英九預想得到國民黨內人士，對於他不能分配官位給自己人的不滿與反制，卻未料及連民間社會，看待他和解至上的全民總統角色，也吝予給與掌聲。

「是社會階層對立與族群分裂太久了」。一位深刻觀察當時馬總統身陷困境的政壇中人，不勝唏噓的分析。

二〇〇〇年三月掌權後，陳水扁起用國民黨人唐飛做閣揆，又拜訪請益藍營大老，民意支持度高達百分之七十五近八十。藍綠和解，跨越政治意識型態鴻溝的馬總統，卻成為被錯殺的超跌股。

陳水扁總統後來八年的領導與政治作風，擴大了對立。二〇〇四年總統選舉投票日前夕，三一九槍擊案後的街頭抗爭；二〇〇六年的紅衫軍天下圍攻，這些種種，造成了根深蒂固的藍綠分隔，社會氣氛完全與二〇〇〇年時不同，馬英九就任總統後的全民大和解，非但踏不出步伐，他本人還受傷累累。

這話，數字看，不是沒有道理。百分之五十八的得票率，兩個月不到，支持度掉至百分之三十，蒸發了的另外三成，是藍營的堅貞信仰者？投綠轉投藍的中間派？

批評者：全民總統是要排除黨內異己

很多藍營的友人說，深藍群眾不滿馬英九的情緒膨脹，他失去的支持度裡，至少一半，以前是死忠。

用人綠營為先，加上扁政府時代的弊案尚無進展，以及政府人事更替慢好幾拍，前朝人馬還在耀武揚威，都是三二二總統選舉開票日那晚，與高采烈的馬迷無法諒解的。

這麼說，意識型態撕裂到病入膏肓的台灣政治體質，還在每下愈況的危急狀態？

部分政治評論界專家卻認為，全民總統之說，根本是馬英九外省人自卑情結扭曲的後遺症。「一廂情願以為施捨幾個權位給綠營人士，就能為他外省權貴、享盡特殊待遇的前半生贖罪」。

南方朔先生則批評，馬總統還有不正確的二二八情結。

政黨政治就是贏者全拿，全面負責。反對全民總統主張的人士還指出，馬總統全民總統說，只不過是另一種形式排除非我族類異己的藉口而已。目的，是以藍綠和解為門面，阻擋國民黨及藍營內非馬派人馬，方便馬英九自己人逐年逐步掌控大權。

還有人推測，馬英九高票當選總統，不以領先兩百二十一萬票為滿足，「想以收買攏絡綠營人士的方法，在下屆選戰拿到所有四百多萬綠營的票」。

「他們原以為和解之說會得到民意支持，準備用民氣壓制黨內的反彈，」一位媒體界資深人士長年觀察馬英九與身邊親信的行為模式，認定馬英九全民總統及另一目標黨政分離主張的背後，有著深謀遠慮，培養馬家軍，建立馬英九世代的積極動機。

沒想到，台灣的經濟情勢迅速惡化，股市回檔到無法控制，重傷馬英九本人的人氣與聲望，全民總統與黨政分離失去民間支撐著力點，只好趕快從善如流。

果然，馬英九總統與國民黨重新定位為黨政合作關係，還允諾閣員將會列席國民黨中央常會。

另一方面，馬總統也找了時間，與劉兆玄院長連袂造訪親民黨主席宋楚瑜先生。

說是請益。政壇一般認為，沈富雄監院副院長人事案備受挫折，馬總統深受打擊，親民黨系統出身的國民黨籍立委串連反對成功是關鍵。馬英九放下身段與宋楚瑜會面，也是他承認全民總統失敗的一次具體行動。

理想國藍圖之二：黨政分離，清新民主

全民總統目標確立，深受身邊幕僚策士共鳴推動執行的同時，馬英九開始向他馬總統理想國第二大道邁進。

這次，他討論諮商的對象，是一路相挺，不怨不悔的國民黨主席吳伯雄；馬英九口中的「伯公」。

既然是自己人，馬英九就明說了。這時，還在新舊政權交接階段，政府人事尚在佈局期間。據說，馬英九明白向伯公表達的，是未來政府官員，將不再具備黨職頭銜。

「最好這樣，才能夠黨政分離」。

馬英九眼裡，從一九九八年台北市長選舉以來，就兩肋插刀替他出心出力，合力打仗爭取到總統高位的吳伯公，一定會支持他超越黨派的構思。

馬英九還計畫請吳伯公放人，將秘書長吳敦義先生借將給總統府擔任秘書長。

「那詹春柏呢」？吳伯雄火了。

「春公，另做安排，如何？」

過河拆橋。吳伯雄對馬英九剛獲選總統，就試圖一腳踢開國民黨的舉動，毫不掩飾他的憤怒。主席辦公室及吳伯雄主持的伯仲文教基金會親信，大多聽說了伯公為此十分傷感不滿的傳聞。

馬英九總統未有所動。

黨政分離的決定，半通知，半報告向吳伯雄做了說明之後，他沒有特別在意吳主席的感受，仍在祕密部署賴幸媛出任陸委會主委的人事任命案。

為了擔心反彈壞事，馬總統的這一奇招，細心叮嚀不可讓伯公事先知情。據指出，連副總統當選人蕭萬長也被蒙在鼓裡。

吳主席生氣了。

賴幸媛案遭到各界強烈抨擊之際，黨內重量級立委及相關評論名嘴，無人替馬英九辯護，明眼人看的出來，是伯公放手的緣故。

這中間，傳出吳伯雄說出「馬總統別逼國民黨變成最大反對黨」的氣話。

也有人指出，吳伯公說，馬總統黨內已無其他盟友，又提黨政分離，莫非是要將做主席的他，推向不友善的陣營一起對抗馬總統？

黨政分離演變成吳主席的忠心分離，馬英九總統不是不明白，卻還是判定影響破壞力不大。伯公是永遠的馬迷，馬英九認為不必不放心。

何況，伯公堅持，馬總統尊重到底，最後還是任命了詹春柏，吳伯雄的老將忠誠戰友出任總統府秘書長。

吳伯雄反對變黨政決裂

馬英九盤算，老先生應該對這次總統的讓步感到滿意。

吳伯雄薑是老的辣。公開場合，他留任吳敦義不放人。私底下，以主席權力運作，詹春柏出掌總統府最高幕僚長，仍然留任黨副主席。

黨職與公職不衝突。表面上，吳主席說的輕鬆，實際上，高手過招，為馬英九宣稱的黨政分離說，硬生生的劃上休止符。

馬總統是後知後覺，還是有為有守，外界不得而知。後來的發展，馬總統的監院院長、副院長與委員提名人選送交立法院審查同意時，黨政分離不成，幾乎變成黨政決裂。

馬總統灰頭土臉。據說，好幾次在未經預告的情況下，隻身前往吳伯雄家中拜訪。

家有一老好比一寶，何必嫌棄老年人呢？據指出，指摘馬英九對吳伯雄不敬的，是馬媽媽秦厚修女士。

間接消息證實，吳伯雄給馬總統上了好幾堂課，告訴新科總統權力分享的必要，與溝通說服的重要。

馬英九的修正改進，表現在他在考試院人事同意案前夕，不折不扣所打的八十二通電話。

八十二，是國民黨籍立委的人數。耐心一一尋求支援，馬總統電話中謙虛誠懇的語氣，後來廣為傳聞，成為國民黨立委茶餘飯後的聊天話題。

總統府裡，馬英九和幕僚談到這個經驗，也承認：多接觸、多對話，與立委的交流，以後還要持續不間斷。

不再提及清新民主、黨政分離了。國民黨與馬總統不打不相識。二〇〇八年七月二十六日中常委改選之前，府黨的共識是黨政合一，行政院閣員，日後將列席國民黨中常會。

問題還在增加之中。馬英九的第三個理想國實踐方案，是退居二線，促使總統、閣揆憲政角色正常化，貫徹雙首長制精神。

全民總統、黨政分離的理想領導治國概念，從馬英九總統二〇〇八年三月二十二日當選，準備和陳水扁政府政權交接之際起，就透露著若干端倪，雖然引發政界與社會上熱烈討論，卻是意料之內，並不奇怪。

二線總統，就很令人震驚了。

理想國藍圖之三：二線總統，爲內閣制探路？

更突出的是，由於事先並沒有任何風聲與心理準備，大部分民眾，包括政治敏銳度高的新聞界與政治界，也都在發現馬總統許久沒有公開露面，媒體或公開場合都不見馬總統身影之後，才意識到這位總統與前兩任民選總統陳水扁及李登輝兩位先生大大不同。

總統不見了?!

二〇〇八年台灣的政治新聞裡，這是最諷刺又難忘的一句問話。

明明五二〇就職當日，還風光迷人，形成第一夫婦旋風的馬英九總統，卻在之後的日子裡，深居簡出。

民間開始議論了，總統仍然不為所動。重要的訊息，多半由發言人王郁琦代表公告。

將近三個星期，反對黨人士與反對色彩較突顯的媒體，出現了追蹤馬總統的尋人啟事。

另一方面，劉內閣頻頻出事。

總統變宅男

總統還是默不作聲。

民眾不耐煩了，紛紛表示不解與不滿。

新聞界說，總統府的解釋是一線、二線角色界定的說法。

依照馬總統傳至外界的解說，他認為我們國家的憲法將總統與閣揆，定位為雙首長。既然如此，馬總統決定退居二線，請他所任命信賴的閣揆劉兆玄全力表現，站在第一線上治國。

二線總統立即引來嘲諷。宅男，也就是鎖在總統府足不出戶的宅男總統，取代小馬哥，成為馬英九的最新外號。

還有媒體大亨開玩笑說，總統做宅男玩線上遊戲，苦的可是小老百姓。

不能認同的聲浪更高揚了。

偏偏劉內閣的表現，不如預期。一線不好，二線更惹人議論。

不解與咒罵聲四起。選民們最一致的氣憤，是「我們當初投票選的是馬英九，不是劉兆玄」。

媒體也苦口婆心，大小評論，有善意相勸的，也有慨切分析的。幾乎清一色，要馬英九總統放棄他那不切實際的二線總統之說。

馬總統終於做了修正。

人們不明白的是，當初，超高票超人氣的馬總統，為何會選擇退到第二線？這，是那些人的建議？

答案，確切的回覆，是法政學者朋友幕僚親信的提議，總統本人認同。

法政學者？高朗？蘇永欽？蘇起？陳長文？

不論是那一位或那幾位的建言，出發點，單純以法論法的成分高，與權鬥無關。

總統要負全責，不論是誰做了二線總統定位的誤失，最後要概括承受的，還是馬英九本人。總統的走上第一線，就是最好的答案。

然而，治國不是兒戲。事後仔細回顧，當時二線總統的實驗，很可能是馬英九與幕僚對於台灣能否實行內閣制的一次測試。政界知名的施明德和姚立明兩位先生都說，他們在二〇〇八年總統大選前，曾經和馬英九長談，「馬英九承諾，當選後設法推動內閣制」。二線總統定位備受撻伐，是否顯示台灣人民無法接受一位民選虛位總統的中央政府內閣體制呢？馬英九和團隊政治幕僚們，或許有機會找出答案。

理想國藍圖之四：用人，德重於才

馬蕭配拚經濟，被認為是國民黨與民進黨在二〇〇八年三月總統對決戰中最大的優勢。剛開始，馬英九以政治考量，請王金平擔任副總統；連戰榮譽主席樂觀其成，還幫著勸說。王金平卻另有想法，回絕了馬英九。之後，馬英九請益的副手第一人選，是形象超級的前台大校長陳維昭。

好幾次三顧茅廬，陳校長還是客氣的婉拒了。

這時，馬英九的長年老友，東吳大學校長劉兆玄，向馬英九建議，請出財經資歷深厚的蕭萬長擔任副總統候選人，兩人搭檔將突出經濟救台灣的企圖；是馬英九強大的攻擊對手力道。

民間反應果然十分正面。競爭對手的謝長廷、蘇貞昌搭配，雖然意圖將蕭萬長的兩岸共同市場，定義為對台灣不利的一中市場，仍不敵馬蕭，高票落敗。

民調顯示，馬蕭可以讓台灣人民生活變好，是他們獲得七百六十五萬選票的重要因素。

馬總統也相信他的就任總統，帶給民眾的，將是更高的收入，更繁榮的商業活動，與更多的就業機會。

金融證券界人士，傳達的估計與訊息，是台灣的股市指數，將衝上一萬點。馬總統、蕭副總統與劉兆玄院長，似乎也不懷疑他們自身的能力。

之四點三。

馬上，就好。馬英九理想國輕易即可達成的目標。

一片樂觀預期的背後，卻沒想到，是太高的希望，變成強烈的失望。

就職近兩個月，馬總統治理下的台灣，股市大盤指數跌了兩千六百點。物價上漲指數達到百分

人民信心指數也在下滑。

理想變泡影？馬總統要人們給他的政府多一點時間。

然而，用人的標準，又遭到批判。

總統大選前，馬英九以總統候選人的身分，前去新加坡訪問，自李光耀到李顯龍等星國要員，都親自拜訪會談。

當選總統後，馬總統當選人還是不能忘懷新加坡官員不貪汙聞名的特質。公開場合，仍然提及以星國清廉執政為師。

清廉，是馬英九的重要資產。尤其歷經特別費被控貪汙，最終審定讞無罪後，馬英九相對於陳水扁前總統，清新不貪的形象，更為確定。

用人，馬總統宣佈，他的原則，「是德重於才」。

這與一般才德兼俱的說法，比較不政治，不虛矯，也彰顯了馬英九總統的風格。

德比才重要？如何說到做到，對任何一位政治領導人都是極嚴苛的挑戰。

理想國藍圖之五：大陸政策，單一平台，總統府主導

任何一位在台灣由民選當選總統的政治領導人，都無法脫離中國因素。李登輝總統時代，以出訪無邦交國家新加坡，突顯台灣的主權地位。他還派遣財政部長郭婉容赴北京參加亞洲開發銀行年會，為兩岸官方的第三類接觸進行探試。國統會、海基會、陸委會等機構，都是李總統任內替兩岸關係的進程，搭建的便橋。

最歷史轉捩點的，是廢除憲法勘亂時期臨時條款，將台灣與中國大陸的關係，定義正常化，不再視中共為敵國。

對岸，領導人江澤民回以良性回應。海協會的成立，辜汪會談的展開，曾經一度將台灣與中國大陸的互動，推上全球矚目的高點。

缺乏互信，終於還是將兩岸推入半敵半友的戰略彈性定位。

很多人責怪李總統的「兩國論」及鎖國式的戒急用忍政策，僵化了台商在中國大陸的商機。獨派人士讚揚老先生守住了台灣的利益。

馬英九總統在李登輝總統的任內前半段，大刀闊斧的中國關係挺進過程中，扮演著陸委會副主委的重要角色。

國統綱領主要條文的起草人，官方紀錄正是馬英九。

之後，馬英九辭職了。據說是他擔任法務部長，杜絕選舉賄選追查過嚴，國民黨地方派系施壓，幹不下去而求去。

巧合的是，馬英九遠離李登輝核心，兩岸關係在李登輝訪問康乃爾大學發表「民之所欲常在我心」演講，接著參選台灣第一次民選總統後，凍結靜止到互不往來，甚至口出惡言相批判的惡局。陳水扁總統反反覆覆無法掌握，不可捉摸的領導風格，八年下來，在台灣社會得到的評價，不論藍綠，對他，都是負面多於正面。

同時間，中國大陸經濟起飛。中共領導當局換上了新一代的胡錦濤、溫家寶。

馬英九的機會來了。

看得出來，他為台灣與中國的兩岸關係短中長期設定的目標與架構，與早年他參與李登輝總統時代的大陸政策，十分接近。

事實上，那個時期，李總統承諾台灣社會的，即是不統不獨不武。

馬英九是承襲了政黨輪替以前國民黨主流非主流都能接受的政策主張，還是恢復了他當時借力使力在李總統政府中所支撐的角色？

這一點，深涵著值得細細探究的意義。

選票，與當選後的民調卻顯示，馬英九的兩岸觀最受肯定。

換句話說，平和的、良性競爭的，擱置主權爭議的，尊重台灣人尊嚴的兩岸關係，是台灣當前大多數民眾的選擇。

馬英九總統治國理念中的兩岸政策部分，透過蕭萬長、江丙坤與吳伯雄、連戰等人似有若無的第二、第三甚至第四軌道的互動，在他上任才兩個月，就搭起了順暢互動的平台。

雖然，大部分的籌碼，要看胡錦濤主席的動向；馬總統治國前進腳步中，他所承諾推動的台海和平及開放鬆綁、兩岸雙贏前景，至少眼前看，是理想國方案架構中，最有動力的一環；也都逃不過總統府一手主導，總統全權掌握的基本原則。

美夢還在編織，馬總統的理想國之第六大目標，是他親身實踐的絕對清廉。

理想國藍圖之六：無私領導，節儉自持

民調跌得慘，馬總統還是我行我素，節儉公費支出，家人太太低調行事。他出國不坐空軍一號，總統府發言人說，這樣可以節省三千萬元公帑。

摳到藍營重量級政治人物都沒擊掌。立法院長平金平委婉表示不同意見。資深外交官，前駐南非大使陸以正也公開建言，「沒有這個必要」。

慎獨自持，馬英九嚴格實踐。這也是馬英九接下總統大任後，他原先設定的理想國大政方向目標中，最不受動搖的堅持。

親近的人士觀察，這一點，是馬英九與太太的一貫作風。即使被諷刺是矯情，甚至還有人怪總統夫妻未能刺激消費，繁榮商業活動，馬英九和太太始終保持著他們升等為第一家庭以前的作為。

高道德標準，能夠完全掌控在自己手上的，馬英九與周美青，都在外界無預警的情況下，給人驚奇。

最特殊的，是五二〇馬英九就職總統之前，藉著接受媒體訪問的機會，主動透露他的太太已經申請退休，以及太太的兄長，與他自己的姊姊，都從有著半公營色彩的機構退下陣來。馬周家人徹底與政治不沾鍋。

馬總統獨善其身，並沒有要求他的部屬及幕僚閣員照章行事。劉兆玄院長的弟弟服務於東元電

機公司，標到經濟部工程，被民進黨立委質疑利益衝突時，外界恍然大悟，周美青自金融機構提前退休，果然是理解到政治的複雜，做出有先見之明的決定。

民調跌到只有百分之二十七左右時，總統安排出國，還是不重視排場。另一方面觀察，熟悉他的媒體資深人士說，這充分顯示，自信心尚未被打垮，馬總統還沒有退縮到要靠總統專機的大陣仗出訪，以虛張聲勢的人馬，來武裝重建鬥志。

記憶中，前總統陳水扁先生在內政上遭遇挫折，民望下落時，傾向以出國訪問，外銷轉內銷的形象改裝手法，提升他的民意支持度與媒體曝光率。

馬陳對比，性格本質不同之外，其中或許也與自信自卑相關。

支持馬英九的人士認為，總統先生若能始終如一，即使有虛假之譏，一貫執行了，也是一種風格。

不過，獨善其身之後呢？

人民選他做總統，期盼的應該還是兼善天下。

總統節省，中央政府與地方政府官員及民代，都有節餘公款，省儉公眾資源的空間。總統先生如何在道德示範下，運用實際的權力與行政系統影響力，完成有效且具體的預算節省和控制，及精準使用的目標，才是馬總統慎獨言行的領導擴散力。

否則，做個清白有守有為的教授就夠了，馬英九與團隊們，何必花那麼多的心力爭取登上總統高位呢？

理想國藍圖之七：內閣佈局有節奏，培養中生代人馬

蔣經國與孫運璿體制再現，打響第一炮，寫下光輝紀錄；再依節奏為國民黨下一代政權保衛戰接班人提供成軍戰場。

這個目標，是馬英九高票當選第四屆民選總統後，和包括蕭萬長、劉兆玄、高朗、金溥聰、朱雲鵬等智囊好友討論治國方向及大政方針時，為第一階段的馬英九政權時代所立下的諾言。

依照計劃，曾經擔任過交通部長，行政院副院長的劉兆玄，老將重出江湖，領軍國民黨時代的財經好手打頭陣，收拾陳水扁八年執政的施政缺失，一般稱之為「爛攤子」，重整國民黨奪回執政權的基石；大約一年半後，再任命像朱立倫這樣的新一代黨內菁英接下內閣，培養接班團隊。

依據此項規劃與大戰略的推動，馬英九與核心相信，劉內閣扛起內政財經政務大任，推上軌道；馬總統主導大陸政策、兩岸和平交流，外交減少煙硝廝殺；加上掌握軍情治的向心力，馬劉政府兩大力量戮力向前。另一方面，政府用人，透過跨越黨派的晉用延攬人才，逐步擴大，可以為國民黨長期執政建立固若金湯的根基。

劉兆玄辭職備受尊重

馬英九是蔣經國故總統親手提拔的人才，他了解經國先生在台灣民眾心中，不分藍綠的肯定與尊敬。劉兆玄才情甚高，寫武俠小說，是年輕時賺取額外零用金的法寶，專業是理工。他的志向，出任國民黨雪恥重掌執政權後的第一位行政院長，不能不像也是理工出身的老前輩孫運璿先生一樣，留下可以記憶，有意義的治國篇章。

馬劉體制，以遺憾收場。劉兆玄在最後主動請辭那一刻，得到了台灣社會的尊重與讚賞。失去的，或許也是得到的。他一直是馬英九信賴的益友；是馬英九暢談治國理念的知己；他擋箭牌般的閣揆任期，在馬英九心中始終感念在心。他們兩人一心想要蔣孫體制重現台灣的願望能否實踐，對民主前進列車快速馳行的台灣民眾而言，並不重要；重要的，還是如何反應解讀贏得當前的民心民意。

理想國藍圖之八：重構地方與中央關係，政府組織再造

五都選舉全民矚目，大部分民眾關心的是勝負，事實上背後展現的，是馬英九政府重新界定中央與地方關係的大工程。

行政版圖重規劃，政府組織再造，終結藍綠對抗，社會公平正義，官員清廉有節，全民健康安居，兩岸和樂相處。最終，等待中國大陸政治改革，當民主的火花照耀在海峽兩邊的上空，成為相同的生活型態後，下一代的台灣人與中國人，難道不能為雙方關係的進一步，建構新的共識嗎？這一幅景象，始終縈繞在馬英九的心頭。

馬英九的理想國交響曲，被迫嘎然中止，或修正了他全民總統、二線總統、黨政分離，劉內閣帶動接班等規劃，與權力分配的利害，及意識型態的干擾有著極密切的關係。

相對的，和政治色彩及私心私利較無關聯的政策大方向，馬英九政府都能按部就班推動實踐。這也證明了，有夢確實很美。理想治國方案中無法持續的部分，會不會成為連任後，馬英九的堅持，就要拭目以待了。

〈第九章〉

打分數：馬總統的第一任期

滿分的科目

一、風格獨樹一幟的總統夫人，第一家庭

「我們要換一位第一夫人嗎？」

這句話，出自智慧幽默的余光中教授之口。那天的晚餐相聚，他和夫人不掩飾對馬英九總統連任競選的支持。

怎麼看為何要強力選擇馬總統續任元首呢？

這個問題，在許多人眼裡，是藍與綠的認同抉擇。余教授與眾不同的觀察力，提供的角度，很令人深思。他回說：「我要問選民們，你們要換一位第一夫人嗎？」

現場突來的靜寂，是深思及恍然大悟的清新。

是啊，選舉總統，也在選擇一種做人處事的方式；選擇公眾人物公眾角色的人格特質，和他們對職責使命感的認定。

這方面，第一夫人周美青，馬英九總統的妻子，從二〇〇八年五月二十日起，就展現了堅持不

移的原則；她，要做弱勢者的天使，任何政治領袖夫人可以承擔的錦上添花選項，都被她毫無彈性空間的拒絕了。

也因此，為周美青安排夫人公開活動行程表的總統辦公室人員，任務清晰：凡是有自主力量為自身提升權益的，自我努力，周美青不浪費總統夫人地位在不需要協助的人或團體上。

三年多以來如一日，周美青這個原則從不妥協。

民間有人認為，她的作風，縮小了總統夫人可以發揮的凝聚社會共識，觸發社會運動的能量；也有政治圈人士批評，國民黨傳統的夫人派組織「婦聯會」，起源於宋美齡女士的開創，重要競選活動推展期間，負有助選任務，周美青不聞不問，連自己的先生馬英九連任選戰，也不向動員而來的婦聯會成員表達感謝，未免太不近人情。

第一夫人不為所動。她是周阿姨，她也叫平民老百姓稱呼她為「周阿姨」；她不求名利，不愛新聞報導，她也不計較外界的不諒解，「只要她可以幫助到需要幫助的人。」

就這樣，第一家庭像隱形人一樣，消失於大眾眼前。總統夫婦兩位在美國工作的成年女兒，回國處理公事或探親，初始，媒體爭相跟隨，亦步亦趨；久了，兩位馬家女公子不說話就是不說話，媒體拍不到新聞性強的畫面或言語，紛紛退出搶新聞行列。

第一官邸，更是沉寂無聲。

過去，李總統時代，在家邀請各界菁英議論國是的景象，不見重現；陳水扁總統家裡最知名的收受賄賂現款，或者政商界人士爭相前來巴結權貴的畫面，也都成為台灣人民的噩夢。

周美青別有原則的第一夫人風格，在習慣酬祚、虛矯及攀附趨炎的國民黨政治圈不受歡迎，私下有人議論紛紛；一般普通大眾，卻高度欣賞。她的民意認同度，在二〇一一年中左右，已經超越總統的事實，顯示了人民對清正自持，有節有守的第一家庭，充滿了尊敬和贊同。

「我們要換一位第一夫人嗎？」

吳淑珍女士藉第一夫人地位亂政貪婪的紀錄，造成了台灣社會極大的創痛，台灣社會經得起另一回合類似的傷痕嗎？周美青這位第一夫人，在總統選舉中選民考量因素的分量，或許真如余教授所預言，將具有不可取代的決定性。

二、ＥＣＦＡ：馬英九的成功是李扁的遺憾

相隔半世紀，大部分時間又以敵國相視的台灣和中國大陸，放下仇恨忌猜及改變不了的政治現實，平心靜氣坐下來舉行會談，都是天大的新聞，國際矚目的重大事件；更別提簽訂經貿性協議這種困難重大工程了。

民進黨人士的強烈抨擊，固然增加了困擾，真正的難度，還在於政治問題擺一旁的互信互諒，以及不能避免的談判角力折衝。

馬英九總統的政府完成了這項不可能的任務。他超越李登輝時代「辜汪會談」的成就，更挽回了陳水扁總統任內破壞攪擾的兩岸關係。

依我對兩位前總統主導大陸政策作為的觀察，相信他們會感受到「馬英九能，自己不能」的遺憾。

台日協訂，ＥＣＦＡ的蝴蝶效應

ＥＣＦＡ簽訂生效後，強力反對的民進黨，在認定ＥＣＦＡ對台灣經濟負面衝擊的預言批判聲浪中，提出總統選戰的競選政見時，對ＥＣＦＡ的延續性，務實地未曾加以否決；間接肯定了ＥＣＦＡ的必要性。馬英九總統的執政歷史評價中，這項協訂，必然承擔重要篇章；指責他治國不力的人士，也很難不對這一政績給予正面評價。

兩岸間衍生而來的大陸觀光客遊台、學生交流等互動，也在這一基礎上頻密推展。台灣和大陸正常化關係跨入正軌，擁有語言、文字和文化血統相同優勢的台灣人、台灣市場，終於正式被世界各國認知，是他們進入中國大陸那個購買力超級龐大市場的良好跳板。

向來畏懼中共抗議的日本政府，第一個和台灣簽下台日協定，果然不愧是嗅覺靈敏的「日本公司」（JAPAN INC.）。

馬總統說，台日合作開發大陸貿易，不是空話。日後台灣在大陸與全球之間善加運作，可以擴大開發的空間之廣闊，幾乎可以用無限大做形容；台灣這兩個字，跳躍政治束縛後的彈性與動能，指日可待。

ＥＣＦＡ效應的擴大，是時間與空間性的。和小市民有關的，是台灣和免簽證互惠國的增加；其中，西歐各國加入行列十分具代表性。由小至大；由中間到大圓圈、大波浪，多重擴大的連環蝴蝶效應，將是台灣被視為外商拓展大陸市場重要橋樑的收穫。

三、外交戰火平息，中華民國護照搶手

兩岸敵對情緒高漲時期，外交戰場上你殺我奪，也成了台灣和中國大陸當局的競逐熱點。這種外交戰火，傷害的是雙方的財政、國庫的公帑，便宜了若干沒有道義，唯錢是問的國家政府官員，實質意義，很難釐清。

馬英九總統立定與中共保持和諧關係的大陸政策目標，傳遞了結束陳水扁總統發起「外交烽火戰」的明確訊息，也得到大陸領導人士的回應。

當很多國家在審視決定與台灣的交流，不以中國大陸的反應為第一考量後，不少合理正常的互動關係，就可順利進展了。其中，最能發揮兩利共贏功能的國與國間人民互訪的免簽證待遇，就快速的成為全台灣人民共享的優惠；到二〇一一年中，台灣遊客獲得免簽證待遇的國度，已經增加到一百二十四個。

中華民國護照，在國際間是著名搶手護照的事實，反映了免簽證待遇國豐富的台灣人，旅行國際的便利，也存在著國力和居民品質的驕傲。

儘管民進黨人，以香港護照也擁有一百個以上國家免簽證優惠為例，反證馬總統的這一政績成果，不表示沒有犧牲台灣的國家主權尊嚴；在大部分人民的判斷中，那是歪曲的政治性攻擊；馬政府外交收穫澤及全民，仍然是不可多得的執政滿分項目。

免簽國增加，開開心心四處出遊的是所有中華民國護照的持有者。我好幾次與大陸友人們討論組團出國遊玩，去日本？有些人有心結。歐洲？美國？花錢，不是問題；簽證，始終都是他們的最大憂慮。要很早規劃，「說不定辦不下來」。

「你呢？」

「哦，我們的護照，這些主要國家都是免簽證，隨時可以走。」美國呢？「有五年多次簽。」我的回答。

四、金融風暴，劉內閣成功挽救金控擠兌危機

劉內閣在馬總統民意支持度跌至百分之三十以下時，辭職下台；據說心內最不捨，最感歉疚的，就是他的好友馬英九總統。之後，在公務上，馬總統設法為劉兆玄安排施展能力的機會，也在特殊任務上付予劉兆玄總統全權授權者的身分，協助總統處理事務。

私下，「馬總統還是拜劉院長為師兄，重要問題，仍然聽取劉院長的意見」，一位總統身邊人士，證實劉兆玄對馬總統的影響力。

劉兆玄辭職，反對黨人士譏笑這是棄車保帥，為馬總統擋罪；事實上，當時社會氣氛不滿當政者情緒幾近失去理性，行政院長身為總統最高幕僚長，離職負起執政不力的政治責任，理所當然；院長非戰之罪，也被部分評論者接受。

劉兆玄內閣接收的，是一個失去秩序與士氣的政府，百廢待興中重建政府的效能，付出的心血，外界難以了解。

透悉劉院長施政作為的一位前行政院高層人士就證實，金融危機大難當頭之際，劉內閣在熟悉台灣金融體系的資深金融官員邱正雄副院長協助下，及時避免一家金控公司的擠兌風暴，化除了可能形成的台灣金融體系骨牌效應、銀行倒閉等重大危難，是極重大貢獻，只是不為外人所週知而已。

這次危機，劉院長藉著立法院答詢機會，宣告政府決定以全額保障銀行存款保證金的方式，穩住蠢蠢躁動的存款戶不安全心理，事前也向馬英九總統報備。

那段風雨飄搖的時日，民間盛傳國內民營金融機構受到連累，損失重大，可能破產導致存款戶損失的流言，但始終未見媒體報導或證實。暗地裡，邱正雄副院長卻得到了讓他擔心的求助之聲。

邱正雄警覺上報，劉院長宣佈存款全額保障

這家曾有意併購一家公營商業銀行的金控公司，在傳聞影響下，大戶存款相繼提出，金控內部現款日益稀少，出現無法應付存款戶提領要求的危險時，金融界私下也都有所聞知；同業人士並未協助，反而大難各自紛飛，落井下石，不給予隔夜拆款的調度幫助。

眼看情況惡化，金控負責人過去和邱副院長熟識也有交情，二〇〇八年十月初，雷曼兄弟破產不到一個月，他硬著頭皮向這位金融主管官員，說出了可能造成台灣社會重大不良衝擊的困頓真

相。

沉穩的邱副院長，了解茲事體大，也焦急了起來。他立刻報告劉院長，分析了一旦爆發擠兌風暴的可怕後果。

劉院長理解金控公司面臨的，不僅是一家金控的生存與否，更連帶威脅著全台灣金融體系安危的嚴重性。他向總統緊急報告，並約集相關官員共商解決方案，立即執行危機控管。

當時財政部已經針對存戶信心不夠一事，研議方案。二〇〇八年十月六日提出的建議，是金融機構存款保險上限，從原本的一百五十萬，提高到三百萬；三百萬元以下，將全額保障。不過，不到十二小時後的十月七日，行政院長劉兆玄趁立法院答覆立委質詢時宣佈，「全額保障」。

此話一出，還引發了議論，認定政府政策反覆；劉內閣並沒有說出迫在眉睫的危機。

提高各金融機構，包括公營及民間金融機構存款保證金額全部保證，實行至二〇〇九年年底。果然平息了金控公司存款戶流失的擠兌危險。

內閣當時的果斷勇敢作為，也替馬總統化除一次可能延燒長久，無法控制的治國災難，和台灣社會心理防線崩盤的毀滅性傷害。

這家金控公司的負責人和高層主管，私下談及此事，也都不否認他們對劉內閣認知問題、快速提出解決之道的精準斷然表示佩服。馬總統二〇一一年回顧金融危機，政府因應決斷有效的表現時，曾比對說，美國那時曾有三百多家銀行不支倒閉，指的應該也是這一金控危難的挽救事件。

五、發放消費券，穩定民心

儘管消費券的發放總額八百二十九億元新台幣的政府支出，在二〇〇九年的台灣總體經濟統計數字上，並沒有反應出太強烈的貢獻；二〇〇八年全球金融危機引發經濟大蕭條時，馬英九接受學者朋友和財經官員評估，決定以政府預算發放相當於每人新台幣三千六百元的消費券給全體合於資格的台灣國民，在心理層面的安慰和及時助益上，仍是不能否認的成績。

還記得自己的消費券，是在戶籍所在地的台北市仁愛國小領取的。那天，二〇〇九年一月十八日，天氣不錯，全台灣人民共同在一項體恤民瘼的政策下，接受救助的坦蕩和幸福感，讓我感動。那筆消費券，我和家人為了要造成更明確的消費效益，特別安排至高檔餐廳用餐，以避免購買日常家用品的較低購買力的乘數功效。馬總統本人，經濟萎靡中，體會到消費並不是完全的罪惡，雖然成為新聞報導的軟性話題，卻也給勤儉成性的馬英九，上了人生的一大課程。

這次金融海嘯的恐慌，在全民全面領受消費券的共同行動中，凝聚出大家都是一家人的氛圍，是這一政策的附加收益，既無形無價，不能用數字分析，也難以複製。

六、尊重央行獨立性，信賴央行總裁

從李登輝總統時代接任空難意外遇難往生的許遠東先生接掌中央銀行時，彭淮南在台灣的金融界，不具備強項政治背景，也沒有傲人的名校學歷；但他兢兢業業，年年日日不休息，以央行為家執行公務，把關嚴守匯率，打擊炒匯投機客，控制通膨，彈性調整利率的敬業精神和專業能力，獲得國際專業雜誌連連推崇，到二〇一一年中，已被尊為8A級央行總裁。

這家《Global Finance》（全球金融）雜誌在二〇一一年八月二十六日公布全球央行總裁評比，彭淮南連續七年拿下A級，若加上二〇〇〇年獲得的A級評比，彭淮南總計已經拿下8A，升級為「8A總裁」，創下世界紀錄。

據報導，《Global Finance》二〇一一年評比的央行總裁共有三十七名，評比項目包括控制通膨、協助達成經濟成長目標、匯價穩定和利率政策管理。A級為最高評級，F則是代表「不適任」的最差評級。一一年A級總裁除彭淮南外，還有澳洲、以色列、黎巴嫩、馬來西亞及菲律賓等五國央行總裁。

彭淮南擔任央行總裁至二〇一一年已第十三年，帶領台灣一路走過金融海嘯、國際炒手襲擊、全球股災。最為人津津樂道的，是與有國際巨鱷之稱的炒匯高手「索羅斯」大戰，堅持到底，成功維護台幣匯價保持在二八・五元左右，沒有造成大幅升值的最後勝利。

相同的評比中，美國聯準會主席柏南克維持C級，中國人民銀行行長周小川從C躍升到B級。

彭淮南的謙謙君子形象，好幾度讓他成為台灣民眾票選的最佳行政院長人選。他能夠跨越藍綠，在李總統卸任，民進黨政黨輪替後，仍堅守崗位八年，直至馬總統接任，還是深受信賴，固然是他的成就所致，另一方面，兩位總統陳水扁和馬英九知人善任，也是主因。

阿扁任內，有傳言指稱，民進黨執政當局，在財政不佳時，曾意圖說服彭淮南釋出我國數字豐厚的外匯存底，被彭總裁斷然拒絕；馬總統接下元首職務，類似討論曾公開提及以外匯存底為基金，成立操作金融工具的主權基金，也遭到彭總裁否決。

央行獨立行使職權，是維護台灣貨幣及金融秩序的必要條件。陳總統時代的央行大將，在痛恨扁政府入骨的藍營支持者眼中，沒有一位高層官員是稱職值得留任的，唯有彭淮南例外。

在他的高聲望下，人才濟濟、有為者亦若是的藍營專才，無人出言逼退，也算保有自知之明。

金融危機關鍵時刻，彭總裁依變化莫測的最新情勢，研判動用央行調節工具存款準備率和再貼現率，加以變動因應，決策快速準確，及時對外說明溝通，都是政府度過金融危機的助力。

七、法辦陳水扁，不介入司法形象深入民間

法辦一位前任總統，對於在位的接任總統而言，是極端敏感複雜的問題。馬英九總統以不介入司法的基本原則，放手給特偵組偵查，從羈押陳水扁，到最後法院定讞，將陳前總統發監入獄，過

程涉及人民之間的對立，及司法公信力的考驗。最後，雖然依舊是信者恆信，不信者恆不信，法辦陳水扁的實例，對中華民國政府法治除貪的決心和作為，在國際之間形成的，是廣告換不來的正面肯定。

總統以行政力介入司法個案，阿扁創下惡例，傷害台灣的司法體系甚為嚴重；馬英九出任總統後，也多次被質疑以黑手干預司法案件；但是，日復一日的檢驗和批判，累積下來的，是大部分國人終於相信，不沾鍋的馬總統維持司法獨立的決心。

反對黨主席蔡英文的說法，也給了這樣的形象相當程度的背書。她曾在一次司法改革的必要性呼籲中，評論馬總統司改不力時說，「不介入司法並不表示是司法改革」。

「不介入司法」這段話，無意之間透露的訊息，值得玩味，也是馬英九得到來自反對黨人士的最佳評價。

八、塑化劑風暴，誠實負責的女技正為馬政府加分

吃了近三十年的塑化劑，台灣人才在一位基層政府專業文官的認真誠實作為下，了解了塑化劑危害人體，無所不在的可怕，政府也接下法辦塑化劑生產廠商，維護食品安全的重任。

這位女性文官，行政院衛生署食品藥物管理局五十二歲的楊明玉技正，在二〇一一年三月執行行政院「加強取締偽劣假藥專案」時，原本只是為了檢驗食品是否違法摻雜安非他命或減肥西藥成

分，將「康富生技中心股份有限公司」生產的「DDS-1六淨元益生菌」，經薄層分析（TLC）儀器，再用氣相層析質譜儀檢驗後，雖然沒有檢測出西藥，卻意外發現可疑異常訊號。

楊明玉不像一般檢驗員，只要查出檢驗項目合格就下班去了。她主動加班找出可疑訊號的實情。

二〇一一年四月七日，楊明玉確認產品中含有高達六〇〇ppm的塑化劑DEHP。她的努力，掀動了台灣民眾關切至極的食品安全法令與執法保障的全民運動。台灣生產的食品，雖然面臨了滯銷的衝擊，楊技正基層檢驗員的敬業精神，及揭發食品業黑心違法行徑的表現，還是相當程度受到藍綠人士肯定。馬總統沒有忘記在二〇一一年九月的總統治國週記中，邀請楊女士會晤。總統的施政成績，受到楊明玉的幫助加分不少，如何鼓勵更多文官系統中的大小官員向楊女士學習，應該是馬政府的使命。

九、清廉執政生根

貪腐，在陳水扁執政後期，幾乎成了全台同胞感同身受的惡瘤。民進黨內有識之士，更是敢怒不敢言者眾，對於一個墮落的本土政權，痛心疾首者不在少數，卻又畏於阿扁一家的濫權而不敢聲張。

這段記憶，終於在馬英九執政後，慢慢成為過去。

對陳水扁一家人的貪婪違法情事，從一開始懷疑馬總統沒膽法辦，不敢將前總統送入牢獄，到陳總統成為階下囚；一幕幕的法律究責鏡頭，為官員貪汙枉法的下場，留下血淋淋的教訓。

或許，這還不足以清明化政府各層級人士的公務自持，但是人民的高期望，和嚴格要求，至少帶動了啟發及示範作用；官員們不酬祚、不交際、不與財團富戶來往，至少是檯面上，公務人員的基本準則。清廉執政，在陳水扁下台，馬英九接任後，成為台灣人不再可望而不可及的心願。

十、不袒護藍營人；大量啟用本省籍政務官

馬英九民調下滑的細部統計分析顯示，他所流失的支持對象中，政治立場偏向藍營的，為數不少。事實上，在基層訪問中，我也經常碰到對他強力不滿的藍營人士。其中，眷村，向來是馬英九鐵杆護衛者的軍方退役將領，及他們的家屬中，對馬總統未能照顧嘉惠「自己人」的埋怨極為突出。

這裡面，總統府依據監察院裁定，取消退役高級將領的部分津貼，最讓這些看著「小馬哥」長大的老人家們情感受傷。

也有人向馬總統建言，就是那少部分人士的福利，何必得罪人？何況，他們又是政治立場一致，功在家國的自家老長輩？

依法行事，馬英九的堅持。馬總統公開說明時也解釋，總統府是執行監察院的檢討報告結論，

不執行才是違法失職。

這方面的不滿，在二〇一一年九月，馬英九連任總統戰陷入泥沼困境，勝利不是蹴手可及的危難之際，得到了老將軍顧全大局忘卻怨言的力挺保證。

從另一個角度觀察，不是利害關係人的大多數理性台灣民眾，雖未發聲，卻深信馬總統整頓政府浮濫津貼支出的必要。

馬總統積極啟用中生代台籍政務官，不被藍營某些人士認同，也引起藍營內部反彈。

在本省籍民眾居多數的台灣，政壇人才的任用，往昔，有著歷史上的偏頗和歪曲。馬英九的出生背景，是典型的外省第二代，在省籍平衡的考量下，刻意爭取更多本省籍菁英進入政府任職，調整過去的不公平現象，是政治領導的必要。相對之下，卻剝奪了同樣條件新生代外省籍人才從政機會，又引發了新的不公平之議。這之間如何衡量，政治領導人面臨的裁奪，只有以選票的增減來評判。

若是從現實面看，藍營人士的犧牲，換來的是綠營或中間選民對馬英九的選票認同；同時間，又能保有原來藍營支持者無從轉換選項的鐵票，一來一往之間，有著數字能說話的雙贏，不能說不是政治精算，成本低高收益的付出。只不過，綠營選民買不買帳，藍營人士能否相忍為國，政治現實的變化，經常無法掌握。馬總統如何跳脫省籍陰影，在治國領導上發揮更大格局的成績，或許可以等待他連任成功後加以證明。

十一、培養新血，活化人才新陳代謝

這雖然是國民黨的家務事，身為一個有長期執政經驗的百年政黨，跳脫舊思維，不再長幼有序，不再倫理重於能力，朝往實力派出頭天的方向邁進，畢竟具有引領社會思潮的指標作用，也有助於馬英九再度接任黨主席後，一心推動，阻力甚大的大老退位目標的實現。

由於論資排輩，國民黨內沒有年輕人的春天，是台灣社會一致的共識；缺乏活力，也成為老化的國民黨和青春的民進黨之間的差異。

馬英九接下總統大位，理想的規劃是藍綠和解的全民總統外；還要力行黨政分離，改造國民黨為青年人的選項。這也是他早早就設計要找時機請吳伯雄退陣，重回黨主席職位，掌握黨機器的主因。

儘管民調大跌，黨內反彈勢力不退反進，立法院挺王金平、連戰，和吳主席的勢力暗暗集結，個性固執的馬英九不為所懼，他找回金溥聰出任黨的秘書長，和接替劉兆玄出任閣揆的前黨秘書長吳敦義交接，穩住政府政權，再伺機下手為國民黨改頭換面。

二〇一二年的立法委員選舉，正是培養年輕世代走上政治舞台接受歷練的大好機會。在金溥聰和青壯派幕僚蘇俊賓等人推動下，國民黨說服了籃球前女國手錢薇娟披藍營戰袍參選新北市立委；有著新聞局長資歷的蘇俊賓和江啟臣，分別下海往中南部拓展地盤，蘇俊賓至台南對抗民進黨天王許添財，尤為突出。

另一位年輕的女將，女主播美女級的候選人陳以真，開拔至嘉義與民進黨老將陳明文對壘，勝選希望不知如何，造成了陳明文相當程度壓力，倒是事實。

這樣的手法，不但很不像台灣人民印象中的老大國民黨，更特別的是，這根本是民進黨的一貫作風。

有規劃的培養年輕世代

這四位立委候選人都不到四十歲，形象清新，相對於他們在選區挑戰的民進黨阿伯級對手候選人，確實是民進黨措手未及的突襲戰法。

年輕牌還沒結束，馬英九競選辦公室執行長金溥聰，素來大膽操持新手法，他轄下的「台灣加油讚」輔選團隊，請到的是名不見經傳，大學剛畢業的大女孩、小夥子。

「如此一來，年輕人會發現，在國民黨裡有了生涯發展的機會和途徑，當然會更積極認同國民黨！」我在台南成功大學附近訪問蘇俊賓時，他已到達參選地展開里長們的地毯式拜會。那天午後，他曬黑了的臉龐上，一貫的靦腆笑容，雙眼散發捉點的喜悅，為國民黨開啟年輕人大門的努力，很驕傲滿足。

選的上選不上？

「朝著選上的目標邁進。」在他趕往下一個行程空檔，還充滿信心。

金溥聰「台灣加油讚」推出的的美女俊男發言人牌，其實是責成手下從二〇〇八年大選後，就進行的年輕人網羅行動。

殷偉和馬瑋國，在國民黨發掘、吸收、訓練等一連串有系統培養後，委以發言人工作接受歷練。俊男美女牌，果然受到媒體的多方報導；數日後，民進黨蔡英文候選人也向外界介紹了她的總統競選團隊發言人，陳其邁、蕭美琴、徐佳青等人。

這幾位政壇歷練不錯的綠營中生代菁英，一字排開後的重量級特色，和連戰、吳伯雄、王金平相比，年輕得多；然而，台灣加油讚的李佳霏、殷偉等人，面孔和人名連媒體都還分辨不出所以，整體感覺，卻是給民進黨致命一擊的「更年輕」。

一位民進黨輔選幹部就承認，金溥聰真「賊」，他以二十出頭的團隊，下駟對上駟，突顯陳其邁等人的資深，佔便宜是賺到，落下風是應該。民進黨發言人團，初始不察上了當，選戰往前走下去，不會再掉入陷阱。

這也顯示，年輕化是必要，也是維持政黨生命的不二抉擇。馬英九主張黨內大老退位，沒有錯誤，錯的是執行手法上不夠細緻，不夠照顧連吳王等人的顏面和感受。

馬英九主席信賴的台北市議員賴素如，是主席和黨的委任律師，也是發言人。面對這個問題，她沉默著，緩緩回答：「主席就是這樣一個人，他只會做事，不注意做人。」

不會做人，不體貼，是平凡老百姓馬英九的本色，是他的人生選擇；但是，馬英九擁有領導國人安居樂業的使命，做人做事都是不可或缺的領袖條件。政通前要人和，是老祖宗的格言。馬英九喜好引用詩書，不會不明白這個道理，下個任期如何修正，是他有無學習成長的指標。

補考中

房價；幕僚格局；政府浪費；財經金政策整合以及危機管理，與總統、民間接觸，都有加強的必要

世界上沒有完美的領導者，馬總統上任前，不少台灣民眾對他的魅力，產生可能散發魔力的虛幻想像，在事實的檢驗下，回到現實。

這在民主台灣是好的現象，畢竟超人不存在，一旦政治人物以明星光輝執政成功，必然成就的是海市蜃樓，大浪一沖就倒塌，萬端危險。

執政成績亮麗，是馬總統和團隊的自我審視，基本上，相對於前朝兩位總統，他的國內外減少衝突的目標，困難中實現高百分比的程度，確實可以稱的上「讚」。亮麗，或許過於形容詞的誇耀，與真相並無太大差距，我也認為還算合理。

不過，這是表現優秀部分的亮麗，還有一些不及格的施政考卷，等待馬總統補考，無法避免，也難以否認。我依照自己的觀察，參考好友專家及學者，甚至大陸的台灣研究人士的建議，為他要再努力加油的科目，做了概要整理，簡單的提問。答案，當然在馬先生的口袋裡。

這些考題，包括：

1. 房價；貧富懸殊改善仍不理想，如何加強？
2. 總統府辦公室的幕僚格局，從市府水準升級了嗎？
3. 政府的壞習慣，浪費人民納稅血汗錢，預算編列不實，公共設施養蚊子；以及行政效率不高，效能緩慢，政策溝通失能，沒有開創力等，都還是老毛病，何時改善？如何改善？
4. 財經金主管內閣部會，尚未整合實力，經建會總提調功能沒有發揮。總統本人，應加強掌握推動提高全面財經團隊實力的企圖心。
5. 司法改革決心的展現，仍有待改善，人民還感受不到應有的強度。
6. 危機管理訓練與意識，雖已比執政初期改善，仍有不夠系統化，組織性的缺失。
7. 政務官的訓練過於老派，不夠徹底扎實；一兩堂演講只是虛應故事，沒有效用。這方面要重質不重量，應學習日本及歐美國家。
8. 總統與外界接觸太多儀式性的安排。這些體制內的會面，無法兼聽，不能體察真實民怨，適可而止即可。總統應經常下鄉探訪第一手民瘼，出行前後，幕僚作業必須完整，應嚴格遵守事前發現問題，下鄉訪問中了解問題，事後追蹤問題解決方案及執行過程的標準作業程序。
9. 香焦滯銷風波中，馬總統用心設法了解，化除農產品價格過低問題，實質上結構性的農產品產銷弊端，存在多年，馬政府有魄力改善嗎？

待加強

國民黨不敢回顧功與過；面對中共能否知己知彼；總統小圈圈傳言的問題，和政務官像事務官的扭曲現象

馬總統政績中讓人不滿意處，我的看法，可能流於主觀，提供參考。我認為，總統對選票的政治現狀負責，也應對政黨使命和歷史定位做出標題式的努力，以下是我認為馬總統第二屆任期做總統，必須嚴肅面對的考題：

1. 國民黨原罪的補償，和正義之追回，不在於用了多少台灣省籍官員，而是一種基本執政哲學的表現。

為了爭取本土選票，馬總統太刻意切割國民黨過去的功與過；不正視功勞，也就迴避了罪過；比方，總裁蔣介石雖有獨裁統治之汙點，對中華民國之貢獻，仍不應抹滅於鴕鳥般的埋首於沙石之中。

目前在大陸，蔣介石總統領導抗戰勝利，解救中華民族於日本外族侵略的功績，正在回歸史實之中。他的形象，依我觀察，遠遠好於台灣人對老總統的評價。

此外，國民黨裡的老問題，馬主席敢向國民黨人開刀嗎？比如，黨產？又比如，掏空黨產，不必追究嗎？

2. 對中國大陸現狀，馬總統與相關官員，有足夠了解嗎？有像中共官員透徹了解台灣那樣的深度和用功嗎？

我在兩岸間頻繁觀察的初步印象，大陸菁英階層人士，從黨政到情治軍與部分學界，對「台灣問題」，多有仔細長期關注，並深入比對台灣、香港和亞洲媒體的相關報導，隨時更新並保持觀點。

台灣方面，官員們，主管大陸事務的，多半只熟悉本身的業務；黨務民代們，選舉忙得心力焦瘁，那有時間關注沒有選民選票的問題。

台灣淺碟型的政治生態，狹窄了政治人物的眼光，浪費了他們的時間；大陸何其大，資訊又不夠透明化，在台灣能夠掌握第一手情報的，內圍國安局等人士的情況，我不敢評論；外圍研究機構的能耐，總統心知肚明。台商，在大陸的注意力，依北大教授研究，只有代工、生產與如何降低人力成本等，與大陸人民普遍接觸貧乏，給予大陸人的印象，也不是很正面清晰。

整體評價，在知己知彼上，我敢說，高層官員的努力，台灣落後於大陸。

3. 總統的小圈圈確實是大問題

問題的核心，不在身邊人而在馬總統本人。他的小心翼翼，不主動出擊擴大交友圈，不爭取更多外圍人士的情誼認同，凡事只跟親近談得來的幕僚好友溝通，反而害了他們。

社會上有識之士，有為有守者通常不願折腰親近總統，總統一國領導人接納的建言品質，必然日益下落。

一國元首必須擁有親近諫臣志士，但了解民心，體認民間疾苦，與基層一起呼吸，連結近年流行的所謂同理心，靠的是三教九流，江湖四海都是好友的氣派。蔣經國先生真情實心於與民同樂，馬總統恐怕仍應多所學習。

4. 太愛自己，「他應該再流氓一點」！

愛自己，是保護自己的第一妙方；做一個領袖，愛自己的小心謹慎，展現在治國上的，往往和魅力領袖的大器魄力相違背。

余光中教授夫人，一位聰慧的女性，當我和友人詢問她，馬英九，在她看來，有那些缺點有待改進時；她的回覆，很通俗。

「他應該再流氓一點！」

玩笑話，卻一針見血，我們都大聲笑了。

5. 技術官僚體系效能待提升，與政務官當事務官用的缺失待改善

謹慎的總統帶領的政府官僚體系，在長鞭效應的影響下，組合了一個除了選舉時有開創力外，平常時日，蕭規曹隨的政府施政頭腦。可是，馬總統顯得不以為意。

中層公務員背景出身的馬總統，潛意識裡認同公務員的情緒，阻止了他檢討公務員兄弟姊妹業績的動力。

這樣風格的馬政府，平實像白開水；中華民國建國一百年紀念活動，未能出現任何大手筆，有格局、具創意的作為，就是不講究打破原狀的馬政府最典型表現。

這樣的風格影響下，馬英九總統的政府裡，官員不分大小，一個個唯諾戒慎怕事，全都成了事務官；有擔當、有政策說服力及辯論力的政務官，有如鳳毛麟角。這也是馬英九經常哀怨他領導的政府有所作為，民眾卻無感的主要成因。政務官當事務官用，我看到了太多實例，有些是數年朋友，不一一指出，僅以政務官條件何在的簡單討論提供如下，請台灣社會慢慢評價馬政府裡大部分名不見經傳的政務官員吧。

這也是中華經濟研究院擔任所長的張榮豐先生，刊登在《中國時報》上一系列專論當中的一個主題，「擔任政務官與事務官的條件及分工」。

他指出，由於政務官是國家進步的主要動力，所以必須具備三個條件：一、能夠依執政黨理想

提出願景（vision）及政策。

第二，張榮豐認為，政務官必須具備膽識，並勇於負責，真正的膽識是對自己所提的願景、政策，能夠在各種阻力，尤其是既得利益的阻撓下，還能堅持理想，勇往直前，並對政策成敗勇於負責。

第三，政務官必須具備系統工程的知識。簡單的說，張榮豐指出，就是知道如何將制定的政策，依時序、環境、分階段循序指導所屬執行。

〈第十章〉

真實馬英九：他的權謀與鬥爭

維基解密在國民黨和民進黨的二〇一二年總統選戰海外拚場前，突然公佈了困窘藍綠陣營的私密通訊內容；我在中國大陸的好友看了之後分析說，「死老美，這是用來和小馬喊價用的。」

維基解密真是駭客所為嗎？

儘管老美將維基解密負責人列名恐怖分子；維基解密也曾不友善於美國，公開美軍在阿富汗戰爭的血腥殘忍，我接觸過學情報的台灣、香港、大陸及美方的朋友中，不少人相信，沒那麼單純。

「中央情報局的外圍組織」？或許、在短暫的未來，市面上就會出版一本揭露維基解密神祕背景的書籍，證實這一推測的真實性。

「維基解密的密件，為什麼總是國際間發生動態事件時外洩？所披露內容大都符合美國國家利益呢？」

中國大陸的高層友人，針對衝著馬英九而來的楊甦棣撰寫給美國國務院的報告，更有把握的評析：「太巧合了，美國人在小馬的分身金小刀啟程赴美國首府華盛頓前，一波波不利馬英九與黨內大老關係；及質疑馬英九對大陸政策的密件，以超級可信度的維基解密盜取而來的訊息方式曝光，毫無保留的打了馬英九好幾巴掌。」

逼馬英九表態是目的，同時間公佈綠營人與楊甦棣的談話，「只是陪榜，藍綠各打五十大板。」

將台灣視為戰略利益保護對象的美國，近年表面上雖然多次肯定馬英九與中國大陸當局改善交流的努力，暗地裡擔心馬英九失控，在美中台三角關係的博奕對局中，害美方處於不利地位；二〇一二年台灣的大選即將啟動，尋求馬英九表態，了解一旦當選，馬英九將如何推進與中共互動；如何定位台、中未來關係發展等重要訊息，是美國高層利用維基解密，向馬英九發出警訊的策略嗎？。

蔡英文比較單純，友人分析，一來，她當選的可能性，美方應該評估不高；第二，民進黨和中共對話，可以採行的途徑明確得多，美方不必太費心思。

對於馬英九的捉摸不定，不僅是美方，大陸的胡主席和他的中央政治局常委黨內領導核心，據我所知，說不出口的怨言是：這小子到底裝傻要裝到什麼時候？

「他上任三年多了，除了跟大陸要政策，要利益，給了什麼？」中國大陸黨政軍界相當層級的菁英人士坦白的發言，道出了在兩岸、美中台，藍綠等多角關聯的明爭暗鬥中，中共領導階層面對以反台獨為訴求，又不推進統一，還要求老共不動武的馬英九政府，只有以耐心和時間等待下一步的無奈。

有意思的是，胡錦濤主席悶在心裡；民進黨卻還罵在嘴上。馬英九賣台？依我這兩年多來往大陸和台灣的經驗及訊息看，那可是太小看小馬哥了。

小馬哥真的就像他最知名的無辜表情那樣，乖乖牌、沒有權謀、不懂心機、不會做人、不知道明槍暗箭玩政治鬥爭遊戲嗎？

我做了一些功課，仔細與熟識馬英九的人士聊天，用心觀察回憶馬英九的一舉一動，還與民進黨人士，及中國大陸不同層面友人談他們眼中的小馬哥。結論並不全然週詳，至少是可以參考的依據。

一、外表溫讓，內心叛逆，威權獨霸的獨子？

批評馬英九身為獨子，在馬家父母姊妹的寵愛下，威權獨霸聽不進外人的勸告，用詞銳利不留情的，是文筆流暢的知名元老級政論家王作榮先生。

剛上任總統沒多久，馬政府公佈陸委會主委由李登輝系統人士賴幸媛出任；並提名綠營背景的沈富雄、張俊彥擔任監院副院長、考試院院長後，藍營譁然，攻擊火炮強烈。王作榮先生投書報紙，以「馬英九的異想世界」為題，評析馬英九人事佈局背後的一廂情願。

模範生？交友互補，金溥聰成莫逆

這也是第一次，有人指出外表溫良恭儉讓形象深厚的馬英九，骨子裡是個被慣壞的混小子。王教授的評論，雖然情緒字眼成分高，真實性，卻和長期觀察馬英九的人士若合符節。

表現在交友選擇上的，就是模範生小馬哥的生死哥兒們金小刀。高中時是小太保，中學讀了好幾所，其中還有知名的太保學校，大學重考才上了政大新聞系，金溥聰成長於台南，家境背景和馬英九類似，甚至兩人都是獨子一人，姊妹不只一個的寶貝兒子。

比對他們的青春生涯，金溥聰恰似馬英九的叛逆版。

乖乖牌？逼宮連、忽視王、不理宋、攏絡吳

金溥聰和馬英九結交於國民黨中央。當時，馬英九被蔣經國指派出任最年輕的黨副秘書長，專責政黨外交；金溥聰同一時間自美國公費留學返台，由青輔會派往國民黨中央任職。他擁有美國德州奧斯汀大學的政治傳播博士學位，才俊之氣和流利的英文，很快就成為馬副秘書長留意的人才。馬金的友誼，自此生根。馬英九沉潛多年，從台北市長選舉為第一次衝刺目標開始，以民調專業操盤選舉的金溥聰就是他的分身了。

隨著人氣的提升，民望的超級數字表現，金溥聰一路在旁，幫著馬英九跑到了總統高位。這其間，如何破除國民黨內大老的阻擋，是最困擾馬英九的難題。他與金溥聰的默契，是沉默積蓄能量，伺機而動，一發絕不回頭。

最關鍵的標的物，是國民黨的黨機器。二〇〇四年總統改選前二〇〇三年初，馬英九才以高票獲取台北市長連任。依金溥聰的看法，這時是搶下總統競選門票的大好時機，否則，一旦阿扁連任成功，民進黨可能長期執政，馬英九難以挑戰；另一方面，即使國民黨以連戰為主的勢力奪回政權，二〇〇八年也沒有馬英九的機會，連戰不連任，宋楚瑜絕不會退讓。

馬英九聽進去了。他試圖探知連戰的意向。據說，聰明的連先生更早一步洞悉了馬英九的意圖，他直接了當的告訴這位政治大明星，他要再度參選總統。

二〇〇四年的失，卻成為二〇〇八年的得。

二〇〇五年七月，國民黨主席任期屆滿，明眼人都理解，連戰不想卸職，馬英九決定聽親信們的勸告，以依體制參選的途徑，搶下黨機器，為〇八年總統大戰做準備。

連先生看的清晰，知道馬英九玩真的。明的不好要小馬別選；暗的，小馬哥假裝聽不懂，人家問他連老大有意蟬連，他有什麼看法；馬英九的答覆是「一起競選」。

權謀？忍功強，不玩陰險遊戲，只是對手看不懂！

身段不能下降的連先生只好請出國民黨所謂的南霸天，立法院長王金平做代理人參選。

馬王主席戰十分慘烈；馬英九最難堪的，是黨員票選黨主席的前夕，有頭有臉的黨內派系頭頭、知名人士，都去站了對手王候選人的台。

第二天投票，連主席將選票投進票箱時，不小心走了光；記者的攝影機鏡頭，拍下了反面亮出的王金平之上的小圈圈。

之後，維基解密說破之前，政壇人士誰都知道老連小馬的不和不睦，相看兩討厭，又不能不裝友好的事實。

王金平受傷最大。那次選舉，他慘輸了馬英九共十九萬票，還被貼上了黑金代表人物的標籤。代理人下場如此，王金平不怨怪請他代為上陣的連戰，卻一心一意將所有仇恨堆到了馬英九身上。

馬王心結自此繫下，至今未解；即使馬英九二〇〇八年曾誠懇請他出任大選副總統搭檔，王金平也加以拒絕。原因何在，有人猜測，那時，馬英九曾因特別費案遭起訴，一度擔心不能參選總統，黨內老二的王金平期待的即是這個機會。

二〇一一年九月流出的維基解密，就指稱，依照朱立倫與美國在台協會台北辦事處處長楊甦棣談話，朱向楊透露，王金平曾找他搭檔參選二〇〇八年大選，「因為算命先生說馬英九特別費案將影響他的候選人資格，王將取而代之」。

朱立倫和王金平都否認了維基解密的真實性。回顧二〇〇八年馬連王心結重重的舊事，這番談話，國民黨內倒是不少人相信屬實。

馬英九和金溥聰這群好友防範王金平的心理準備，顯然並不是無的放矢。

二〇〇七年總統大選前馬英九人氣旺，但是特別費案纏上身是鐵的束縛。他參選總統的最大資源黨主席職位，一旦失去，等於選戰沒了糧草，將會陷入困境。

為了防止連戰、王金平一派，乘馬英九遭起訴不能擔任黨主席，重出江湖搶下主席大位，馬英九找到的結盟對象，是吳伯雄。有意思的是，在吳伯雄承諾替馬英九做擋箭牌前，連戰與王金平曾拜會吳伯雄，期盼他任中間人，在馬英九辭卸主席後推王接任。這一周折，也造成了連王與吳伯雄的利害糾葛。

防連王請出吳伯雄

吳伯雄在馬英九請辭後，接下代理主席，隨後參與主席補選連任成功。這一戰役，連王派推出的挑戰者，是資深立委洪秀柱。吳伯雄在打敗洪秀柱後，以不分區立委職務回報她。

吳伯雄與馬英九的關係，政治結盟，交誼長幼有序。據說，當選總統後馬英九惹火吳伯雄，馬媽媽逼著兒子去吳家道歉不祇一次。

吳伯雄是政壇老手，了解自己在馬圍困於政敵，和訴訟案的虎視眈眈時出手相救，必有報賞。二〇〇八年馬英九當上總統，遇到的黨內反彈，吳伯雄也是其中之一。功臣而未得到足夠的獎酬，或許是吳伯雄不滿的原因；也或者，是理念差異。

馬英九表面上請吳伯雄諒解，三拜四訪吳家；骨子裡，還是依規劃，從吳伯雄手中要回了黨主席位子。

悻悻然的吳伯雄，據說爭取到的，是兒子吳志揚參選桃園縣長的承諾。

願望實現了，吳伯雄和父親、兒子，一家三代都做上了縣太爺寶座，寫下歷史，光耀吳家門楣。

裝傻？「濤哥」也拿他沒辦法！

慾望還在燃燒。吳伯雄不認為馬英九的回報足夠的聲浪，仍然時時傳出。黨內看不下去的人士，提出了還要多少，他們才滿足的批判之聲。

連戰和王金平，與馬英九依然若即若離。

馬英九繼續裝糊塗。

他的下一步，是從連戰手上，拿回與中共對話的唯一軌道主導權。

吳伯雄仍是他請求協助的對象。

馬英九還推出了備胎，朱立倫與劉兆玄。

胡錦濤看出馬小弟以政府平台取代政黨平台，接續兩岸協談求取「對等地位」的企圖。他也跟著裝傻。

台灣所有的政黨主席，都在胡主席歡迎之列。

隨時觀察馬英九的動作，連王吳胡有志一同。

愛慢跑比耐力，政治就像馬拉松

就這樣你來我往，黨內過招，黨外鬥智，如果說馬英九沒有權謀，未免不符合事實；權謀的真相，深入剖析，在馬英九陣營裡，簡單化為「目標導向」。

好像參加馬拉松長跑賽，馬英九在一九九八年之前，已在政治場域裡熱身了數十年，當上台北市長，到主席、總統高位，黨內有取而代之等待的大老、小老；黨外有意志力強，打不死的前國民黨秘書長，永遠的省長宋楚瑜和強大的民進黨。島外，還有愈來愈有錢，愈來愈會玩政治的中共胡溫體制。

若不是叛逆、獨霸，考第一不輸人不輸陣的個性，和超級的耐力、忍功，目標堅定，時時調整腳步、補充體力的長期訓練，小馬哥如何撐過沒有一日順利的做總統的日子？

二、對待朋友溫和，領導屬下嚴格

有功不見得賞，有過迅速切割；做長官的馬英九依法行政準則數十年如一日，他對待下屬的不循私情，也從金溥聰的親身遭遇顯現無遺。

金溥聰在台北市府副市長任內，被民進黨市議員藍世聰舉報，說他到馬場學騎馬，不付錢；馬場老闆是他的好友，還是他推薦的市府顧問，形容是「霸王馬」事件。金溥聰力辯藍議員栽贓，奮抗不是事實的醜聞時，身心交瘁極受考驗。關心的人士都注意到，公開或私下，馬英九沒有說過一句為金溥聰辯護的話。

這件關係金溥聰清譽的案子，最後在他提告藍世聰誹謗勝訴後，還給金溥聰清白。

不為金溥聰清白背書

我曾十分露骨的請教金溥聰，那段時日，馬市長毫未站上第一線為他這位好友部屬的人格背書，他是否感覺受到傷害？

金溥聰搖搖頭。他說，沒有必要：「市長知道我是什麼樣的人。」

接近金溥聰的友人，卻看出潔身自愛的金小刀獨自應戰的落寞。

也因此，馬英九嚴格對待下屬的言行，更得到佐證。平日溫和體恤、和藹可親的大明星，關起門來向下屬訓話，言詞和表情，據形容也是令人不寒而慄的威儀。

跟馬英九做事，要有沒日沒夜，無止無休的心理準備。他交代一件事，會一天打好幾通電話詢問，直到事情有了水落石出。

我沒做過馬英九的部下，可以體會他的追根究底。那也是新聞處理的經驗，只要是馬英九認為有理的新聞更正要求，他一定會轉彎抹角達到目的，否則絕不罷休。

一位新聞性雜誌編輯告訴我，有一次馬英九針對他們刊物報導，撰寫了好幾頁事實說明，要求公平刊登。

雜誌編輯部原則上同意了，但篇幅有限，希望刪減；馬英九勉強同意，刪減後稿件，他要看過一遍。

於是改了，不行；再改，又不行；一個晚上直到截稿，編輯部與馬英九交手的磨練，成為他們不想重複的苦差事。

有人說，這種大小事全盤管到底的難搞，沒有做大事的風範；馬英九不以為意，依然故我。跟他做朋友，或者長期和他共事的人，徹底明白了他的習性後，知道不能打馬虎眼，是和馬英九維持和睦互動的最佳之道；否則，別想從他那裡獲得改過修正的機會。

效率、責任和成果，馬英九身邊的部屬，若是不具備這樣的警覺，恐怕無以為繼。

伴君如伴虎？馬核心如何得到他的信賴？

他也不是毫無通容。凡事有心做事，無意犯錯，或者無心之失，在馬英九的基本領導模式下，是可以原諒，以觀後效的。這雖然也造成了部分人士伴君如伴虎的提心吊膽，卻也捉摸到了心地軟、念舊情的馬英九的弱點。那就是千萬別狡辯，出了事，誠實招來，立即承認，誠懇悔過，最後終能雨過天青。

馬英九對劉兆玄和薛香川、蘇起等官員請辭後的照顧，就是他最典型的對待下屬的態度。

唯一的例外，是酒色財氣，和他最不能容忍的貪汙。

特別費案，拿大額發票，取代小額發票報帳，方便行事的余文，因偽造文書罪遭判刑入獄，返回市府後，郝龍斌市長為他安排了復職的工作，馬英九雖然不能理解他當時為了省事而觸法的做法，但查知他並未貪取政府公帑任何一毛金錢，多少還是為他的入獄感到遺憾。

好強、不服輸；不受擺佈；不喜歡被下指導棋

市長和總統，面對龐大政府體系，層層負責，明星級政治領導人物的馬英九在公事關係上不苟言笑，不念及私，與他的老長官蔣經國的調教，應該也有關連。

很多人認為，任何場合，只要可能，一定坐下來振筆疾書，勤寫筆記，細心聆聽的馬英九，因

為擔任蔣經國總統秘書多年，養成了這種秘書性格。他出任總統後，不必再如此小模小樣。一位評論者就曾在報上專欄披露文章，拜託馬總統扔掉這個壞習慣。

馬總統理都沒理，照記不誤。

這就是他真性情的流露。依照一位資深台北市政記者的觀察，馬英九最恨人家對他指指點點，下指導棋；他不受擺佈，不輕易屈服的原則，在安排賴幸媛擔任陸委會主委遭受強大反彈，不為所動，堅持任命案的回應上，表現得十分明確。

好強，第一名情結，在雙英ＥＣＦＡ辯論中，馬英九就是這樣的堅持；出人意料，以認真全力準備，擊敗了馬馬虎虎上陣的蔡英文。

艱難的問題，複雜的政策政務，馬英九會要求部屬清楚說明；若是過於專業性，他自己先讀資料，找專家講解，或者讀書做研究。在台北市長任內ＳＡＲＳ期間，及總統推動ＥＣＦＡ簽訂時，表現得最突出。

馬英九競選台北市長連任前，立下台北市每一個行政區，都要選票領先對手的目標，他做到了。這是不服輸，要爭第一名。

二〇〇八年總統選舉，形勢大好，勝算舉手可得；馬英九下鄉Long Stay，自行車環島行，上山下海，體力精力都耗費到頂點，他的目的，「要衝到最高票」。

他也做到了；兩百二十一萬票的領先，寫下紀錄。

二〇一二年局面不一樣，了解馬英九的人知道，他不肯認輸的性格，會讓這場選戰打到腦力、體能、智力和團隊每個人都嘔心瀝血為止。

他要的，不只是「贏」，還要「大贏」。

馬英九說過特別費案受到以貪汙罪起訴，是他一生的奇恥大辱；第二個吞忍下的羞辱，應該是多年好友知己南方朔先生，公開於報端的專欄評論，將他比做無能喪國，自縊亡命的明末皇帝崇禎了。

這筆帳，親信說，馬英九會討回來；他會以連任後的大開大闔政績，讓南方朔承認比喻失當。

三、多重面向，那一個才是眞正的馬英九？

政治的、道德的、權謀的、軟弱的、陰沉的，學者的、偶像的、明星的，權威的、霸道的，教授的、本土的、終統的，言行不一的，對大老不敬的，培養新生代的……，不體貼的，善良的，無能的，領導有節奏的，這些種種，誰才是真正的馬英誰九？

可能都是。

馬英九受到媒體密集正面報導時，民進黨的反對陣營人士，最無法接受的，就是他靠著英俊高大的外表，和兩條穿著短褲跑步的腿，就登上了總統大位。

媒體寵兒？後來也成毒藥！

八八風災之後，台灣的媒體寵兒角色，逐漸從馬英九總統身上移開；蔡英文有著取代的趨勢，卻在她取得總統候選人資格後，慢慢淡化。

說是媒體特別另眼相看，其實是錯誤的結論；台灣的媒體競爭激烈，市場是決定一切的指標。馬英九受到大多數觀眾、讀者歡迎，他就是媒體爭相報導的對象；當民眾不再熱情的追逐他的新聞報導時，媒體也會立刻無情的追找下一個大眾喜愛的對象。

寵兒馬英九享受的快樂時光消散後，有一段時間，他幾乎是人人閃避的媒體毒藥。總統府的記者會，現場直播的秒數之少，經常連一位打歌的偶像歌手都不如。

曾幾何時，馬英九的團隊要大費心思，才能吸引媒體的報導呢？

請名嘴吃飯搏感情嫌貴

在發現為數不少的電視談話節目評論者，一般所稱的名嘴，對於馬總統的言行，政務處理頗有負面意見後，馬英九身邊人士，也提醒總統公共關係的必要，安排他和若干名嘴媒體工作者會面，聚餐聊天。

知名的大炮李敖先生，曾受邀與馬總統在台北市信義計劃區的高檔日本料理店王子餐廳餐敘。餐後，記者得知前去採訪，馬總統十分困窘，不知如何回應，只好打哈哈說，一頓午餐，一個人花了六、七百元，「好貴」！

不會哈拉天南地北殺時段，是馬英九生涯訓練中最脆弱的一環。

他也不是不愛幽默，只是馬總統的笑話，時常讓聽的人笑不出來，變成了冷笑話大師。

這麼不世故的馬總統，難道真的沒有可趁之機，讓人找到可以下工夫討好的一面嗎？

我在一旁看著，眼見他選擇部屬，評價政務官的方式，發現了一個基本法則，那就是，「沉默的力量」第一；阿信般的吃苦耐勞最重要。

馬英九如何挑幹部？

《沉默的力量》，是馬英九卸任台北市八年市長，由他的競選時代發言人羅智強，撰寫的一本市政建設政績總其成的書名。

這句經典名言，也反映在他以時間、忍耐、和不移的決心，與黨內大老周旋取得大位的艱難過程裡，明示著他對部屬的要求：少說多做。

我的角度觀察，這正好也是馬總統的部屬，討好迎合馬英九的不二法門。

他還喜歡辛苦上班，不計較酬勞的官員。

總統的耳目眾多，內閣裡上上下下，自院長到各部會，那一位官員假日仍孜孜上班，工作不懈的，他都有情資。這些政務官，屬於阿信型，是總統的最愛。

還有一種官員，擁有應對媒體、立委，反應快、口才佳超潤滑的手段和能力，馬總統自嘆不如，也會加以肯定讚賞。這種社交型的官員，國內國外，不少人由馬總統親自點名派任官職。他們身上，有著馬英九做不到的基因，既能處理公務，又能圓熟的和三教九流打成一片；和馬總統完全相異的人格特質，反而補足了總統的缺點，讓他任用起來十分放心。其中，最典型的例子，是駐美代表袁健生，和國民黨高雄市黨部主委熊光華。他們兩人，有專業、有精力、有熱情、擅於人和政通，與馬總統私交篤厚，是總統隨時拿起電話溝通交代公事的對象，也是不可多得，外界不熟知的正統「馬家軍」。

外省人自卑情結

馬英九的天王人氣在出任總統後大幅下落，和他企圖啟用非國民黨，非藍營人士，遭遇黨內大反彈有關。他雖然因應情勢做了微調，在政府首長的人才晉用上，始終維持初衷，以高學歷，多半為博士級的學者為充分條件。年輕，不超過五十歲；本省籍，最好來自南部，與馬團隊核心成員有交流經驗，理解馬英九的治國構思等，是不可缺的必要條件。

省籍的堅持，使得馬英九被痛批到體無完膚。王作榮譏笑他在建構一個不存在的異想世界；南方朔說他有外省人自卑情結。更有人直指，所謂全民總統，省籍平衡的體恤，是小圈圈執政，打壓異己的藉口。

馬英九並未承認或辯解他受抨擊的用人思維；旁觀者可以很輕易的察覺，這種外省籍政治人物的作為，非僅是歷史上國民黨政府對本省籍同胞參政權不等待遇的省思，更明確的也是自身的救贖。

馬總統本人身邊可以信賴的重要幕僚知友，皆為外省第二代族群；比方，劉兆玄、高朗、蘇起、金溥聰、朱雲鵬，以及駐美的袁健生、駐日的馮寄台等，都是公務員家庭背景的外省籍人士。他們接任重要職位後，馬總統能做的補償，就是大量進行省籍平衡了。

馬英九的重要幕僚金溥聰，父親是旗人，他屬於愛新覺羅系的後裔，和清朝末代皇帝溥儀有親屬關係。清朝開國元老自皇太極起，借助吳三桂打開山海關大門直驅中原，統治漢族大片江山後，官場用人的基本準則，是不能遺忘漢人治漢。

馬英九以外省二代身分治理台灣，是否受到這種族群融合理念影響，我沒機會查證；但他試圖用這個舉動，做為自己擔任總統的使命之一，是事實。

學台語，學唱台語歌，早早就開始

他本人為了爭取政治高位，早在競選台北市長前，就安排每週五早上，和方南強先生學習台語，一對一教學，幾年來風雨無阻。方南強老師對他的學習精神，公開私下都讚美不已。

雖然馬英九說台語的腔調，有本省籍阿媽說，好像外國人講台語，他還是樂此不疲。尤其到了南部，台語說的好不好不重要，重要的，是講台語的心。南部鄉親重義氣，強調真心真情。台語，代表認同、自己人；馬英九參透了這個道理，確實也用說台語的勇氣，感動了不少基層選民。

唱歌，在台灣是老少咸宜的餘興活動；政治人物和選民互動，獻唱很有氛圍。馬英九也早就學了好幾首台語經典歌曲，〈你是我的兄弟〉，幾乎是國民黨的黨歌；〈愛拚才會贏〉是必修課。

在日益熟悉的競選舞台上，馬英九是老資格的做秀天王；在和連戰高來高去，以競選黨主席逼退連戰的時候；在與王金平短兵相接，爭戰主席寶座時；在和胡錦濤結下「九二共識，一中各表」各取所需的默契時，馬英九是好幾個自己。

他有著多重人格；也具備權力者不缺的帝王性格。連戰、吳伯雄、王金平等黨內資深人士，原以為他只不過是一個外表俊秀的政治明星，是他們的道具；直到發現不對時，才警覺到，原來馬英九不是只會做筆記，溫良恭儉讓的乖寶寶。

學者、律師、叛逆青年與威權領導人的綜合體，這就是馬英九。他的身上有著好朋友陳長文、劉兆玄、高朗、金溥聰，以及長官蔣經國和李登輝的影子。

一手主導掌握兩岸政策互動的決心與宣告，一方面柔性壓抑黨內大老以大陸為舞台干政的企圖，另一方面，馬英九也等待著一番大作為的開展。

我相信，在二〇一二年一月獲得連任之後，馬英九第二屆總統任內的治理目標，仍將擇善固執，朝向他理想國劇本邁進。

他要破除奇恥大辱的批評「無能」兩個字；他也會在與大陸的交往上，設計突破的窗口。問題是，挽回馬迷的心，洗脫「無能」的汙點容易；與中國大陸千錘百鍊級的政治領袖鬥智，他堅持的軟性魄力，能不能成功達陣，值得拭目以待。

〈第十一章〉

鐵三角，「馬金高」三人組

一、馬英九與金溥聰

沒有金溥聰就沒有馬「總統」，沒有馬英九就沒有金「小刀」

任何一個成功挑戰到一國元首職位的人物，背後個人意志的推動外，客觀環境的養成，和身邊精神與行動支持者的持續鼓舞，是絕對的必要。

馬英九出生在姊妹環繞的獨子家庭，父母家教嚴謹，全台民眾早有所知。傳聞中一心一意要將兒子送進總統府的馬爸爸，已故的馬鶴凌老先生，心願終於實現時，可惜已經不在人世。他，是馬英九出任總統的唯一大恩人嗎？

我看過一些描述馬英九和父親父子深情，馬英九事父極孝的文字報導；也像其他社會大眾一樣，從電視及攝影照片中，目睹了許多馬家父子相親相愛的鏡頭。

事實是，倫理親情上，馬鶴凌是馬英九的父親、師長、生涯的指導者。心底深處，馬英九追尋的，我推測，絕不僅只於馬家的乖兒子。他在某種層次上，爭取的，是掙脫，是反抗，是自我。

金溥聰感性豪放

曾經，馬英九一度要向安穩的現狀屈服。那是馬大姊美國居民身分的姊弟關係，換給他能夠在美國申請長期工作的一張綠卡。

賺取美元，做一個高收入的律師，住在人人羨慕，有草坪花園院子的大房子裡，和妻子女兒享受天倫之樂。

那時的馬伯伯怎麼沒有意見呢？他看兒子，不會在那個時代；那個他做黨工，都要因為發言不當而遭批鬥的蔣家專政時代，就指望馬家獨子能當上總統吧？

馬英九的內在，和不少子女一樣，不是父親或母親可以理解的。他需要知己、益友。

金溥聰青少年時期，從金爸爸煩惱的小太保、混小子，到好不容易連續投考大學成功進入政大新聞系，又栽進了愛情的泥淖裡。

金溥聰天生感性，加上金人騎馬奔馳於荒野的豪放個性，傳承自他的祖先。女性，是他們的致命傷。從大學起，外表英俊，愛穿一身白衣，才情豪溢的金溥聰，就糾纏在情愛和自我認知的痛苦中；直到當完兵進入社會工作，仍然走不出愛的漩渦。

曾遭兵變女友背叛，視為恥辱

有名的帥哥、鬼點子，金溥聰也曾經遭到女友背叛，痛苦至極。

女友在他服役當兵時劈腿第三者？為人率真的金溥聰，從不忌諱讓朋友知道他的弱點和糗事。這是有一次談及人生，一定要在重大挫折中才能躍起的法則。我形容為「從羞恥中修練」。

「你人生中最大的羞恥是什麼事？」猛然向他提問。我都有些覺得自己唐突。

女朋友兵變。他答的誠實自在。

我卻不夠意思的大笑了起來。原來這樣的大帥哥、才子都有遭劈腿的慘痛經驗。「以後可以用這個例子，教導失戀的男生女生啦！」

記得他莫可奈何的笑笑。表情有些不好意思。

更殘酷的是，兵變女友在他努力挽回感情，一度返回他的身邊後，又變心。金溥聰服役結束，進入社會後，這位外向活潑美豔的女孩，第二度劈腿。

女友的二次背叛，改變了他；父親中風後的脆弱，激動了他。改頭換面之後，他親手埋葬了那個不可一世，桀驁不馴的金家小鬼，奮發圖強考上國民黨中山獎學金，拿到公費資助赴美深造。

這是第一次，金溥聰的人生與馬英九有了重疊。他們都是中山獎學金得主，國民黨重點栽培的青年才俊。

在美國德州奧斯汀大學，帥氣逼人的金溥聰，像一般回頭的浪子，以為結婚成家生子買房，將是他割棄內心躁動不安因子的良藥。

這又和馬英九相似了。

在那個黨國教育為人民洗腦的專政時期，美國，是有志的台灣人思想自由呼吸的寶地。金溥聰和一位創業能力突出的香港女性結了婚。他們還有了一個兒子，金御寶；這位年輕的小帥哥，在父母離異後，經常與父親一起到政大上班。爸爸金溥聰上課教書，他在一旁遊戲、看書。單親家庭的小孩，更早熟更獨立，也更體認俗世的美麗與醜惡。

這時的金溥聰又回到了他當完兵後，試圖找回變心女友時的一無所有。不同的是，精神上，他獲得了博士學位；形體上，他有了一個和他血緣相依的兒子。

離婚讓金溥聰人生再洗禮

離婚，不是結束，是逗點，又一次讓金溥聰思索生命意涵的機會。

妻子主動提出分手建議，兒子由爸爸扶養，母親隨時可以看顧照護。房子，金溥聰名下，全都轉移登記給兒子的媽媽。

又是一次重新開始。這一回，金溥聰的自我改造，負有責任。他的身旁，多了一個小金溥聰。人生的歷練，讓人成熟，也讓人更能接受考驗。這時的金溥聰，與國民黨政治新秀大明星馬英九，連結了長官部屬關係。他們是在國民黨中央黨部結識的。

此時的馬英九才滿三十歲。他也做了失與得的抉擇。這，就是二〇〇八年民進黨陣營強烈批判他的綠卡事件發端的起源。

綠卡，在一九八〇年代前後，是嚮往民主、人權與自由空間的台灣遊子的保險證。是安逸人生的通行卡。

當父親告訴他國民黨正以他為目標，鎖定一位留美青年出任蔣經國總統的翻譯，接替日益忙碌的宋楚瑜時，衝擊最大的，是馬英九的妻子周美青。她所期待的美式中產家庭的平凡生活，面臨完全不同的轉變。

周美青也理解馬英九內心的悸動。

抱著大女兒馬維中，她和先生返回台灣。從此，她失去丈夫；她的公公馬鶴凌得到希望。

馬金結緣於國民黨中央黨部

蔣經國政府的青輔會，特別照顧留學返國的青年人。金溥聰的父母都是教授，都沒有政治上的皇親貴戚；金溥聰沒有外援，他的職業生涯比馬英九不順暢，跌跌撞撞，試過不少性質的工作，包括他的所學做記者。

影響他一生的，還是政治人氣上升中的馬副秘書長。

也是馬英九勸告他慢跑的。

金溥聰被青輔會分派至國民黨中央黨部國際關係室工作，從基層編審做起。

馬英九是蔣經國大膽啟用新人的嘗試。他被指派出任國民黨副秘書長，主導政黨外交。

國際關係室的金溥聰認真、有效率的表現，很快就成為馬英九的得力助手。

他跟著馬英九值班，跟著不計較工作時間，他整理文件的精準，提供意見的一針見血，都拉近了馬副秘書長與金編審的距離。

馬英九勸金溥聰練跑步

直到那一天，馬副秘書長在交代工作的字條上，多加了一行字：金兄，慢跑，是非常好的習慣，有空不妨試一試。

馬英九練跑步，是老爸的建議；目的，或許也是要錘鍊這位叛逆之子的耐力、忍功和毅力。

慢跑，開啟了金溥聰充實的人生之路。

過往的太保日子，耍帥的任性，迷茫的十字路口，和想要登高的雄心壯志，都在日復一日的慢跑中，一一流現在眼前。他認真的回顧，認真的篩選。

最後，和馬英九一樣，金溥聰透過慢跑，得到了自我控制的能量。

他們的益友知交關係更形緊密。

在黨內外的政治改革聲浪中，在組黨、解嚴、解禁的興奮裡，馬英九和金溥聰明白，他們的動能，必然在某一個重要的時刻，爆發到頂端。

目標，是動態的。

二〇〇〇年政黨輪替。三月十八日夜裡，第二屆民選總統選舉開票的結果，民進黨候選人陳水扁獲勝;出走國民黨的特級省長,宋楚瑜以三十萬票落後;連戰,國民黨正宗候選人,選票不及扁宋,國民黨失去了在台灣長達半世紀多的執政權力。

金溥聰為馬英九擋飛來的雞蛋

支持者憤怒的包圍了國民黨位於台北市中山南路的中央黨部。那晚,馬英九以高人氣台北市長,國民黨政治明星身分,百感交集的趕到現場。他是台北市長,不能不處理民眾未報備的集會。他也是國民黨的忠貞傳人,有著痛至心扉的失落。

民眾情緒高漲如熱火一般。突然,一只雞蛋從混亂的台下,拋向了馬英九的前方。錯愕?馬英九傷心的臉上,還來不及反應,一旁伸出了一隻健壯毫不猶豫的手臂。

直挺挺的,這時的金溥聰,站立的姿勢像紀律嚴明的軍人,面無表情,意志堅定。每一次觀看這個鏡頭;每一次,我都無法不為當時的金處長眼光中,為身旁市長擋子彈的堅毅而動容。

很多不滿意金溥聰在馬英九身邊有著不少建言權的人,經常以不符真相的奚落之詞,甚至不堪字眼,比如,馬英九是金小刀的傀儡;金溥聰是地下總統等形容、批判金溥聰。其實,他們沒看清楚他們兩人亦師亦友,亦兄亦弟,也是志同道合知友的發展途徑。

那晚的畫面,是另一個啟動的開始。

國民黨慘敗，金溥聰看到馬的未來不是夢

當馬英九仍陷在情感受波動的調整時，金溥聰已經從國民黨的慘敗，看到了馬英九不尋常的未來。

過去，在馬英九和金溥聰決定以美國做為生涯階段性基地時，誰都無法想像，在台灣，一個平民可以參選總統。

更別說，蔣經國三令五中要有所節制的蔣家嫡系人馬。

宋楚瑜失敗了，取代宋楚瑜的馬英九已經得到了一段長程慢跑的門票。

金溥聰從包裝、傳播、政治溝通，和選民結構，媒體生態各個層面分析，這位他當年力主參選台北市長的好友馬市長，將會是人類政治傳播史上最奇特的一位總統候選人產品。

他的期許，在默契中，和當事人馬英九連結成一體；馬英九的好友，後來也與金溥聰成為世交的台灣大學政治系教授高朗，他們三人形成了堅強的三人組合。

台北市長連任，對手李應元過於弱勢，馬英九明明勝算必到，仍然走透透，穿越了台北市的每一個角落；計算著每一個票箱選票的數字。

金溥聰認真的為馬英九超級成功的連任選舉，操作溫馨的廣告文宣。他將馬英九的各種鏡頭，剪輯成一支MV；歌曲的曲名，就是那首台灣老少皆知的〈我的未來不是夢〉。

敏感的政治圈內人感受到了，這個夢的目的地，在台北市政府的另一端，總統府。

連任高票的目標，是獲得台北市十二個行政區的選票領先。這不是一項小志向。在台北市的萬華、士林、中山等地區，傳統上是民進黨支持者聚集的所在。馬英九朝向不可能的任務衝刺，完成預期的成績後，對他進一步走上更高的政治職位，形成了強烈的鼓勵。

挺小市民，金小刀力抗財團大刀

金溥聰負責在台北市政府營造的正義清白、親民愛民，小市民第一的台北市長形象，也日漸生根。

「金小刀」這三個字，其實就是勇抗財團為小老百姓爭取權益，不向金錢低頭的代名詞。

「金小刀」不是銳利砍殺的意思，是小刀抗大刀。

當時台北市政府新聞處擁有決定有線電視系統費率的權限。擔任處長的金溥聰公然向系統台的財團主人宣告，為了台北市民權益，他要力抗財團後面向客戶胡亂要價的「大刀」。

一家報紙的記者，也是我的好友董智森先生，撰寫了金處長的大志向宣示。他形容，這可是小刀對大刀，勝負難料。

金小刀成功了。馬市長不畏財團勢力，不理財團人情攻勢的支持，是背後的城堡。

小刀揮動正義的勇氣，馬市長看在眼裡。講義氣，不為利益財富所誘惑的高道德標準，金溥聰的人格特質，也贏得了馬太太周美青的情誼。

二〇〇四年總統任期屆滿改選，陳水扁聲勢不高，連戰陣營認為有機可趁，透過徐立德先生說服宋楚瑜搭檔。金溥聰一度心情低落；他擔憂，不論勝負如何，馬英九參選總統的機會可能流逝。

馬英九也預料到最壞的發展；他在連主席面前探口氣。

連戰明白說他要參選。

阿扁自取毀滅，金溥聰看到機會

金溥聰在低潮中，返回政大做教授。伺機而發，是他和馬英九的共識。

陳水扁連任成功，他的治理日益自取毀滅，敏感度高的金溥聰看到了機會。高朗也嗅到了馬英九的機運。

縝密的行動和策略，以及不退讓的堅持。一關又一關，奪下黨主席；走過特別費火燒的試煉；得罪了連戰，惹火了王金平，打敗了宋楚瑜，馬英九唯一的挑戰日，是二〇〇八年三月二十二日，高票當選總統的紀錄。

馬政府時代啟動了。金溥聰是媒體熟知的紅人，他的一舉一動備受關注，他的建議發言，被擴大解讀。

那天，馬英九贏得總統大位沒多久，綠營支持者閱讀的一份雜誌《台灣週刊》，以封面「地下總統金溥聰」為標題做報導。金溥聰的容忍度到了極限。他決心離開台灣到香港中文大學教書潛沉。他理解到，權位使人忌妒，權位讓人瘋狂的本色。

馬英九太了解金溥聰感性領先的人格特質。自一九九八年當上台北市長，金溥聰已經兩度返回校園，做市長的民間好友。

他要求金教授，隨時接聽總統諮詢的電話。

總統府裡，接下人生第一個官職的副秘書長高朗，明白他和馬英九、金溥聰的理想前進三人組不會失連，他們已是生命共同體。高朗對馬英九的影響力，不亞於金溥聰；多年來，有金小弟在媒體大眾前挨罵，高朗可以安心做總統另一位民間好友，也要拜金溥聰刀槍不入之賜。

「金溥聰不是正常人」

形容金溥聰異於常人，是一位《蘋果日報》的高級主管有感而發的。當時，《蘋果日報》集團負責人黎智英先生有志創建影音系統的媒體王國，命名為壹電視。他動用了一貫的意志力及說服力，請到人在香港自我放逐的總統好友金溥聰出任壹傳媒電視台的執行長。

各界震撼。

勇於挑戰新事務的金溥聰信心滿滿。二〇〇九年二月十日他在集團姊妹報紙，台灣《蘋果日報》的專訪中，說明和黎老闆投緣，一同打拚台灣另一類電視新聞，及頻道的高度企圖心。

電視界如鄰大敵。戰將，又是總統密友；黎智英名不虛傳，果然不出手則已，一出手就讓同業顫動。

我有些迷惑。了解金溥聰總是在人生關口結束一次衝刺，開拓另一場長跑戰的習慣；等著觀察發展。

壹電視的推動並不順利。有著暴力情色特質的動新聞才一上網，就遭到各界撻伐。主管電視的NCC依法拒絕了壹電視上架，成為有線電視頻道的申請。

台北市政府嚴厲制裁《蘋果日報》製作動新聞，違反教化為主的內容，傷風敗俗太不可取，沒有專業倫理，也失去道德。

距離台灣第一名政商人脈關係的金溥聰上任壹電視執行長，才不到三個月。老友們不好詢問金溥聰的處境，可以預料他卡在中間的困難。

金執行長辭職的事，終於成為獲得雙方證實的新聞。好聚好散，黎智英與金溥聰都說，他們仍然是知友。

我是之後才聽說這個故事的。

年薪一千八百萬，金溥聰說不要就不要

據轉述，這天，金溥聰收拾好辦公室準備離去。一位媒體界資深老友，也在《蘋果日報》擔任高級主管，薪酬頗高的男士，來到金溥聰辦公室，他善意的詢問，關於黎肥佬提供了超高薪資給金執行長的傳言是真的嗎？

他指的，是月薪一百萬元台幣；每年年終六個月月薪的年終獎金，外加股票贈與和紅利。

好大一筆財富。

主管問金執行長離開後有下一個工作的著落嗎？

金溥聰搖頭。

現場，很奇異。沉默了幾秒鐘，這位主管突然提高聲調，他說：「金溥聰，你不是正常人！」

旁邊有同事耳聞了這句話；媒體圈傳述著這個評語。

我曾經坦白請教金溥聰真相。他大笑，很開心的證實說：「哈哈，我領了三百萬薪水，這是事實」。這時的他，下一站，是前去美國做研究。其他？不知道。

非典型國民黨秘書長

情場上，他跌跌撞撞；

婚姻中，他曾是單親爸爸；

考場內，他吞過大學聯考的敗仗；

官府裡，他在讀書人與政治人的矛盾本質中掙扎；

運動場上，他挑戰自我極限到幾乎自虐；

外表，英挺俊秀；

家世，書香門第；

學歷，超人一等。

無論從什麼角度看，金溥聰都不像一般刻板印象中的國民黨黨工。當他被任命為黨最高幕僚長時，國民黨籍大姊大級形象派女立委洪秀柱還說，她「都不知道金溥聰到底是不是國民黨黨員」！

出乎許多人意料，金溥聰不僅是黨員，還和國民黨知名從政人士，包括馬英九總統與胡志強、關中、詹春柏等人相似。從出國留學獲得博士學位，到進入國民黨中央黨部工作，結識馬英九在他手下備受重用；再到二〇〇八年三月總統大選後，成為最知名的總統友人。一路走來，金溥聰和不少藍營政界菁英一樣，依附著國民黨起家，是典型喝國民奶水長大的資深黨員。

這位中山獎學金的得主，低調的黨工生涯與之後較明確的大學教授地位，成功為他區隔了黨棍的一般負面形象。在各界訝異驚嘆聲中，以新人姿態接下國民黨最高幕僚長職位，成為搶救總統的傳奇閃電俠人物。

二〇〇九年十二月初，馬英九擔任主席的國民黨，在縣市長改選戰中，失去了綠營聖地宜蘭縣長執政權，陷入一致公認的執政危機。金溥聰兩肋插刀，以火線救援者的角色，留下跟他去美國擔任智庫訪問學者的妻子和年幼的一兒一女，火速馳飛返台，就任國民黨史上氣質與作風都與傳統典型迥異的黨中央秘書長。

金溥聰正式回到黨部政治運作團隊，黨內外反對聲浪不絕於耳，馬英九毫不掩飾他毫無猶疑的歡欣。

黨秘書長交接那日，很多人都從電視新聞畫面上，發現馬主席面龐上許久未曾流露的自信。

再過幾週，國民黨以多數優勢強行在立法院三讀通過「地方制度法」修正案，馬主席立即在黨內中山會報上正面評論，認定此舉是提振藍軍士氣，可以複製的經驗。

他的談話中，充滿了對金秘書長主導法案協商修改及強力過關的肯定。

當日上午，二〇一〇年一月十九日，監察院通過檢察總長陳聰明彈劾案；下午，陳聰明請辭。爭議性極強的陳聰明去職，社會一般咸認，對重振馬英九領導聲望極有助益。

「愈被人家不看好，愈要努力」

報紙上有評論認為，監察院號稱御史大夫獨立機構，兩度開會表決才對陳聰明下重手，前後態度截然不同，應該是觀察到了金秘書長公開宣達，黨內評估立委補選敗選陳總長應是原因之一的「風向」。

雙喜臨門。至少對氣悶了一年多的國民黨人而言，見到了執政低潮似已過關的陽光。

這一天，距離一月五日三席立委補選，國民黨候選人全軍覆沒，剛好半個月；距離金溥聰接任秘書長的二〇〇九年十二月，不足一個月。

強勢秘書長金溥聰，短短二十幾天，就站穩了他在黨內第二號人物的位子。政壇藍綠人士明顯感受到黨主席馬英九也在金秘書長就任後，備受鼓舞士氣大振。

之前，各界議論紛紛，對金溥聰個人風格相異的背景能否勝任黨幕僚長職位，公然表示懷疑的批評，充斥媒體報導時，金溥聰曾說，愈被人家不看好，愈要努力。

話說的輕描淡寫，了解金溥聰自尊心極強的朋友卻明白，他的心內埋著多少自我要求的爆發力。

這股爆發力，正在凝聚著更大的能量。

過去，台灣政壇大都以文宣高手，馬英九愛將，選戰功臣標誌著金溥聰。金溥聰也始終以忠誠的盟友之姿，隱身在高人氣的馬英九身後。

輔選馬英九四次，每一次選票開出，成功如願後，金溥聰都刻意悄然遠離歡慶派對。

稱呼總統馬市長

從台北市長到總統，了解馬英九的人士認為，金溥聰不論在朝在野，都是馬英九毫不保留，唯一堅持，深信不疑的首號幕僚。

金溥聰只說，他是「馬市長」的好朋友。

金溥聰一向稱呼馬英九「市長」，在馬市長升任總統後，他還是維持著這個習慣。

似乎，他心滿意足於影子的角色。二〇〇八年總統選戰後，他選擇遠離馬英九與馬英九的政治。

沒料到，馬英九就任後，府院黨執政成績不如理想，硬將金溥聰拉回到了政治舞台前。

或許，這也不出政治判斷能力精準的金溥聰早先所料；雖然情勢險峻，金溥聰明白他沒有選擇，只有「大步向前」。

國民黨秘書長職位，是金溥聰正式投入政治戰役的不歸路。

他，再也不僅僅是選戰文宣專家；

再也不只是令同儕眼紅的總統愛將；

再也不僅僅是媒體名嘴或政敵口中的影武者；

深受黨主席信賴充分授權的執政黨國民黨中央最高幕僚長，這個職位，動能強度，關係著馬英九總統個人的治理、聲望，也主宰了台灣的未來前途。

突然辭掉黨秘書長職位，金溥聰又回到總統民間好友的身分時，我本能感覺到應和王金平的動向有關。

果然，馬英九請出了派系大老出身的廖了以接任黨幕僚長，王金平留任不分區立委的和解決議也跟著成為事實。王金平向來不諒解金溥聰，政壇皆知；金若留任秘書長，處理王金平的問題難免有恩怨情緒與流言，離開較一清二白。

有人比喻馬金關係，有如美國總統歐巴馬啟用樂普夫，或者柯林頓重用莫里斯，做為選戰輔佐大將。事實上，金溥聰除了是選戰高手，還是政策建言組織者；是總統形象維護者；是與總統編織理想的美夢分享者；總統情緒調適者；是總統黑暗面的執行者；是府院黨整合協調者。這麼多重，通常是很多人分別扮演的角色，集中在他一人身上，責任更吃重，壓力更大，謗譽更複雜，是必然。

「金小刀」異於一般人的能耐

二〇〇九年年中離開近兩千萬元高年薪工作，金溥聰一家，除了前妻的兒子御寶，在加拿大讀大學，與母親同住；還有和太太周慧婷所生年幼的一子一女。家中支出，不是零。馬英九也明瞭他回絕大筆財富的決心。這不是金小刀第一次和金錢說拜拜。

二〇〇八年總統大選，金溥聰擔任馬英九大選文宣主導人；他的妻子，資深的電視新聞台主播周慧婷，當時任職於反馬旗幟鮮明的三立電視台。

三立電視的大老闆林昆海先生，是謝長廷的支持者。在他的指示下，這家電視台的新聞導向十分明確，以打倒謝長廷的對手馬英九為首要任務。

周慧婷身為主播，新聞部的編輯方針和決策不能不遵守。就在選戰廝殺得如火如荼時，金溥聰最不願意看到的，是金太太親口報導的對馬英九偏頗抹黑的新聞。

金太太的處境也很艱難，但她從無怨言。直到那天，距離大選投票日愈來愈接近，戰火幟烈、短兵相接。馬英九競選總部決定，最後關頭的電視廣告，去除三立晚間黃金新聞報導時段。理由是無法認同主播的不公正風格。三立當局承認，那個決定，讓三立電視集團當即損失三億元。

林昆海董事長不在意，他不缺錢，他要全力將謝長廷推上高位。

金溥聰不想再看到太太罵自己陣營的新聞了，他跟周慧婷坦白，建議她不要再在三立上班。

金太太為了馬英九失業

周慧婷二話沒說，離開了她鍾愛的主播工作，成為失業族。

馬英九當時全心作戰，當他聽說金太太的損失時，也沒有多說什麼。這就是他認知的金溥聰，「士為知己者死」的金老師。

離開壹電視，金溥聰也成了無業人士了。前次赴香港，馬英九認為選戰打得辛苦，金溥聰需要休息；這一回，辭職後家計頓失，不是小問題。

金溥聰簡短說明，他是與黎先生，對「動新聞」的看法不同，避免將來更大的難題，才請辭高薪職位的。

總統關心他的下一步，請他回到政府重組合作無間的團隊。

金溥聰不認為是好的時機，他有意遠赴美國進修，找一個智庫做研究，再決定如何再出發。美國去那裡呢？金溥聰拒絕了馬英九財務上為他尋求資助的建議。他是平民，他要自己規劃，自行承擔一家人短暫到美國停留的開銷。

內心深處的金溥聰，仍然免不了抉擇前後的心情震盪，如何找出智庫去處，怎麼安排，都還是未知數。馬英九了解好友的掙扎與不明說的自尊。

他打了一通電話給美國的一位長年好友，請人脈網絡豐厚的朋友，看看如何為金溥聰解憂，找到一家有意義的美國智庫，安排邀請金溥聰前去出任訪問學者。

這比金溥聰本人透過各種文件申請，填表格打探較合適的智庫，要方便多了。擁有博士學位，又是馬英九選戰操盤手的金溥聰，事實上，正是美國優秀智庫最歡迎的訪問研究者對象。

「金錢支出，生活費用等，要替金溥聰安排嗎」？美國友人在電話裡不保留的詢問。

自費赴美智庫進修

在美國久了，他理解，訪問研究，一家四口的費用，不算低。

馬英九立即否決了，他說，由金溥聰全權處理。

金溥聰帶著女兒、兒子先前往美國試住了幾週。返台後，接了妻小準備到美國做讀書人去了。

與馬總統、高朗的熱線當然仍沒斷絕。

三個月後，金溥聰回到台北。他接任了沒有人想到會和他有連結的工作，國民黨的秘書長。

清朝後代，旗人血統的金溥聰，記憶著國民黨前身同盟會成立時，「驅逐韃虜，恢復中華」的誓言。他的父親，學歷史的成大教授，不只一次告訴他這八個字的恥辱。

金溥聰主掌了國民黨的大旗子，他已故世的父親不知會怎麼想？

選戰劊子手，快，忍，狠，準

從一九九八、二〇〇二、二〇〇五到二〇〇八都是如此，馬英九選舉台北市長、國民黨主席、總統的文宣操盤手金溥聰，就像馳騁在沙場上的旗軍將士一般，快，忍，狠，準，出手殺敵不心軟；計算時機超精準；等待機會忍力高，完成使命立即見效。

奇怪的是，這樣的作戰能力，明明就擺在眼前，競爭對手民進黨人卻一遍又一遍的掉入金小刀的陷阱。

二〇一一年九月，蔡英文訪美行程尚未展開，金溥聰已先兩步到了華府。他的新聞專訪，他的馬總統不排除訪問大陸等競選大將的發言，壓制了民進黨候選人蔡英文藉美國行提高聲勢的企圖。

蔡英文支支吾吾，不擅言詞，要馬英九管管「台灣加油讚」金執行長的回擊，理不直氣不壯，像小孩子耍嘴皮。

直到發現又上了當，已經來不及了。

金溥聰在選戰的策略應對上，向來快速，執行的勇敢和徹底，更是一般國民黨訓練出來的人所沒有的膽識。

二〇〇八年總統選戰，馬英九超優勢的民調下，如何擴大選票領先幅度，是馬陣營的目標。金溥聰主導選戰策略，一般外界以為他只是文宣設計操盤人，事實上，完整的選戰戰略圖像、主要調性、執行方法和定案，到追蹤進行績效，隨時彈性調整等，都由金溥聰一手監控。

○八年選舉，「Me Too」和「分庭抗禮」，也就是綠營人士說的跟屁蟲亦步亦趨策略，抵銷對手的優勢，是馬蕭選戰的主軸。當時的馬陣營造勢活動，遠聽遠看，和台灣民眾印象中的民進黨造勢場合，幾乎一模一樣。選後金溥聰被問到這個招術，他哈哈大笑，承認就是要營造國民黨與民進黨沒什麼兩樣的氣氛。

逆轉勝你玩我也玩，藍綠不分

最有名的「Me Too」，你做什麼，我也做什麼的行動，是謝長廷陣營最後關頭，由年輕世代發動的逆轉勝大遊行相抗衡。

那天，民進黨人在國父紀念館集合，金溥聰決定辦一場相似的造勢場面，集合地點，就在鄰近的忠孝東路上台北市大巨蛋所在地。

旗幟，和民進黨差不多；T恤，同一色調類似款式；帽子，反過來戴。媒體奔波於兩大活動，畫面雷同，選民分不清誰藍誰綠，謝長廷以知名樂手 Freddy 為號召的大型活動，就這樣被金小刀模仿得撐不出特色。

也因為經驗和來自馬英九的信賴，金溥聰以文宣主管列名於二〇〇八年馬蕭競選總部，被總幹事要求和其他幹部，每日早晨七點至總部開晨會，金溥聰以跑步為由婉拒了。

「晨跑是我訓練頭腦的時機，不能放棄，一大清早開會，對我沒好處」，金溥聰解釋。他補充，「這一點馬市長（他對馬總統的稱呼）理解，也向總幹事報告了。」

據說，競選總部的高級主管們並不全盤接受，他們當中有人很介意這樣的特權。這些人士，在二〇一二年的馬吳競選總部「台灣加油讚」中，已不復見蹤影。

消抵競爭產品所特殊宣傳的特點及優勢，是十分平常的廣告手法。我們經常在電視廣告中，看到一家產品面臨競爭者強打他們的優點時，會立即推出你有我也有的廣告，避免對方佔據市場商機地盤。

相對的，自身產品的突出於競爭敵手的優點，也要同時告知大眾。金溥聰一方面做「Me Too」，和民進黨謝蘇配大玩雷同貓遊戲；也以不同的訴求及媒體平台，推出突顯馬蕭優勢，謝蘇有所不及的特點。

放天燈唱祈禱，綠營中間選民動容

金溥聰仔細比對，從收視率中讀到了，民視電視頻道觀眾中，理性綠營選民眾多，投票取向比較以人為主，不重意識型態的特點。

他請合作文宣的電視影片導演，製作了一支放天燈的廣告片。畫面上，台灣傳統的天燈造型，讓人懷舊，也讓人共鳴了純純的台灣情。配樂，金溥聰以「祈禱」這首歌為主，歌聲，「一定要翁倩玉親自演唱的」。

「她的歌聲成熟，沙啞中有著濃厚的滄桑感，能讓觀眾動容。」他說。

這支廣告文宣，集中火力在民視播放，民視主管也感受到訴求穿透觀眾內心深處的效力。〇八年藍營文宣中最知名的一支電視廣告，就是「準備好了」。這個傑作，也出自金溥聰之腦之手。

他和多位年輕導演商量討論，以重疊分鏡，仰角等電影拍攝手法，製作了大氣魄的短短文宣片，效果也十分大氣。這支廣告，費用不低，但是金溥聰相信支出值得。後來的效果，顯示他的自信和本能沒有話說，馬英九對他的信任也沒有錯失。

馬蕭陣營受到支持謝長廷的三立電視台新聞報導的批評特別嚴苛，是〇八年總統選戰人人週知的事實；金溥聰不願看妻子播報新聞時的為難，不惜請太太犧牲專業工作。但在評估廣告和文宣效應時，他仍然客觀冷靜地看到了三立頻道晚間新聞黃金時段，及政治立場鮮明的「大話新聞」以外，節目及新聞播放時的大批中間選民收視觀眾。

他要求同仁不要迴避這些節目參與討論的機會，也不排斥廣告託播的必要。但他堅持絕不在一位女主播及大話時段中託播廣告，還是讓三立電視集團損失了不少廣告收入。

二〇一二還是你有我也有

〇八年的選戰經驗，民進黨人吃到不少苦頭，卻沒讀到金氏選戰的精髓；二〇一二年競選大戰號角響起時，金溥聰慣用的「抵銷戰」，又一展無遺的登場了。

你有「Taiwan Next」，我有「台灣加油讚」；你號稱年輕有活力，我的發言人比你還小十幾歲。這些名不見經傳的初生之犢，天不怕地不怕，每天針對民進黨陣營的發言、文宣、記者會，發送數十份新聞稿到媒體，像空襲轟炸一樣令民進黨的大哥大姊級發言人措手不及，難於應付；直到發現又上了金小刀的當，已經失分連連，徒呼無奈了。

美國行，蔡英文學馬英九二〇〇八年的海外選戰，打起民進黨的「Me Too」牌。金溥聰豈會袖手旁觀。這是選戰造勢，可不是什麼禮儀訪問，前兩年他留在華盛頓布魯金斯研究所研究的人脈，這下子派上用場了。

選戰，寧可過度不能不足，他先一步赴美扔出的制敵炸彈，確實誘發了蔡英文的窘態。在美國的發言，關於馬政府與大陸互動的答覆，我剛好人在大陸，看了鳳凰電視的專訪，恰到好處，恰如其分，不明白若干跟著民進黨人口徑，批判金溥聰發言害死馬英九的媒體人士的評論依據。

金溥聰是馬英九二〇一二年總統選舉的競選辦公室執行長，他接受訪問，談到總統選舉相關政見，有何不可，有何踰越？

除了銷抵手法，二〇一二年的馬吳選戰主軸優勢將如何呈現呢？對方攻擊馬英九無能，金溥聰的回應，是「中華民國」這四個字。中華民國的國旗，中華民國的國號，中華民國建國一百年的活動，對比「台灣意識」，孰勝孰負，趨勢很明確。

強化中華民國，逼問兩岸政策，突顯蔡英文和陳水扁相似的危險性；二〇一二年總統選戰，藍營的戰略呼之欲出。民進黨除了賣台無能說，「九二共識」不存在，中華民國就是台灣外，還有什麼制勝策略，是綠營人急需得到答案的問題。

治軍用人，金氏領導學

藍營裡不少人，以自身利益考量，無法諒解馬英九逼退大老；相對的，金溥聰勇敢為國民黨尋訪新生代，活化這個百年政黨的努力，也被刻意抹殺了。

台灣的政黨認同調查，資淺的民進黨一向是年輕的代表；是希望的同義詞。事實上，政黨人才的升遷，老大的國民黨論資排輩，倫理重於才能，使得有著壯志雄心的青年人，不敢掉進跟時間熬人生的深淵，也就選擇和國民黨保持距離。

惡性循環下來，民進黨執政時，三十歲出頭的政務官，揚溢的青春熱力，更是對照了國民黨的老態龍鍾。

馬英九力擋阻礙，拿到國民黨主席後，仍然政敵處處，不友善的眼光隱隱閃現在他身邊的景象，無時無刻不存在。

為了確保更高的總統候選人資格的爭取，他選擇無為勝有為，以時間換取空間。

特別費案來的突兀，也給了馬英九及親信幕僚一次震撼教育。他們理解到，聯盟的重要。畢竟獨善其身，不是政治領導人的資產。

盟友的選擇和爭取，卻是極大的難題。國民黨既有結構派系中，若干可以拉到馬家班陣營的，都是政治老手，他們有地方派系地盤；有牽扯複雜的人脈，有無法和馬英九單一連盟的考量。

唯一可以開發的，就是年紀輕、政治閱歷相對單純的年輕世代。

馬英九、高朗和金溥聰明瞭，再不引進新人新陳代謝，國民黨就要卡在人才斷層之中；不僅政權將會再度旁落，政黨本身能否被滾動如火球的台灣社會容忍，也是憂慮。他們的好朋友，知名的律師陳長文也有同感。同心同力訪查敦請青年軍加入國民黨，在二〇〇八年總統選舉前，就悄悄進行。

蘇俊賓原就是國民黨立委徐中雄的助理，他是金老師一眼相中的人才。

羅智強與王郁琦都是高薪的律師出身。他們是陳長文禮讓的才俊。

幸好做了年輕化的準備，在〇八年總統大選期間，他們清新的面孔及言談舉止，對馬蕭選情正面影響力極大。

二〇一二年立法委員和總統選舉同時舉行，金溥聰以黨秘書長身分，要求他這幾年來培養的小兄弟，繼續吸引更多四十歲以下的活水加入國民黨。

立委選戰的國民黨的四位刺客，錢薇娟、陳以真、江啟臣和蘇俊賓就這樣組成了。

金老師，這些年輕人都這樣稱呼金溥聰，和年輕同志相處，我純主觀的領導學觀察，忠誠第一，嚴謹至上，有如讀書人的義氣知己結構。

年輕一代很自重，他們對金老師言聽計從；他們了解，接下來的權力世界屬於他們的舞台。

無欲則剛，來去自如

他的俠情、正義，和士為知己者死的千里馬、伯樂之情，成就了如武俠義士般的來去自如。評論界的人士中，不少人向來看不慣金溥聰的一言一行，對他的批評十分嚴苛；或許是專業同為傳播，同行相斥的緣故。據說，政大新聞系教授的金老師，面對新聞報導失誤，對於學生輩犯錯，也更愛之深責之切，日子久了，得罪的基層新聞工作者，不在少數。

這其中，有人質疑，自台北市長到總統，金溥聰在馬英九陣營裡，為何可以愛做官就做官，不愛了就走人？

我沒有問過政大新聞系學弟的金溥聰這個問題。但是，總統當事人有用人權，他都可以接受了，旁觀者還有什麼置喙指指點點的必要？

朱元璋做皇帝，不是最恨劉伯溫的不肯屈居下位，又百般攏絡善待劉伯溫嗎？人才，要會用。清白，不求名利，交代的事務莫不及時執行完成；政治議題策略奏效；選舉戰役身先士卒，戰果輝煌。這些，大概就是金溥聰在馬英九眼前自由自在的資產吧。

無欲則剛的金溥聰得不到若干批評者肯定，難道要鼓勵總統身旁人人爭官搶爵，為個人官場職位你死我活才對嗎？

二、馬英九與高朗

隱形人教授終於走上舞台

馬英九總統順利高票當選總統，也是他多年私誼深厚、政治道路上的知己顧問們，揚眉吐氣的日子。

不過，和一般歡欣慶賀的景象不同，他們選擇了低調。

真是不幸言中；馬英九的風光入主總統府，還沒到就職日，就遇上了麻煩。

賴幸媛出掌陸委會，是許多自認輔選有功者不能忍受的。他們開始討論這樣的人事任命出自何人建議；馬總統身旁的幕僚不了解嚴重性嗎？

金溥聰仍然是箭靶。

高朗，這位台灣學界知名度不低的台灣大學政治學教授的名字，開始出現在媒體的議論中。

熟悉高朗的馬英九外圍輔選陣容裡，高朗的朋友為數甚多，他們多半從高朗出任馬英九成立的新台灣人基金會董事起，就以各種活動的形式，被高朗網羅成為基金會的盟友。

新台灣人基金會替馬英九推廣支持者網路的起點，以南部為主。高朗和金溥聰一樣，理解到省籍，還是民主素養有待提升的台灣，在國家元首的選舉上，不能不迴避的血腥問題。

高朗的學術界圈子，對馬英九而言，比金溥聰面對的新聞界，更容易打成一片。

有了新台灣人基金會牽線，早在二〇〇五年宣佈參選黨主席前，馬英九就在高朗的穿梭下，結識了中南部學界人士。其中背景特殊，發言擲地有聲者，馬英九會立即將他們列入人才庫。接下來的交流，政見提案等，交織的力量，出乎綠營預期；直到選戰正式開打，才警覺到馬英九的人脈圈，已攻進了綠營支持者集中的南部知識分子的活動圈。

南部，是高朗的第二故鄉。他是台南女婿。

台南女婿，高育仁做證婚人

外省籍第二代軍人子弟的高朗，擁有馬總統友人們多半具備的博士學位，畢業於也是名校的美國馬里蘭大學；所學為政治。他也曾任台大政治系主任；在台大教書，口碑甚佳，是一位為人謙和，教學認真，專長深厚的教授。

馬英九與他結識的早，往年公務不是那麼繁重，馬家和高朗全家，以及金溥聰的妻子兒女，經常闔府出遊，其樂融融。有一段時間，高、金兩人都在大學教書，馬英九辭去法務部長職務，也加入了教學行列，成為金溥聰在政大的同事，好友都好為人師，也算氣味相投。

高朗的妻子來自台南，他和政界的淵源建立在年輕時候。那階段，高朗這樣的青年才俊型博士，是國民黨重點關注的對象。高朗結交了台南女友，準備結婚時，黨內好友為他請出當時地位不低的政治領袖，國民黨台南大老高育仁，為他擔任婚禮證婚人。

同樣都是高家子弟，這段佳話，在高朗的名字逐漸跟馬總統最信賴的幕僚連在一起時，傳頌在政治圈。

二〇〇八年五月二十日就職典禮近了，高朗的公職揭曉：總統府副秘書長。之前，有人猜測他可能出任陸委會主委。

這很符合馬團隊的精神，副手。

當時，外界臆測，副手級官階，是馬總統團隊正式接手權力主導方向盤前的學習職位。高朗和「不入府、不入閣」的金溥聰一樣，什麼職位不重要，他們是永遠的總統親信好友，最具影響力的幕僚。

高朗的副秘書長一做三年多，秘書長位子更換過兩次，都沒有高朗升遷的消息；人事安排上自己人吃虧，是馬總統的作風。

高朗的威力，在總統府同意、閣揆任命年輕毫無政務經驗的江宜樺出任內政部長後傳出。原來，江宜樺的突破性任命人事案，是高副秘書長的大力推荐。

之前的行政院裡，不為人注意的職位，比如研考會主委，也有高朗教授好友的影子。他的國政最高顧問角色，再次確認。

分工合作，馬英九看高朗像看鏡子

總統府的業務尚未進入情況，一連串紛爭，衝擊著馬英九。立法院裡反叛似的否決了沈富雄的監院副院長提名；總統退居二線的自我定位遭批評，馬總統人氣直直掉，明眼人看，秘書長詹春柏，實權不比副手高。

詭異的氣氛下，有人開始討論高朗這位政治顧問失職的可能。媒體界對他十分客氣；一般大眾不知道高教授的重要性，媒體報導他，引不起漣漪，還不如凡事找金溥聰。

雖然一開始的腳步紊亂，馬總統的政治顧問，以高朗馬首是瞻，是不變的事實。之後，馬總統重執黨主席職位等決策，高朗的強力說服，被認為是關鍵。有人形容，馬英九與年紀小他七歲的高朗性格氣質相似，看高朗就像看鏡子一般。旁觀者看，高朗的理想性可能更高。度過了馬英九第一屆總統任期的顛簸，連任成功後，高朗會獲任更高層職務嗎？

很難講。我的猜測是，到時候金小刀先生可能又要乘桴浮於海，離開政治大染缸了；低調不求名利的高朗，恐怕仍是低官位，高影響力的總統幕僚。

台前金小刀，台後高教授；馬總統的幕僚哥兒們

馬金高三人組，和總統倚重的專業幕僚，保持著同樣生死與共的關係。這些行事低調，不對外

多言的總統的好友親信中，法政方面，前國安會秘書長蘇起的弟弟，現任司法院副院長蘇永欽是首選顧問，政界熟知。法理、兩岸法令部分，做過紅十字會長，處理過兩岸事務的陳長文先生是馬英九的老大哥。法律實務，年輕有活力，敬業的台北市議員賴素如，是馬英九諮詢的對象。

軍事方面，擔任國防部副部長的博士楊念祖，教授時代就參與對外軍事合作會談，是異軍突起的新秀。

兩岸事務繁雜，願意提供建言的台商企業家為數眾多，尊重體制的馬英九，還是以國安會的成員為諮詢對象。長年關注處理兩岸議題的蘇起，建言權隨時存在。

財經，尹啟銘在〇八年大選期間陪著馬英九走透透，新聞界經常提及；理論和時事進展的相關議題，朱雲鵬是馬總統隨時撥電話請教問題的小老弟。

朱雲鵬安排在劉兆玄內閣擔任政務委員，即是馬總統培養他將來接任更重要財經職位的前奏。未料到，上班期間與女友出遊被擴大解釋，朱雲鵬不願拖累總統，在毫無違法失職的指控下請辭，平息批馬風潮中，比較八卦的題目。

政務委員有上下班規定嗎？

政府官員中有人認為朱雲鵬受了不白之冤。愛惜羽毛的朱雲鵬不願為自己辯護，離職後，梅開二度，快快樂樂的把學鋼琴的女友娶回家享受新婚生活去了。

反正，總統的好友，永遠的親信，什麼位子不重要。

二、馬英九與吳敦義

吳敦義後發先到，卡位成功

為什麼是他？

這個問題，對了解馬英九總統和吳敦義院長人格特質的藍營人士，是真心的疑問。

副總統備位元首，通常的認知，是與總統在出身背景、成長環境和學養專長上，有著正面的互補。馬總統的第二屆副總統搭配人選揭曉前，我曾在部落格上撰文指稱，吳敦義優秀，活動力強，能言善道，行政經驗豐厚，又有從不貪汙的記錄，沒話說；但是他與馬總統，都是不沾鍋的孤鳥型人物，也都沒有政壇盟友，未曾結幫成派，兩個像雙胞胎的人組合成正副總統，非但不能一加一大於二，甚至小於二。

那時，我建議國民黨因應蔡英文出馬，推出嘉義市女性市長，也是國民黨副主席的黃敏惠接手蕭萬長，既是和蕭副總統同樣來自台灣的政治民主聖地嘉義市，也強化國民黨對女性參與高層選舉的重視，應可事半功倍。

文章刊在網路上不久，一位綠營的律師界友人跟我說：「你的建議很好，只是國民黨沒有這個度量啟用黃敏惠。」

我的了解是，黃女士確為馬總統重點栽培的中生代人才，但是沒有請她搭檔，與度量無關，主要是政治現實考慮。

一來，黃敏惠是中生代，一旦提出她做副總統人選，可能觸動影響團結合作的黨內接班問題。

二來，嘉義市長，是國民黨南部唯一的橋頭堡執政領域；黃市長調任副總統，空缺可能立即被民進黨補上，再搶回執政權十分困難，牽一髮動全身，不如按兵不移。

吳敦義做重炮手

吳敦義院長是馬英九多年的政壇同事，交往不親密，卻有著君子之情。吳院長的清廉，沒有問題；做人，比馬總統圓融。雖然他也是孤鳥，那只是不結幫盟派，不表示他與眾隔絕。南部的高雄市長經驗，雖然不少人認為，是選票的負面影響，馬總統認為吳院長與他搭檔，可以發揮的功能，是他本人不能突出的角色，那就是重炮手。

功能性取向，顯示馬陣營早就預想到二〇一二年選戰的烽火交戰，只會更激烈，絕不會真正實踐所謂理性選舉，回歸民主等民進黨人士常喊的口號。

擔任閣揆後的吳敦義，在立法院大戰民進黨立委，反應敏銳，言詞犀利的戰績，正是溫和形象為賣點的馬英九所缺少的。由他攻防，所有負面炮火都讓副手承受，馬總統競選幕僚相信，可以保持馬總統理智、正派的個人特質，又能抵擋對手的指控，是選戰角色的適當安排。

吳敦義出任黨秘書長到行政院長，與馬總統及總統親信建立了戰友的感情與共識，更讓這樣的選戰組合，充滿戰力。馬總統等待蕭萬長副總統首肯再續任的要求不成後，就鎖定吳院長一人，是可以接受的說法。

事實上，馬英九出任總統，吳敦義在重要關頭的鼓舞逼迫，十分關鍵。據指出，二〇〇七年二月十三日，馬英九因特別費案被以貪汙罪起訴，悲憤難當。那天，一度心灰意冷，決定放棄參選總統。友人幕僚勸說不成，馬英九傷心透頂，一人獨處一室，不肯改變不繼續追求總統職位的意念。

身邊的戰友親信，也都心情沮喪著。

吳敦義出現了。他義正詞嚴，以老大哥的姿態斥責馬英九不可因挫折而英雄氣短；他要馬英九收拾起悲情，向前衝刺為自己拚回清白。

就是這樣千鈞一髮之際的醍醐灌頂，馬英九茅塞頓開，隨後在傍晚的記者會上宣告角逐總統大選，吹起了戰鬥的號角。

換句話說，馬英九的總統路，吳敦義亦友亦兄，扮演著踢開最後一扇鐵門的推動者角色。

吳敦義名氣不小的太太

這個閣揆夫人名位，對很多妻以夫為貴的女性來講，具備著一生想望的榮光。

那天，吳敦義先生接任行政院長，交接典禮上，出現了一位身著黑色小禮服，神態嚴肅，表情嚴謹的女士。她是吳院長夫人，十八歲就嫁入吳家的蔡令怡。

吳敦義夫人的活動力，在政圈十分知名。

她的社交範圍廣泛，交友態度積極，也是國民黨夫人圈的閒聊話題。還有更入骨的傳言，指稱吳夫人的政治權力欲望，恐怕不比吳敦義低。

不論怎麼看，吳太太和馬太太絕對是完全相反的官夫人典型。

在友人結婚的場合，我就看到吳院長以貴賓身分出席；他的夫人在酒席間穿梭敬酒，和老朋友打招呼的畫面。

馬英九的太太周美青，不會做這樣的事。她升任第一夫人後，唯一一次和夫婿公開參加的喜宴，是郭台銘先生的婚禮。席中，周美青沒有敬酒的動作，也不多說話。

吳太太蔡令怡的特質不同，在吳敦義被宣佈成為副總統人選後，果然成為新聞八卦報導對象。這則消息很詭異，說的是，吳太太找人算命，指出吳敦義有君王相。

吳院長立即否認。

我也認為這則消息沒意義。

不過，明白人知道，這是政治戰爭的煙硝開動的意思。

吳敦義升老二，國民黨接班，人人有機會

以吳敦義的積極，長年來在政治界的資歷，如願做到了副總統全國名列第二的高位，會在總統任期屆滿後，不追求總統大位？

這不是吳院長的風格；也不是一般政界對吳敦義的印象。國民黨二〇一六年總統黨內參選人的爭逐就此開展，也不意外。

二〇一六年馬英九若連任成功兩屆滿任後，將失去再選舉的資格。國民黨內的大老，王金平、吳伯雄，甚至連戰、宋楚瑜等人，都將因年事已高而退下陣來。

藍天光亮，這是國民黨中生代政治人物發揮的時代，也是政治元老，明星相繼退潮後，一個平民化，更民主的國民黨政黨總統候選人發揮的時刻。

當前的國民黨全國性政治人物中，吳敦義佔上了先機，台北市市長郝龍斌與新北市市長朱立倫，是民選首長，依例較有機會出線。郝龍斌為人善良，施政第一任期，頗受惡評，連任後本有可能再努力更上層樓；可惜他的北北基學測試驗失敗，民怨四起，不容易被遺忘。屆滿後爭取黨內提名參與總統選舉，成功的可能性不高。

四、祕密武器：周美青

「美國職棒大聯盟洛杉磯道奇隊今天表示，將邀請中華民國第一夫人周美青於美國時間二十一日前往道奇隊主場開球，這也是周美青首度獲邀到美國職棒開球」，這則新聞響起了周美青牌將要啟動的預告。

道奇隊是二〇一一年九月十四日發佈的新聞稿。周美青愛看棒球，不祇一天，道奇隊擁有來自台灣的左投手郭泓志，預料周美青也會與郭泓志見面，並為郭泓志打氣。

郭泓志在道奇隊，周美青應邀開球順理成章；不過，這則由中央社撰寫的稿件最後一段，點出了重點：「道奇隊下週將充滿濃濃的台灣味，由立法院副院長曾永權與馬總統競選連任辦公室執行長金溥聰率領的代表團，預計於十八日前往道奇球場，為郭泓志打氣；周美青緊接著在二十一日也將首度造訪道奇球場開球，在道奇球場投出具有紀念性的一球」。

周美青為二〇一二年馬總統的連任選戰，將要擔當的啦啦隊、輔選大將一角，眼看著選情激烈，差距過小，也提前登場了。

有意思的是，這期間也是蔡英文率團赴美造勢期，金溥聰和曾永權前半場和蔡英文打你有我也有，壓制蔡主席聲勢戰，成績突出；下半場，以沉默的力量，周美青的行動，對比她與蔡英文的差異。

周美青的好形象，二〇〇八年總統選舉基層拜票，九十度大鞠躬，畫面令人印象深刻。她普通小市民的穿著，親和的肢體語言，在中南部菜市場的婆婆媽媽圈造成轟動，目睹的輔選人員都極為拜服。

一位馬總統身邊人士說，有一天，在高雄的菜市場，周美青才一出現，他立即聽到旁邊一位說台語的中年女性，大聲講手機，要她的親朋好友，趕緊來看美青姊，「她沒有化妝，穿的也跟我們一樣咧！」

「我們要換一位第一夫人嗎？」

余光中教授果然有先見之明，周美青旋風，仍將是馬總統的二〇一二選戰祕密武器。

五、沉默的功臣：馬英九的閣揆最愛人選彭淮南

不介入政治派系的彭淮南，在蔡英文出自善意邀約出任副總統候選人的過程中，為了不傷及老友同事蔡英文的感情，又要兼顧媒體資訊需求，差一點打破了央行總裁的中立、獨立性地位。

二〇一一年八月三十一日中午，他發揮和匯率炒手對戰的本領，以相同的節奏和堅毅發佈新聞稿，否認當天上午出刊的雜誌，關於他赴李登輝前總統宅邸，談論總統選情並回絕李總統勸說接受蔡彭配的報導。

這家週刊的獨家消息，以斗大標題指出，彭淮南赴李先生家，是李總統主動邀約；李總統的目的，要轉達蔡英文委請彭總裁莫要再拒絕副手之約。

彭淮南確實去了李宅，也婉轉再度拒絕了副總統候選人的誘惑。報導中不尋常的部分，是引述消息人士的情報，指稱彭總裁向李總統表示，他「個人非常希望蔡英文當選」的這段話。

專業獨立，政治性約會報備不尋常

報導中說，彭總裁還對馬英九、吳敦義兩人干預央行運作，「指指點點、虎視眈眈」，很是不滿。

謹言慎行，對新聞界不正確消息經常提出導正的彭淮南火大了。他十分在意這一段他沒說過的話。

為了證實他不參與政治選戰的決心和意願，彭淮南在他的聲明稿中，不惜主動公佈，在受邀和李總統見面之前，他「已向馬英九總統報告此事」。

向現任總統報備一次私人的行程，對於一位重視央行獨立地位的央行總裁而言，是很不平常的舉動。

彭淮南也斷然否決報導說，總統、院長介入央行職權的文字。事實上，彭淮南和馬英九總統的關係，還有一層外界未曾證實的千里馬伯樂之情。據指出，劉兆玄院長請辭挽救馬政府聲望之際，馬英九最中意的接任人選，是那段金融風暴的危急時期，穩定國內金融秩序、表現冷靜、敬業穩重的央行總裁彭淮南。

彭總裁婉拒了馬英九對他的賞識。

這也解釋了彭總裁赴李登輝宅邸前，主動報備馬總統的君子之交。之前，彭淮南與妻子連袂赴蔡英文家拜會，據指出，也在事後告知了馬總統。

清廉不輸馬總統；不接副手有益馬

彭淮南的民望高，未接受馬總統閣揆之邀，若果真被說服出任蔡英文的副手，對蔡英文的幫助不大，但打擊馬英九的破壞力，相當嚴重。

彭總裁那一則用詞少見、略顯情緒化的澄清新聞稿，應該是馬英九和吳敦義兩人政治生涯中，極少出現的助力。

公開場合，馬吳兩人未對此事表達任何意見。彭淮南以他剛正、公義、不屈，清廉不輸馬英九的長年形象，立刻平息了，也糾正了關於他是蔡英文副手最佳候選人的種種傳聞。

比較尬尷的，是李登輝總統和蔡英文主席。這次約會，就只有少數人知道，為什麼會流露到一家八卦雜誌的獨家報導呢？

彭淮南的本屆央行任期，下屆總統任內二〇一三年三月即將屆滿。已經做了近二十年央行總裁；他說，這個職位，將是他的最後一個公職。若是二〇一二年馬英九連任，會讓他退職嗎？

如果是蔡英文搶下總統職位，彭總裁的任期問題，恐怕將是蔡英文的燙手麻煩。

六、朱立倫的機會

維基解密，證實朱立倫的政治明星地位

事出詭異的維基解密台灣篇，第一則出現在台北媒體的消息談話主人，就是歷經多次選戰勝利的新北市市長朱立倫。

他透露的情報，馬英九不喜歡連戰、王金平、宋楚瑜等大老，有意請他們退下政治舞台等，有人解讀說是朱立倫的麻煩。我倒認為，美國在台協會選擇與朱市長對話，並將他的結論寫成報告呈回國務院的作業，證實了政界盛傳，朱立倫是國民黨下一波接班世代核心人物的推測。何況，朱立倫講的都是事實。

之後，維基解密也流出了王金平的談話，他說，馬英九有意培養朱立倫接班。

朱立倫否認了談話，為所有被牽涉的政治人物止血，真相不明，也是他的危機處理。

美國在台協會常被國人懷疑是中央情報局的外圍組織；維基解密的真實幕後主人，我在大陸的友人直指是中央情報局一手操作，以情報內容要脅外國政府，取得美國本個利益的目的居多。

這次維基解密關於台灣的部分，在蔡英文和金溥聰九月初出訪美國前的二〇一一年八月三十日

解密釋出，時機可疑；造成的波瀾，新聞性的浪濤外，政治敏感度高的人猜測，老美還是要向馬英九喊話。預料，金溥聰訪美，除了和蔡英文鬥造勢，還帶去了總統親信的保證，對於與中共交往的程度，會給老美放心的說明。

其中關於朱立倫的報告，媒體中有人評論，是朱立倫政治生命的重大傷害；我倒認為，全部台灣篇的維基解密，包括蘇貞昌及謝長廷都對蔡英文無甚好評，蘇說她沒能力領導；謝嫌她的學者性格濃厚，都不致造成嚴重的藍綠陣營人際上的破壞。朱立倫得罪的，也是要退下政壇的人，無所謂傷不傷害。

年輕、完整歷練和專業是他的資產

擁有博士學位，參選立法委員前是台大教授的朱立倫，年輕、專業、又接受了民代、地方父母官和行政院副院長的歷練，比較同代政治人物，條件突出。他二〇一六年可能是國民黨的新興政治紅人的說法，不言可喻。

相對於吳敦義，朱立倫年輕許多；近幾年的沉潛，減少在媒體頻頻露面的機會，反而可以蓄積更大的動能，到關鍵時刻爆發成為吸引選票的力量。

朱立倫雖然具有主觀優勢，客觀政治環境，很可能引導台灣選民進入政黨輪替，換人換黨做的習慣，才是隱憂。二〇一六年馬總統連任屆滿後的總統戰役，黨外競爭者，恐怕比黨內挑戰者更具威脅性。

朱太太也是隱形族

朱立倫有一位高知名度的岳父，台灣政界大老高育仁；馬政府的政務官高思博是他的妻舅。在政治平民化的今日台灣，這些不是絕對的助力，而且可能成為阻力。

幸好，朱立倫的太太，政治世家出身的高婉倩，始終如一、像一位都市版的周美青一般，隱身在先生身後，不出聲，不張揚；她的知書達理，在嚴格要求官場夫人的台灣選民眼裡，應該可以得分。

朱立倫夫人最有名不參與丈夫公務的故事，是先生出任桃園縣長以後的事。高婉倩很少出席縣長活動，也沒有踏足過縣府大樓；那天有事，她獨自登上了縣長辦公室所在的樓層。警衛依職責詢問，朱太太又不好意思明說，一來一往之間，工作人員才發現這位陌生女子，是縣長夫人。

高婉倩保持隱形，最有利的，依照朱立倫的說法，是太太可以隨時到夜市食攤購買外帶美食回家，而不擔心被縣民認出。

「很多次夜裡，她下車買吃的，我在車上等著。」朱立倫顯然很滿意太太的角色。

七、馬英九的長處：「學習、修正、成長、進步」

這八個字，是馬英九身邊人士，區分他和別的政客不同之特徵，可以做為未來驗證的指標；以下幾項，是馬總統本人的問題：

1. 用人：學者與政務官大不同，自己人用自己人，人事分配變成小圈圈，同質性高，無法互補。
2. 溝通非文宣，同理心與基層民心，在內化的誠意，不是表演。
3. 危機處理：未來事件表，開始列出了嗎？
4. 談判：一堂不簡單的政治課，政府人才的組合及程度，尚沒有值得人民放心的實績。
5. 市長變總統，門檻極高，市府團隊變總統幕僚困境重重，馬總統有要求，有幫助他們學習、修正、成長嗎？
6. 地方派系不是萬惡不赦沒長處，馬主席如何調整和地方派系的互動，及重新定位地方派系，讓他們從負債變資產？
7. 學習第一課：做總統，不做科長、秘書的事，要做領袖。
8. 兩岸政策正確，如何擺脫是特權的大陸政策，而非全民大陸政策的陰影。
9. 外省人自卑情結太重，用人喜高學歷、中壯代、南部、本省籍，難免不公平，為何不能用人唯才？

10. 好政績但宣傳不足，真的嗎？還是沒有全盤部署的謙虛和誠意。

11. 禍起蕭牆，老連、小連搞不定；老宋不服；老吳怨歎；老王不買帳。這樣的政治人脈關係，太傷害總統治理動能，如何改善？

12. 做總統，好的政策固然重要；高效力的領導，大格局的風範，更為必要。馬總統如何既謙虛，又能發揮千萬人我獨往的領導力，不是小問題。

〈第十二章〉

四角習題：馬蔡與胡習

一、ECFA，兩岸關係躍進：馬英九的歷史地位底定

馬英九完成了李、扁做不到事

台灣的國情特殊，從蔣經國故總統時期的「三不」，到他晚年開放人民赴大陸探親，啟動兩岸民眾合法交流後，雙方關係在各種複雜的議論吵鬧聲中，不論政府或非政府間的協議簽訂與合作承諾，都在向前推動；李總統接任總統到退下大位，十二年中展現最高興趣及一手掌控的政策策略與執行節奏，都是兩岸關係。

他費足心思，目的是為了實現台獨理想嗎？

李登輝想做兩岸教父！

以我的貼近觀察，實際上他要主導的，是以李登輝思潮為主的兩岸互動；他對堅持一個中國的中共中南海當局，運用的是「刀刃加蜜糖」的手法，有點像他自豪的送牛奶給民進黨喝的意味。

真正要的，李總統不致觸全球霉頭，發動讓老共不得不動武的法理台獨；但他不甘做隱形國家

的領袖，他要名分；要在中華民族的史冊上，留下一位日本殖民政府下成長的台灣熱血人物，如何完成掌握美好國度中國的遙遠的美夢。

李總統使用的方法多所設計，他也很得意於自己對付中共領導人的智多星；他一方面和中共互設協商機構；另一方面，國統綱領、國統會、表演給國民黨元老們看，呈現蔣經國傳人的決心，不分離台灣於中國，避免元老礙事。

李總統比起粗俗只管當下的陳水扁，不僅心思較密，心機也極深重。與中共交往，他指導的第一次辜汪會談，在新加坡造成轟動；他派親信體制外的蘇志誠、鄭淑敏兩人，透過香港南懷瑾先生牽線，與江澤民的愛將大臣曾慶紅密會；他又去美國康乃爾大學演講，高喊「中華民國」，「民之所欲常在我心」。

各種手段的目的，還是要建立台灣與中國當局劃時代的雙邊交往架構；要博取個人名位。

連戰在維基解密的資料中說，李登輝在一九九五年訪問美國康乃爾大學前就與中國大陸撕破臉。他也說，李總統曾透過多個仲介管道與北京「建立祕密聯絡」，雖然曾成功處理若干事務，但北京在特定時點，在更關鍵議題「阻礙台灣」，致使李改變態度。

惱羞成怒與江澤民翻臉

阻礙台灣的，也是李登輝本人。他不聽幕僚建議，胡亂搶先公開推出「兩國論」的研究主張，打破了一切。

大陸的領導人江澤民先生很惱火，另一位曾經祕密與李登輝派遣的兩位使者在人民大會堂私會過的國家主席楊尚昆，也覺得被李登輝耍弄了。

聰明反被聰明誤，李總統自己搞砸的一盤局，錯在他急功近利、自以為是；瞧不起窮困、經濟發展不如台灣的中國大陸。李總統深信部分日本派對中國的觀點，始終堅持中國大陸在八九年民運風暴後，一定走上經濟無光明的死路。

他任內推測江澤民政權不保，會被政變搞垮，是因為他知道過去和江、楊集團拉關係，密建管道的努力，全都被對方識破，不願再繼續和他交往的惱怒反彈。江澤民倒台說，是李先生一廂情願，個人情緒上的期望，而不是理性預測。

如今接下江澤民政權的胡錦濤兩屆總書記十年任期將至；中共領導仍大權在握；中國大陸的經濟成長率，在李登輝二〇〇〇年卸任後，每年平均百分之十的速度前進，李總統不在其位謀其政，退休後仍對政事指指劃劃，每況愈下，在台灣呼風喚雨的能力已然喪失。

老先生能做的，只剩下指控現今合法民選總統馬英九與大陸交流的作為賣台。馬英九推動的ECFA等，不是延續李登輝時代的大陸政策方向嗎？李總統和若干綠營政客一樣，他們手上推展與中國大陸中共當局和好交流的種種，是為了台灣，是時勢所趨；別人做的，特別是沒請他們做指導教父的外省人領袖做的，就是賣台，是賣國。

他從來不提、不承認、也不檢討派遣密使、特使和江澤民、楊尚昆勾勾搭搭，到底出賣了誰的靈魂！

陳水扁翻雲覆雨，只想和胡錦濤會面搶功

台灣的民主改革時勢造英雄的大好時機，在李登輝順著蔣經國先生晚年的開放政策推動下，以全民直選總統，奪下大旗後；陳水扁雖搶到推翻國民黨五十餘年的在台執政權，寫下台灣政治史新頁的角色；但志向遠大的他明白，要成為國際知名領袖，如伊拉克的格達費、古巴的卡斯楚等，他必須別有作為。

剛上任交接政權時，中國當局的大阿哥還是江澤民先生。江主席任內，幾度和李總統的密使、特使交手，似乎在兩岸事務上，也思索突破性的歷史功勛。無奈，李登輝和柯林頓連手成行的美國康乃爾大學訪問演講，打翻了江主席認定李先生是可交之人的互信。據說，在中共當權者中，他與親信曾慶紅一度對李登輝釋出的善意，評估可信，到此時變成了他手上的痛。

李登輝下台，還以阿扁政府事務不熟悉為由，交代阿扁要留任他的官場人才，以延續施政。阿扁那會不了解太上皇李先生退而不休的心思？他將計就計，續任了國安重要李朝成員，並重用蔡英文主導陸委會。

蔡英文涉入的對大陸政策設計部分不多，又沒主見，很快就成了扁朝的親信。國安會裡，執政一、兩年後，架空李登輝時代的兩岸政策主要幕僚，陳水扁透過忠心不二的邱義仁一把抓，意圖在對大陸關係的發展上，留下他偉大的績業。

於是，反反覆覆，成了他的特色。一下子要與江主席在大膽島喝茶；一下子又一邊一國。

沒幾個月，他主動說台獨行不通就是行不通；接著，又對大陸放善意。

從二〇〇四年連任險勝，揹著三一九槍擊案的不明不白紀錄，到他聽從李登輝老先生指揮，和宋楚瑜玩「真誠、和解」遊戲。陳水扁期待的，是和胡錦濤主席的會面，造就阿扁無人能及的偉人地位。

兩岸關係，最具有國際媒體的集中關注效應，這一點台灣和北京的政治當局都十分理解，互取所需是現實共識。那時的形勢，民進黨如日中天，國民黨連天王加宋天王的雙倍天王連宋配，都打不掉民進黨的小混混阿扁，對藍營支持者打擊極大。我的朋友中，許多人灰心喪志，因而遷移出台灣，或乾脆定居大陸的，時有所聞。

二〇〇四年再接下總統大位後，沒有連任壓力了，宋楚瑜與連戰連手都敗選後，阿扁志得意滿，很快與大陸上任一年多，政權開始上路的胡主席方面有了展開連繫的計畫。

阿扁開心等待，踩著宋楚瑜走上國際政治舞台的大紅毯。

一次在總統府的午餐會面時，神采飛揚的陳總統，高興又樂觀的告訴我，他和胡主席的見面，「會實現、會實現」，兩岸和解，「會水道渠成，別急」。

那天，陳總統邀約我在他的辦公室吃牛肉麵，作陪的有他的文膽林錦昌。

我雖不是中國問題專家，至少自一九八八年初起，就親身前往大陸多次；官方採訪外，還深入江西、桂林、長沙、北京、南京、雲南、西安等民間，撰寫了一本至今仍領取版稅的書籍：《蔣經國與章亞若》，明瞭大陸對台政策戰術彈性變化，主軸戰略底線不移的鐵板一塊；對阿扁開心到快跳舞的舉止，不方便澆冷水，只好等待真相。

果然，宋楚瑜尚未大功告成，連戰陣營迅雷不及掩耳，奔去了北京。二〇〇五年四月二十六日的破冰和平之旅，補償了連戰兩度總統大選遭選民否決的傷懷，至今仍頻繁往訪大陸。

陳水扁藉胡錦濤抬高身價的妙計未能成真，宋楚瑜也失去了破冰第一人的資格，扁宋會，空留一場春夢。

馬英九裝傻？「九二共識，一中各表」，外加「不統不獨不武」的模糊策略

第一次聽到大陸菁英界政府人士說馬英九和大陸交往，是在「裝傻」，我哈哈失笑。這句話，十分傳神的形容了兩岸對陣，以台灣海峽和平為前提，積極推進經濟成長的中國領導當局，對待友善的馬英九政府，不能重不能輕的敏感考量。

「裝傻」，在台灣很多人的形容，是裝無辜。

馬英九隱藏好惡，和連戰、王金平、宋楚瑜、吳伯雄等大老周旋多年，就是靠的他控制力強的「無辜」能耐。

胡主席會忍耐馬英九只要不給的策略多久？這是大陸高層的問題。

在台灣，反對黨的人士，包括總統競選對手蔡英文，政壇不倒翁李登輝，還都指責他賣台。夠諷刺吧？

我看馬英九的大陸政策，不脫他的長跑哲學。一方面向前動，一方面調整體力，該衝刺奔往終點時再加足馬力。

台灣近幾年經濟不如大陸的高速進步，是血淋淋的事實。觀光客少；外資不來；訂單在台灣收，往大陸生產；薪資愈來愈薄，人才外流嚴重。在我消彼長的現實逼迫下，調整體力體質，是唯一的手段。

剛好大陸需要一個和諧的兩岸關係；大陸也有能力做老大哥。「九二共識，一中各表」，加上「不統不獨不武」，是面對台灣問題的最佳模糊策略。

不統，是老共的不愛；不獨，是老共現階段的使命。否則，獨派意識再強化，台灣的分離情緒更高，就更難處理了。

連任成功馬英九將有大膽作為？

要中共讓利給機會，馬英九做到了，ＥＣＦＡ簽了；國際情勢緩和了，護照免簽國增加了，機場的免稅店有人潮了，花蓮成了陸客的聖地，台北一〇一大樓慘賠了好幾年，竟然靠陸客翻身賺錢發給員工年終獎勵。

馬英九的最終目的為何？

〇八年上任，他任用賴幸媛擔當陸委會主委，原以為可以獲得李登輝派的肯定；李登輝不領情，二〇一二年非要倒馬保台，賴幸媛的政治性指標消失了；但是她敬業配合，了解政策導向的領悟力和談判指導力，超乎馬英九和兩岸幕僚的預期。

第二屆連任一旦成功，馬英九會有更躍步的兩岸政策作為嗎？超越「九二共識」的決定，在今日台灣，是藍營政治領袖不可能的任務；民意如此，有所不為也在這個底線。互訪、互設連絡機構，及和平協議類的政治性協商談判，不是南柯一夢。總統的最高政治顧問高朗，是談判學教授，他不會沒有準備。

只不過，長跑的競賽路上，還有其他障礙，馬英九怎樣衝到這一賽程的終點奪魁，要看各種因素的發展。

去連除吳抬朱劉，馬英九力奪國共對談平台主導權

維基解密台灣篇證實了政壇小道消息的傳言：馬英九不喜歡連戰。其中因素，據我了解，連家和連家好友藉著連先生與胡主席的連胡會為基石，佈置商機，是主要原因。

馬英九接任的是連主席交接的職位，這個黨產總是處理不清的政黨，在過去歷史上，留下了多少不義不當的痕跡，馬英九接續黨主席後，不會不有所悉。對前朝大老高幹的看法有所保留，可以想像。

大陸政策，有著能做不能說、能說不能做的高度敏感性；馬英九跟在蔣經國身邊，眼看小蔣總統一手促成開放民眾赴大陸探親政策，必然理解經國先生對於接踵而來、步伐在掌控中的大陸政策

內涵。

連戰沒有具體公職，在黨內也是虛名的榮譽黨主席，他的介入兩岸種種，可能扭曲複雜化大陸政策的執行，是馬英九的憂慮。馬連心結極重，不能和連戰交心交代政治任務，早晚要拿回與中共當局對話的主導窗口，非常必要。

中共中南海精於心機的共產黨高層，看出了馬英九提升黨對黨到政府和政府對話的意圖，施展了向來能夠壓制國民黨的兩面手法，硬是不讓馬英九如願剷除第二、第三軌道的對話平台。

馬英九不死心，以吳伯雄取代連戰；再試圖推出劉兆玄和朱立倫。中共當局也順著馬英九的棋局繼續棋盤上的對奕。麻煩的是，馬英九的政府出現了後院著火，必須穩住內政，以政績滿足政權基礎的局面，只好暫時停手。

ＥＣＦＡ簽訂了，階段性目標達成，馬英九轉而返回內政戰場。他的總統連任大選勝利在握後，依照馬總統的性格及政治趨勢分析，想必仍會回頭完成他主導兩岸對話平台的決心。

陰影：為權貴服務的兩岸政策？

連戰的陰影，不單只是馬英九主導大陸政策統一對話平台的障礙，更重要的是，連先生被惡意誇張的角色，在部份台灣基層社會民眾眼裡，兩岸政策是為國民黨權貴、權貴子弟，權貴好友台商財團服務的政策，而不是台灣全民的政策。

尤其是大陸來台訪問高幹、省長、省委書記、代表團等等，每一來人，都是大規模與連戰會面餐宴。看在一般平民眼中，就是國民黨及共產黨的特權階級，相互利用，牟私利的不堪畫面。這也是馬英九在江陳會台中舉辦，陳雲林訪台時，拜託要求黨內及藍營大老不要太高調宴請陳雲林一行的原因。

可是，大老有大老的想法；中共也有兩面手法。國台辦就是不和馬「政府」一對一，要在台灣建立多重對話軌道。中共當局不了解台灣民情，中南海高層未能體會到他們花了大錢，擺出友好陣勢來訪台灣，購買台灣產品，卻得不到台灣人民普遍好感認同的核心觀感問題。

馬英九有苦說不出，只好在一次和黨內台北市議員的會面時，半開玩笑說，請大陸的省長們別再來台灣訪問了的話。

總統的意思是，黨內大老和中共的官員們請節制，別讓雙方的努力，化作了一場誤會。國共高層互相利益勾結，是台灣南部民眾聽得進心裡的話。這是馬總統的麻煩，也是胡錦濤到下任接班人不能不正視的現象。

在大陸，政策透明化不是議題；在台灣，大陸政策透明化和監督，仍然將是執政者的責任。下屆總統任內，國民黨在立法院中的委員數字，依推測將減少許多，兩岸政策發展中，國會角色的介入，不可避免。

二〇一二訪大陸？「馬英九不能只要好處！」

提出這個題目，我是隨口問。沒想到得到了可以深入分析的答覆。

這位大陸具代表性的菁英人士，和軍政黨界關係密切，擁有博士學位，剖析議題精確；看台灣問題，是少數理解台灣不是只有藍綠，對台灣南部居民有著高度興趣的壯年男士。我在北京和不少大陸關心台灣的友人討論問題，他的言論直接又準確，參考價值極高。

這天，我們約在朝陽區一家高檔酒店，正巧是「金小刀」，這位大陸友人的用詞，在美國接受電視訪問指馬總統不排除訪問大陸新聞引發關注的時候。

朋友對大陸財富累積的實力，具有與一般大陸菁英階層相同的自豪。我習慣了，不以為意，偶爾會挑戰他到台灣這個小地方體驗選舉的熱力，他都轉移掉話題。

馬英九訪大陸？

聰明的臉上，一雙眼睛溜溜轉；他說：「讓他來幹什麼？馬英九不能只要好處啊！」

一旁還有一位北京年輕人。我笑了，問他怎麼說。他回答，這幾年，馬英九裝迷糊、裝傻，北京該給的都給了，該讓了都讓了，馬英九做了些什麼？

關係突破啊？符合中國大陸的政治目標啊。我回覆。

「別忘了，他是第二任了，就算來了大陸，又能怎樣？接下來的領導人，能夠接續馬英九的政策嗎？」友人話說的直率。

濤哥也對馬英九裝傻看在眼裡，「他還能裝多久？」朋友說。濤哥，是大陸年輕世代對胡錦濤主席的暱稱。據說，胡主席到北大參訪，北大學生高聲歡迎他，大叫「濤哥好，濤哥好」，胡主席開心萬分。

我和友人接下來的對話，沒有結論。唯一的共識是，習近平先生二〇一二年中共十八大後接下胡主席共產黨總書記職位，再隔數月，人大形式定案後，成為全中國黨政軍大權掌握者，對於台灣問題，不會變化，與胡溫體制下的作為，難有相異之處。

胡主席或者習主席，需不需要破冰式的「台灣領導人」訪華秀？

國情不同，這位人士的分析，或者是有意義的參考，也對照了台灣各界思考這類問題的一廂情願。

二、推動兩岸關係，小馬、濤哥高手過招

蔡英文競逐下任總統，一方面不敢堅持早先揚言要中止ＥＣＦＡ的主張，另一方面，又對完成ＥＣＦＡ談判簽約的馬英九，進行愛國忠誠質疑的人格謀殺，指控他的罪行是賣台。

賴幸媛掌陸委會，李登輝態度反覆

李登輝先生也加碼支持民進黨的說法，以棄馬保台，為自己翻來覆去找藉口。李總統在二〇〇八年馬英九任命台聯前不分區立委賴幸媛為陸委會主委，且不畏藍營反對，堅持到底時，還大大讚賞馬總統是一位「君子」。李總統也鼓勵賴幸媛接受委任。在二〇一〇年九月出版的《海峽風雲的強與弛》一書中，賴幸媛公開當時李總統對她說的話：「你若接下陸委會主委，將會受盡攻擊，但你一定要為國家去做，去挺過來，因為這個工作太重要了。」

那是二〇〇八年四月，到了二〇一一年初，李登輝成了攻擊馬英九最嚴厲者之一。

當時的立場是美麗的錯誤嗎？

維基解密二〇一一年中公佈的談話資料中，李總統向ＡＩＴ的處長表示，他對馬英九親中不

滿，曾經要他的子弟兵賴幸媛辭去陸委會主委，「但是她不肯」。

我詢問賴幸媛是否真有此事。

她一頭霧水。這天，是二〇一一年九月二十一日，距離李總統與ＡＩＴ官員談話的日子已經很久。「他從來沒有叫我辭職，從來沒有。」賴幸媛斬釘截鐵回答。

反覆兩面手法，以說謊推脫來自我保護的習性，這是我長期接觸李先生的親身感受。賴幸媛的話，並不意外。

李登輝總統的眼裡，資源、鈔票和權力至上，他是永遠的當權派之友。曾幾何時，眼看民進黨弱勢，他不惜與之切割；如今民進黨稍有起色，又回頭和蔡英文聯盟。和李總統共事或密切工作過的幕僚看多了，他說，年事已長，老先生不甘寂寞，「隨他說吧」。

問題是，什麼叫「賣台」？

九二共識，一中各表？

蔡英文接受週刊專訪都承認了，他做生意的父親，生前問她什麼是「九二共識」？女兒花了一個多小時解釋，蔡爸爸的結論是：聽沒有，搞不清楚。

蔡英文沒說明的，是後面四個字，「一中各表」。

政治是藝術，是生存的途徑，是制敵的轉圜。以前，對政治的灰色地帶，也有許多迷惑，後來有一次，我和李遠哲先生會面，請教他科學家如何看政治？

李院長的回答是一個故事。他說，有一次赴耶路撒冷訪問，他和市長見面，問到對方這個城市百年近千年的歷史恩怨，如何解決。

蔡英文應學習與問題共處

「出乎我的意料。」李院長說，那位市長解釋，他們和萬端複雜的政治、宗教、種族紛爭和平相處，與問題共存；不解決，就是最佳的解決。

「這就是政治人物與科學家不一樣的地方，科學家嘗試解決所有的問題；政治人物試圖與問題共存。」李院長做了結論。

李遠哲先生是鼓勵蔡英文參選黨主席的益友，或許，在與問題和平相處的基礎上，他應該勸告蔡英文看待「九二共識，一中各表」，多一些中國領導人領導文化的理解，以及政治問題無解似解的本質上的認知。

果真如此，蔡英文就不會掉進她自己一手挖掘的政治墳墓，「台灣意識」的無底洞之懸崖危境。

我閱讀辜振甫先生的書籍，及若干參與九二會談人士的談話，若簽訂ＥＣＦＡ是賣台，李登輝任內從無到有與中共方面的諸多協議；蔡英文做陸委會主委也處理了若干兩岸事務，那時候，中國共產黨公開認同了台灣是一個主權國家嗎？

從李總統時代開始，模糊策略，雙方各退一步，就是中台和平共存的基調。「九二共識，一中各表」口頭上柔性定案，是胡錦濤與美國總統布希二〇〇八年三月二十七日，馬英九當選不到一週時，中美兩國元首互通熱線電話間接的約定。之前的三月二十三日，總統當選人馬英九召開記者會，宣告以「擱置爭議」為前提，要與中共展開協談。

中國領導當局需要面子，需要說服集體領導圈子同志們的支持，他們不能承認台灣是主權獨立國家，有著維護主權尊嚴，國土完整的責任；另一方面，他們又理解世界和解趨勢，及戰略上台灣與美日兩國長期交往的特殊地位。中共要為自己解套，中美建交公報上說的，「了解海峽兩岸人民都說只有一個中國」的美國老大哥，是最好的中間人第三者。

布胡熱線底定「一中」雙方定義不同

胡布熱線對話對外報導，是中共官方媒體新華社的獨家，雙方並未否認。局勢至此，任何一位台灣的國家領導人聞不到這個味道，聽不出其中的弦外之音，豈不是政治智障？

「九二共識」不僅不是不存在，還存在於美國國家白宮電話紀錄檔案裡。將來的某一天，維基解密也許可以證明。

新華社的新聞報導中，台灣政界感到特殊的用詞，不在「九二共識」，而是胡錦濤向布希解釋，「在『九二共識』的基礎上，雙方都承認『一個中國』，但雙方定義不同……」。這句「雙方定義不同」，底定了我方要的「一中各表」。

日後在中國大陸內部，胡錦濤不講最後這六個字，雙方定義不同，也避免「一中各表」，只談

「九二共識」，是共產黨一慣的內部政治操作。

馬英九眼見機不可失，打蛇隨棍上，還沒上任，副總統當選人蕭萬長立即在二〇〇八年四月初，前往出席十二日到十五日在大陸海南島舉行的「博鰲論壇」。

胡錦濤和蕭副總統當選人會面，史上又一新頁。

蕭萬長奉馬英九和核心指示，帶給胡主席十六個字，「正視現實，開創未來，擱置爭議，共創雙贏」。

論壇後，兩岸正面評價的氣氛升高，二〇〇八年四月二十六日，我方海基會主動致函大陸海協會，提議重開商談門戶。馬政府又一次伸出友善之手。

「擱置爭議」，出自鄧小平語錄

同時間，連戰以榮譽主席身分走訪北京，〇八年四月二十九日第四度和胡錦濤會面。胡錦濤趁機回覆了「建立互信，求同存異，擱置爭議，共創雙贏」十六個字改善兩岸關係。

中共當局向連戰說出認同蕭萬長傳話的「擱置爭議，共創雙贏」八個字，意涵不言可喻；雙方以黨為平台，傳達回信的堅持，是中共高層長年訓練的精髓表現。

「擱置爭議」，是擱置什麼爭議？賴幸媛回答，當然就是主權爭議；雙方心照不宣。

擱置爭議，不是馬蕭胡等人的創意。早在鄧小平時期，推動改革，說了許多鮮活的話，比方，

「摸著石頭過河」；「黑貓白貓能抓老鼠的就是好貓」，胡耀邦提出，鄧小平強化的「實踐是檢驗真理的唯一標準」，以及「看情況辦」等。「擱置爭議」是他對南海主權爭端提出的不解決就是解決的方案。當時他提出了九個字，「主權屬我，擱置爭議，共同開發」。

胡錦濤有名的謹慎；據說他的公開談話，每一段，都要有前朝領導的語錄才行。有一次一位幕僚小心認真寫了一分講稿，每一個重點，都註明出處，以免胡先生不放心。

演講稿回批下來，大致過關，只有一個地方，旁邊胡錦濤加了兩個字和一個問號：「出處？」接受「擱置爭議，共創雙贏」，馬胡當局用心之微妙，可以想像。尤其，「擱置爭議」，為我方先提，內中的意涵，也是政治機密。

擱置什麼？馬英九和胡錦濤都沒講出小平同志前面那四個字：「主權屬我」。

「求同存異」，周恩來的創意

「求同存異」也不是胡主席發明的。一九五五年，周恩來在亞非萬隆會議上提出「求同存異」的方針。據中共官方說法，周恩來的創新，使得萬隆會議的精神「最終導致了一九六一年不結盟運動的興起」。值得注意的是，「求同存異」的意思，當時周恩來指明這四個字時，加以解釋說，「求同存異」，不是目標，而是「為目標服務」。

胡主席說出口的，和沒有說出口的，馬英九應該都聽到也看到了。

就這樣，馬胡開啟了兩岸另一番景象的交流。雙方在二〇一〇年六月二十九日簽訂ＥＣＦＡ；大陸客來台的商機，雙邊和諧的關係逐步加溫。中華民國還叫中華民國，中華民國護照從五十四國增為一百二十四個國家認可入境免簽，都是這幾年的發展。

這不僅不是賣台，是愛台。

只可惜馬英九政府官員講不清楚，說不明白，面對質疑不能理直氣壯。

三、馬賣台？李扁宋都跟老共玩「婚外情」！

李登輝派親近密使和楊尚昆北京見面

李總統任內，不只一次派遣代表人蘇志誠及鄭淑敏到香港，由南懷瑾等人牽線，和江澤民親信中共中央辦公廳主任曾慶紅會面，次數超過一次，不少人揭秘，連相關照片都公諸大眾，已是李先生無法否認的事實。

國人不周知的，是在與江澤民建立連絡管道之前，李總統在幕僚建議安排下，派出他十分信任的國統會曾姓委員，及一位極高層政府主管，連袂輾轉由中共軍方導引，進入天安門前的人民大會堂，與當時的中國國家主席楊尚昆會晤，中共國家檔案不會沒有紀錄；我方的總統府國安會裡，應該也保有這些未解密的會談紀錄和會面照片檔案。

這位國統會人士，據了解是曾永賢先生。年輕時，在日本加入共青團的曾永賢，有著透析共產黨的親身經驗和研究，一直是李總統大陸政策倚重的幕僚。他在《從左到右六十年》口述歷史中，暗示了這段會面的祕密任務。

書籍出版未久，台灣一家報紙記者據此，撰寫了一則兩岸高層諜報式的會面，並沒有指明是那些人。

我的理解，楊尚昆與李總統親信會見的安排，透過日本、香港方面進行；對方事前十分縝密的調查資料，特別從海外調回一位和我方高層相識的老友返回北京，和楊尚昆一起會見台灣的代表，也可擔當辨識者的角色。

我方密使為避耳目，由中方引導迂迴前去北京。那次會面，氣氛甚佳。與曾永賢同行者，據傳為曾位居國安會副秘書長的張榮豐先生。

張榮豐從不公開談論他的公務細節。二〇〇三年辭去公職後，以一介平民為樂，婉拒回憶政壇種種的要求。當然無從證實他是否和曾永賢先生進行過一次天大地大的祕密訪問。

不過，在張榮豐個人資訊解讀的網路維基百科上，直到二〇一一年九月下旬，卻有這一段話：「他累積十多年的兩岸關係實務經驗，亦多次擔任密使前往中國大陸與中共人士（例如葉劍英次子葉選寧、楊尚昆等人）密會，是李登輝時期兩岸議題作戰官，被譽為『國家安全守護神』」。

楊尚昆與台灣政界人士會面，一九八九到九二年，他當政時，並不少見。做過中央選委會主委的黃石城先生，曾於二〇〇七年公開他為李總統做「密使」，和楊尚昆見過三次面的祕聞。

黃石城的密使說，過於誇大了自己的角色。那時代，他是李總統的好友是實，大陸政策上恐怕難有發言餘地。他和楊尚昆會面，和曾永賢與張榮豐的分量，不能相提並論。

兩岸高層會面，近來已是常態，蕭胡會、連胡會，形成了雙方正大光明交流的友善經典畫面。回到那個禁忌處處的李總統時代，由他主控的兩岸政策，動輒給異議者扣上賣台叛國的紅帽子。如今，驀然回首，體制外的私房幕僚團主導兩岸政策，無公職的友人穿梭於台北、北京，李總統任內將國家當成自己家的治理作為，清楚明確。他指控附和民進黨人的馬英九賣台說的基礎，不知何在。

李先念女婿九二年訪台，現今解放軍當紅將領

中共元老李先念的女婿劉亞洲祕密訪台，是一九九二年的事。沒有當時台灣方面李總統首肯，中共軍方高層默許，無法成行。

李先念曾任國家主席，女婿是知名的文人將軍。這位中共人民解放軍的天才型紅人劉亞洲，至今仍是前景可觀的將領級人物。台灣媒體曾經報導過這段秘辛，並無後續追蹤。

這位劉亞洲先生和葉劍英之子葉選寧的祕密訪台，反映了那時期兩岸急於理解對方的必要。據了解，李總統的幕僚團成員，通過香港方面的管道，和人民解放軍不同層級，都有接觸，也成為互相尊敬的益友。

強調空軍戰力的劉亞洲，位居人民解放軍高層，二〇〇九年從空軍副政委，調任國防大學政委，被認為是獲肯定的一次晉升。劉亞洲才情橫溢，他是文人也是軍事戰略專家，在大陸知識分子圈非常受到尊重。他擅長寫作，小說、論述無所不寫，《西部論》一書氣勢磅薄，聞名黨政軍學界。是一位著作等身，影響力大，前途光亮的中生代將領。

個人條件好，又有著太子黨的良好人際關係，一般相信，二〇一二年中共十八大後，他在軍方

位階再向上發展的可能性極高。

劉亞洲曾撰文對台灣問題提出見解，被認為是統戰第一高手。據大陸問題專家寫作的訊息指出，二〇〇四年陳水扁連任成功，扁宋會，宋楚瑜代扁探測陳胡會的可能性前後，劉亞洲撰寫報告提交軍委主席胡錦濤，建議與台灣不同黨派全面接觸，促成中共黨中央邀請陳水扁、連戰、宋楚瑜、郁慕明等朝野領袖訪問大陸的決議。

劉亞洲曾提出以「一國兩治」取代「一國兩制」解決台灣問題的主張。他建議的新的統一模式，是「分而不離，合而不併」。這位有著訪台經驗的將軍認定，一旦台海發生戰爭，美國一定介入。

他還大膽預言二〇一〇年到二〇二〇年，中國大陸必然面臨政治改革的轉變，他個人政治地位的牽動，值得注意。

李登輝亂講話，摧毀幕僚群一手兩岸好牌

一九九二年到一九九三、九四年間，李總統個人領導風格強烈，加上台灣改革之聲高昂，藉著修憲重新定位中共政權；設立國統會、制定國統綱領、成立陸委會、海基會連串措施，加上密使互訪，大陸特定人士來台等，為中國大陸當政者及台灣當局，建立了可以發展進一步關係的契機。

九二年香港會談，在一個中國的內涵上，雙方進行討論，各有堅持；仍然積極正面完成九三年辜汪

一次會談的創舉，再度為大陸和台灣之間關係互動，開啟了想像空間極大的未來。

這期間，官員幕僚，尤其是冒生命危險來往兩岸的親信付出了極多心血和智力。

只不過，一九九五年李總統出訪美國，在康乃爾大學發表演說，多次提及中華民國國名，觸怒中共鷹派人士。據說，江澤民和曾慶紅等高層壓力不小，與台灣的祕密溝通才有了節制。

九六年導彈危機，李總統嘲諷對岸打啞吧彈，造成一名我方臥底將軍遇難；李總統當上民選總統志得意滿，眼看對岸並無友善舉動，乾脆在九六年九月十四日正式宣佈戒急用忍政策，以法令禁止台商赴大陸投資。

這段時間的李總統，目睹一九八九年天安門事件電視新聞實況報導，堅信這樣的政權必然崩潰。然而，歷經慘痛教訓和改革開放政策是否持續的猶疑後，鄧小平務實的發表一九九二年南巡講話，確定股分制改革，強調建設有中國特色的社會主義國家的決心。

自此，中國大陸的經濟開始向前移動；一九九九年後，加足馬力一飛沖天。

「戒急用忍」並沒有割斷大陸外來投資的活水。歐美國家相繼以大陸為資金投入之地，「金磚四國」暴紅，其中一個就是磚塊這一英文字bric裡的C，中華人民共和國。

務實為主軸的大陸當局，也決定與台灣再開展關係。九八年辜汪二次會談，辜振甫率領的我方代表團，結束上海會談，還前往北京，在釣魚台國賓館的芳菲苑會見了江澤民主席。

政治深似大海的北京，對台灣的態度和戰術，這時，顯然和諧氣氛又佔上風，鴿派較有發言權。

九九年下半年，汪道涵回訪台灣正在安排中，李總統沒有從啞彈事件不當發言學到教訓，改不了他喜歡自吹自擂的壞習慣，不聽幕僚勸止，向德國媒體發表「兩國論」。

十年努力就此告終。二〇〇〇年五月二十日李總統交出政權，他退而不休，以台獨教父自居，講話更不知控制，隨心所欲就給人戴上賣台不愛台灣的指控。

陳水扁一廂情願的陳胡會

民進黨人大都聽說過，陳水扁萬古流芳的最方便途徑，是站在天安門前和中國共產黨領導人面對面。

這個建議，原本出自譏諷，陳水扁卻當成正事、一往情深。

陳水扁曾訪問大陸，並且親赴北京天安門，了解天安門皇朝時代就建起的宏偉之氣。

在他向我描述他可能與胡錦濤主席世紀性會面的計劃時，他充滿了自信。那一陣子，有人說，陳總統貧家之子，打倒國民黨，連選連任，不可一世，他將超越那位曾被他批為「老番顛」的台灣民主之父李登輝，成為世界級偉人。和中共領導人見面，訪問中國大陸，是他諾貝爾和平獎領獎的紅地毯。

扁宋會就是這樣來的。兩人各懷目的。據說，扁承諾宋一旦代為安排成功陳胡會，將邀請宋先生出任閣揆。我沒有證實。

連戰陣營得知了這個消息；胡主席探知了這個情報。

同時期，中共當局對外宣佈，歡迎各黨派領袖訪中，包括陳水扁、連戰、宋楚瑜、和郁慕明。陰錯陽差，連主席搶到先機，二〇〇五年四月二十六日他啟程赴中國大陸，進行和平之旅。這天起，連戰展開了他政治生命的第二春，中國大陸是他的福地。到現在他仍定期往訪大陸，連戰也過了一段在大陸深受好評的風光日子。

宋主席陰溝裡翻船，至今藍營支持者仍有許多人不諒解他與陳水扁和解。

宋楚瑜在大陸複製「宋省長經驗」不成

個性堅毅、政治生涯大波大浪的宋楚瑜先生，與陳水扁會面的默契成為一片煙雲後，並未被打倒。宋省長政績是他自信深厚的資產；選舉是他重回政壇的途徑。

二〇〇六年台北市長一役失敗，沒有說服他台灣不存在第三勢力，藍綠和解是空話的政治現實；二〇一二年總統大選，看到馬英九人氣滑落的機會，他意圖參與總統大位競逐。

褒貶之聲紛至沓來，宋楚瑜吶喊之聲仍然高昂。他的鬥志，我長期觀察，眼見他一人之下，從蔣李時代權威高掌的呼風喚雨，再目睹兩度總統大選失敗，委屈求全的堅忍，到他與後輩郝龍斌競選台北市長敗下陣的落寞，對他強悍不認輸的毅力不能不感動。

宋楚瑜的挫敗感，除了在台灣內部，大陸那個稱許宋主席為友黨領導人的國度，也是半個傷心地。

未公開的消息指出，宋楚瑜在二〇〇八年馬英九大獲全勝後，明白台灣已無他施展長才空間。往昔幕僚建議，宋省長設法試圖打通中國大陸找機會。

宋主席返回出生地湖南，海協會會長陳雲林一路相陪，他不掩感激。更進一步的，據說，他在等待中國領導當局核准一項大膽的計劃，那是撥出一個地區，請宋先生全權管轄治理，複製台灣人民懷念不已的宋省長經驗。這個腹案，是宋先生幕僚的創意。

我聽說這個消息，是二〇〇九年下半年左右；依我的本能反應，實現的可能性不高；不知道是那一位幕僚的提議，我認為這是害宋主席政治自殺的企劃案。

北京的朋友告訴我，中國大陸方面想借鏡宋先生省長時期治水的能耐，學習觀摩。複製宋省長小台灣？

不可能。「老共沒有那麼天真。」

兩年過去了，這個浪漫多於實際的夢想，始終沒有成真。宋省長二〇一一年中，又積極編織他熟悉的選舉大夢去了。

宋先生或許已有所聞，他和馬英九對立，爭取競選總統的新聞，因為「成事不足，敗事有餘」，已讓過去的「友黨主席宋楚瑜」，變成大陸關心台灣的人士們，口中幾乎無一不贊同的「攪局者」。不過，中共官方口徑一致，不對宋楚瑜可能參選一事提出評論。對待台灣的政治角力，中共的基本態度，是與各方勢力保持等距關係；隨時準備和勝出的一方打交道，維護本身的最高目標和利益。傳話給宋楚瑜，請他不要參加選舉以免傷害馬英九選情的流言，真實性十分不可靠。

四、「和而不同，和而求同」，蔡英文大陸政策的密碼？

「共產黨會找出方法」

這話，是民進黨輔選幹部的回答。

當時，我請教這位年輕世代的黨工，民進黨要拿到政權，必須向台體全國人民證明，她有和中國大陸當局和諧相處，推進兩岸不能停止交流的能力。他回答說：「共產黨會找出方法。」

很明確的，這是台灣大約一百到一百五十萬的中間選民，關鍵性選舉時做抉擇的指標。政治體制雙方維持現狀，互相尊重，又能展現互動的流暢，及爭取台灣經濟活水自大陸流入的契機；這些，簡單說，是台灣社會目前可以共同接受的中間政治立場。民進黨和國民黨都明白。總統大選雙方勝負拉鋸戰時，取得這一核心觀點的選民選票支持，是唯一制勝法寶。

不論台獨叫得多響亮；意識型態文宣如何割裂族群感情；對中國大陸人士反感的營造如何扭曲，民進黨人私下都理解，治理，是政府的主體使命；民進黨長期讓人不放心的主因，即是不能安穩順暢和日益強大的中華人民共和國正常來往。

台灣意識明明無法完成立法，卻要自欺欺人，從台灣喊到國外？

真正的關鍵，在「和而不同，和而求同」，這位黨工笑的微妙；他提醒我，一旦民進黨獲勝，老共一定會想辦法和既成事實的民進黨執政者展開交流。

這八個字，在「十年政綱」推出之前，由蔡英文提出。八個字的精華，民進黨人認為，吻合胡錦濤多次提出的「求同存異」。

蔡英文公開說過：「不要和台灣衝突，大陸真的要好好想一想了。」話中，也有中共會找出與下一個執政的民進黨政府交流的途徑的信心。

「十年政綱」未否決「九二共識」

相同的問題，我和大陸朋友交換意見。

「跟你說，中南海當然早就準備好各種版本的方法，對付民進黨啦！」這位中共核心方面都有至交的高層，有著大陸新生代菁英的自信和較強硬態度。他和一位我在廣州結識的前軍方將領，明顯地都以超越，隨時作戰的心態看待與台灣的關係。

我不奇怪，也理解他們效忠國家的赤忱。

「如何跟民進黨來往呢？若是以選前否認「九二共識」的政見，奪下政權；民進黨政府更不可能返回一中各表的彈性？」

北京的朋友思忖了幾十秒。「等著吧！蔡英文到時候會被大陸玩死！」

有沒有另闢渠道的可能？另一位關心台灣政情的大陸友人注意到了蔡英文的「十年政綱」中，

並沒有否決「九二共識」的文字的奧妙。

二〇一一年九月中，維基解密大陸篇的機密談話內容，及美國女性學者葛來儀發表的談話，都指出，中國大陸國台辦主任王毅說過類似的話。

國台辦立刻否認了王毅說法的真實性；真真假假中，台灣選民怎麼評分才是重點。

反ＥＣＦＡ，作繭自縛？彈性調整？

真正的困難，對一個二〇一二年想像中的中華民國總統蔡英文女士而言，是「蔡總統」如何既延續ＥＣＦＡ的有效運作，又不接受「九二共識」內含「一中各表」的精髓。

ＥＣＦＡ是現實。雙英辯論時，蔡英文應該沒有料到自己會有參選總統的機會和資格，否則，擁有法學博士，在英國名校受訓練的她，在政策主張的辯論會上，毫不留空間給自己，是絕對的不及格。

國民黨抓著這一點追纏蔡英文，是必然的選擇。報紙上三番幾次將她完全否定ＥＣＦＡ到競選時的隨時檢視，做成比對表格，反證了馬英九競選大將指她「翻來覆去，一廂情願」的真實性。

民進黨二〇一二年總統選舉，敗在處理大陸政策不被信賴，是很可能的結果。

蔡英文關於民進黨二〇一二年若執政後，對待ＥＣＦＡ的態度，前後矛盾，無法自圓其說，有媒體報導為證。二〇一〇年四月二十七日，她面對電子媒體，談ＥＣＦＡ，強調：「馬政府若執意簽訂ECFA，二〇一二年一旦民進黨執政，將發動公投廢止。」

三個月後，七月二十六日，接受平面媒體訪問，蔡英文說ECFA是好是壞，應由人民決定。

之後形勢改變，從蔡主席要爭取蔡總統了，她對ECFA的態度，有了不同的回應。這是二〇一一年三月二十一日。蔡英文在民進黨總統候選人提名初選政見發表會上表示，「對ECFA的改變，絕不會橫柴入灶，會按照民主程序和民主規則進行。公投其實也是選項之一；但仍以行政，立法互動及凝聚共識為主要方法。」

到了同年的八月二十三日，確定搶下總統候選人資格，她對ECFA不再是一年前的完全否定了。蔡英文發表的「十年政綱」政見中，對大陸政策提及ECFA，公開改變批判馬英九ECFA賣台，政見指出，「ECFA已簽署實施，成為台灣的對外協議，後續處理必須從國家整體利益審慎檢視，人民會判斷ECFA有沒有公投的必要，要不要發動是人民的決定。」

顯然，選舉開打，蔡英文感受到了民間支持ECFA的力道。

前往美國訪問，她處理ECFA的立場受到注目。二〇一一年九月十三日，和美國智庫學者專家會談，她說，民進黨重新執政後，「會定期檢視ECFA對我國經濟的衝擊，若需要修正調整，將依民主程序和國際貿易規範」。

不食人間煙火的ECFA觀

話愈說愈複雜，問題愈拋愈棘手。定期檢視的對外協議，會讓依據協議進行商業活動的相關商人、平民、政府官員，對方國家和世界其他國家及人員，如何規劃投資和企業擴展計劃？隨口一句話，一個政治性的主張，將會導致成千數萬人，處在高度不確定感的危險和疑慮當中，關係多少人的家計生機？

蔡英文難道以為，她還是那個什麼事，都有父母姊姊善後照顧的蔡家小么女嗎？

蔡英文自小到大，飯來張口，茶來伸手，到了唸大學，還是帶著媽媽做的便當上學；她當上主席接受訪問時，很自豪說到母親的優點，回憶高中畢業後，考上駕照，剛開車不熟練，第一天就撞上了公共汽車。之後，媽媽坐在駕駛座旁陪著她，指導兼打氣，才讓她練就了獨立駕駛的勇氣。

不食人間煙火，被寵愛大半生的寶貝，聽爸爸話學法律，聽李登輝指示研究「兩國論」，再壞的總統她都不願公開批判，凡事得過且過，不用心思考，不認真打拚，不表明立場，不說清楚意見；這樣的富家千金，也許是一位可以聊天相伴的鄰居好姊妹；做總統，尤其是處境艱困、敏感複雜的台灣這樣一個國家的領導人？這個答案，同黨大老蘇貞昌的行動，應該就是答案。

「台灣共識」愈說愈難懂，立法難度極高

「台灣共識」？這四個字的內涵，若是進行民調做定義解釋，我的朋友親戚，沒有人不認為，就是維持現狀，不統不獨不武。

馬政府不就這樣宣告了？老共也沒有大聲抗議反對嗎？

謝長廷嘴裡學者性格濃厚的蔡英文提出的台灣共識，比較像博士論文題目。

她說，台灣意識要像台美關係的美方法源「台灣關係法」一樣，通過立法成為政黨輪替都不能變動的法案。

不僅要立法，還要修憲，要公投。當前在台灣修憲之困難，蔡英文不是不了解，做不到硬要說，空中樓閣的疑點，危險性極大。

更何況還有意識型態的問題。

蔡英文向美國人解釋「台灣共識」，比喻為「台灣關係法」後，又做了幾番詮譯。記者追問，她說台灣共識的內涵，由台灣人民決定，任何選項，民進黨政府都要接受人民最後公投結果。任何選項，包括統一嗎？

蔡英文給了正面答案。

民進黨修正說，統一不是民進黨的選項。

台灣共識能不能再說清楚？問題愈來愈深入，蔡英文的回答是，這是一個動態的過程。

動態到要多久？動態到靜止獲得結論時，中國大陸和台灣的關係，如何定位？已完成的協訂協商以什麼基礎進行？動態過程中，民進黨政府既已否決「九二共識」；台灣共識完成立法前，兩岸交流互動，暫時冷凍嗎？

我沒看到記者繼續詢問的報導；也相信這些問題，以蔡主席的性格和一貫模式，應該不會回覆具體有內容的答案。

新潮流與中共的私交，蔡英文知道多少？

民進黨內新潮流系對中國大陸政策，彈性高、友善度強，黨內皆有認知。二〇一一年維基解密的文件中，也揭露了新潮流重量級黨員洪奇昌證實，該潮流人員自一九九七年起即與中共交往，建立商業互利關係的事實。

更值得關注的是，洪奇昌當年赴大陸，奉的是新潮流大老吳乃仁之命；而蔡英文二〇一二年大選競選總提調，正是吳乃仁。

怪不得，黨工中早就有人指出，乃公多次在黨內表示，陸客來台是好事，不必反對。同一派系的南霸天高雄市長陳菊，爭取大陸隊參與她主辦的世大運，二〇〇九年五月親身赴中國大陸，得到鞏固地位的超高回報，黨內同志看在眼中。

中共當局對台事務官員經常討論民進黨人來往中台的旅行故事；陳菊勇於在北京和北京市長會面，公開講到「中央政府馬總統」，在綠營裡是功勛，備受贊譽。大陸對台業務官員倒是從不忘記強調，「事後，陳菊有跟我們方面道歉。」

話語中，似乎有些氣憤被陳菊利用的惱怒。也有消息指稱，陳菊已失去中共信賴，列為拒絕來往戶。

這些種種，會是民進黨總統候選人蔡英文的資產，還是負債？是她為綠營選票施展兩面手法的反證嗎？還是，她根本不知道她應該有什麼大陸政策，被牽著鼻子走的習慣？

蔡英文大陸政策起草人之一的陳忠信，來去大陸自如自在，代表了什麼？答案或許不比提問重要。

五、她是誰？北京官方與民間也都對蔡英文很好奇

台獨三女將

蔡英文是什麼人啊？

自從五都選舉，蔡英文可能爭取民進黨總統候選人，成為大陸不少菁英階層觀看的鳳凰衛視新聞台報導重點後，每赴大陸，不論在北京、或者商業之都上海、河南的鄭州、湖南長沙，總是有初結識的友人，得知我來自台灣的背景，立即追問一句：「你認識蔡英文嗎？她是什麼人啊？」

跟台灣事務有關的人士，對蔡英文的影像不陌生。其中有官員注意到，競選期間在新北市拉票，「不少年輕人還滿喜歡她的！」

台辦官員認識蔡英文是她主掌陸委會時期。二〇〇〇年六月，陳水扁釋善意，說可以接受「九二共識」，第二天被蔡主委否決，新仇加「兩國論」研究者的舊恨，蔡英文被中共方面冠上了「台獨三女將」的稱號。

另外兩位，是大名遠播的呂秀蓮前副總統，和前僑委會主委張富美。

她的女性柔和形象，可能騙倒老共嗎？

研究台灣問題的學者，和年輕開明的官員中，有人說她形象柔和，「好像可以溝通」；日子久了，蔡英文正式成為總統候選人，對大陸態度愈來愈強硬，中方官員的印象，也隨之變化；她去美國一趟，民進黨自許成功無比的新聞密集播出後，我聽到了「那個瘋婆娘似的女人」的負面字眼。情緒性的批判，與蔡英文威脅藍營候選人馬英九選舉勝算的支持度，成為正比。

來訪過台灣，深度理解台灣面貌的一位資深共產黨員朋友，不認為蔡英文當選，兩岸情勢不穩足以堪慮。

他相信商業利益的鉅大力量，強過虛擬的意識型態。「大局趨勢決定一切，蔡英文也掀動不起波瀾」，他說。

看綠營人，中共中央的困擾：為什麼他們不領情？

有意思的是，從不否認對台灣以商圍政，以讓利的金錢交易，攏絡台灣民眾友善看待中國共黨的大陸官方人士，最近一年共同透露的訊息，是「為什麼南部的綠營支持者不領我們買水果，花錢解決他們農產品滯銷問題的真情」？

聽多了，我回過頭來問民進黨人士。

「他們當然都知道老共的意圖啊！」

多數民進黨人都有居住在南部地區的親友，「我舅舅家的水果，就賣給了他們，」一位黨工這樣說。

舅舅也理解這是變相賄賂，「有錢賺有什麼不好」？

不只用錢買東西。大陸官方代表團來台，到中南部和民進黨執政的鄉鎮市長、基層政治人物會面，喝酒唱歌聊天，把手言歡，開心無比的故事層出不窮。

據說，關心綠營支持者不領情最深切的，是濤哥，胡主席。

近來，他的親信幕僚接受建議，透過國民黨平台購買農民產品的利潤，被政客居中佔有了，好意無法直接送達人民手中的可能性高，轉而設法直接到產地採購，不放棄與民進黨人搏感情的努力。成果如何，還有待事實檢驗。

六、中共第五代接班人：習近平與李克強

台灣人人談政治，琅琅上口；大陸不亞於寶島，尤其是出租車師傅。這也與台灣一致，我們的計程車司機大哥小弟的政治熱，近年雖然降溫，卻仍是這一行業人士毫不生疏的議題。

在北京搭出租車，繞著天安門附近北海、長安路前後走；左邊，吳儀前副總理的住宅；右邊，某一高官的姻親霸著的大房子；習近平太子要接班了；李克強準總理，胡主席力挺的人才。聽大陸基層人士聊政治，好像回到過去的台灣。

以前在台灣，媒體受制於執政者壓抑，許多政治秘聞都登不上大型報章電視新聞，小道及地下雜誌卻滿天飛，計程車就成了政治論壇。

大陸現今的情況，有類似翻版。這也成了我在大陸乘坐出租車的極大樂趣。習近平、李克強即將接班，問大陸出租車的師傅，肯定無人不知。

紅二代接班人習近平，台商口中的老友

習近平是和毛澤東主席同時代的革命元老習仲勛的兒子。一九四九年建立中華人民共和國後，

毛主席不斷發動政治運動，習仲勛遭陷害被鬥下放。原本在北京知名高幹子弟學校讀書的習近平，硬是情天闢靂小王子落難，人生大轉變。

文化大革命期間，他也落戶插隊，自我放逐到父親打游擊起家的陝西鄉下，和人民勞工生活在一起。

習太子在陝西沉澱學習的往事，二〇一二年底習總書記上任前，是當地的佳話。二〇一一年五月我與友人赴中共聖都陝西延安遊覽，去了志丹縣。這一地方，紀念陝北紅軍創始人劉志丹先烈命名。劉志丹的戰友之一，即是習仲勛。那地方與中共下一位領袖，第五代接班人習近平的淵源，民眾津津樂道，與有榮焉的感情溢於言表。

以習近平為榮的，還包括我的台商好友。

「想當年習近平在廈門做市委副書記時，我和他每一個星期要一起吃好幾次的夜市小攤子。」在閩南一帶事業極成功的台商中，可能不只一位像這位友人一樣，和習近平有著哥倆好的過去。

習近平從廈門市委副書記到福建省長，一共駐紮了十七年。他任內與台灣台塑企業共商的海滄開發案、漳州發電廠，花了不少心思。後來雖被李登輝總統以開放國內石油部分市場給台塑而中止，台塑仍在海滄設立了一家醫院。我聽當地人說，醫院賠錢，但提供了醫療資源給福建鄉親，台塑與習近平都有功勞。

習近平為人低調，不允許家人張揚；金錢上的傳言，更是白紙一張。他的知名妻子，歌唱家彭麗媛女士，官拜將軍，卻在夫婿高位即將到手之際，益發隱退。過去每年春晚，在央視轉播現場，她高唱成名曲〈在希望的田野上〉的鏡頭，近年已不復見；汶川地震後，彭麗媛為賑災募款出場演唱，驚鴻一瞥，效果奇佳。

大陸的高官，深信沉默是金的道理，他們叫做「夾著尾巴做人」。胡錦濤上任前，熬了十年。鄧小平指定的第三代接班人江澤民功成退休後，才穩住了小平同志隔代指定的他第四代接班人的地位。這種功力及涵養，在政治惡水艱險的北京，不是一般人的能耐。

習近平的忍功，從年少時父親被鬥、文革下放就得到歷練。到了二〇〇五年中共十七大，由江澤民派系力保，指定他接班胡錦濤，直至二〇一二年十一月中共十八大後正式如願，也熬了五年。

這其間，關於他和共青團派系李克強兩人角逐領導人的傳聞，從未斷過。沉默，是習近平的最佳防衛。中共第十八屆全國代表大會上，從黨代表推選中央委員；中央委員到常委，到當上黨的最高領導人總書記，已經被公認為是定調的事實。這之前發生變化，政治權鬥的可能性，幾近於零。

習近平求學時期因政治運動干擾中斷，文革後急起直追，得到清華大學化學系學士，又攻讀了清華的博士學位。他的學歷不輸北大出身的小老弟李克強，是優勢；加上他為人身段柔軟、政敵少、友軍多，是政治勢力強出頭的各方所能接受的人選。

「習太子」也是大陸人廣泛認知的紅二代。但父親在世時剛正不阿，清廉節制的形象，始終不搖，對他的接班甚有博得基層人民好感的助益。

尤其是一九八九年前後的學運和政改風潮中，中共核心傳出的故事，是當鄧平小平要對改革過頭的胡耀邦動手時，有著陝北人俠義性格的習仲勛，曾經出言阻止。父親不畏禍及自身的道德勇氣，在知識階級的人士中，對習近平的大眾評價，多少也是加分。一九八九年鄧小平復出後，習仲勛獲平反派往廣東，治績也受稱道，對兒子接班亦有正面加持。

習近平百經錘鍊，明白進駐中南海前後，人和才能政通的必要。據報導，他在十七大後，就透過友人穿針引線，和鄧小平的長子鄧樸方表達友誼請罪之意，化解了老鄧和老習的恩怨，也安下了一手提拔他的江澤民夫婦的心。二〇一一年春，江主席身體狀況惡化消息傳出，各種小道傳言滿天滿地流竄；人們關心的，除了江老先生的安危，也和習近平能否順利接任有關。之後十月十日，江澤民公開露面，更底定了習的地位。

當前情勢顯示，習李體制，衝刺下一個十年，中國大陸有錢更有錢，已是不移的目標。習主席比任何一屆領導人都要了解台灣的福建經驗，會改變中共當局對台灣問題的立場嗎？大陸民眾口中「根正苗紅」的習近平，早早就發表過承襲鄧小平同志氣息的談話。浸潤在資本市場環境近二十年的他，更強調，「實力最重要」。可以預見，所謂賄賂台灣人的誘之以利，以民逼官的統戰路徑，只會更強化。

習主席的對台鈔票牌，是馬英九和蔡英文的嚴肅考題。

北大幫務實的共青團李克強

習近平的恩人是江澤民；李克強的伯樂則是胡錦濤。習、李兩人都有博士學位；一個清華，一個北大。在他們兩人接班十八大的傳言成為即將實現的真相前，長期競爭激烈的北京兩大名校清華大學與北京大學，政治地盤人馬的消長，也成了高級八卦。

最有名的一句話是，正在培訓中的北大下一代政府人才，至少有四百位。言下之意，清華人別驕傲，下一波，就是北大幫揚眉吐氣的日子。何況，習近平的姊姊習橋橋夫婦，都是北大光華管理學院ＥＭＢＡ班北大人，也算北大的光榮。

共青團是四十歲以下共產黨年輕黨員的組織，在大陸的共黨統一戰線活動中，擔當著吸收說服青年世代的重要使命。團派，是共青團培養的人才的代名詞。胡錦濤團派黨員，一路晉身受賞識到接班的經驗，更加深了共青團成員的信心與廣被接納的人脈。在大陸，共青團幹部，升遷三級跳，比一般黨員快速優越的待遇，也引發議論和團派以外人士的不滿。

我聽過一位非團派黨員說，「他們別神氣，胡錦濤下來了，團派也要問始萎縮了」的評論。

也因此，團派接班人李克強的重要性更為受到關注。

一九五五年出生的李克強，比習近平小二歲，生長年代和習近平幾乎重疊，也是文革下鄉後，大學高考考試恢復正常，才重拾書本返回校園的。他的父親是基層勞工，不如習仲勛有出生入死的革命建國貢獻，也屬於政治正確一族。

關於李克強的報導中，最有意思的，是他考上北大法律系，完成學士學位，又上了北大光華管理學院前身，得到經濟博士學位後，曾有機會拿到獎學金赴美國知名的哈佛大學深造，但他思索前後，終於放棄了。

李克強與蔡英文不約而同，選擇不到哈佛大學鍍金，雖是湊巧，卻因緣際會為自己登上中國大陸第二號政治領導人的高位，鋪陳了大大的通道，不能不說是深具遠見。

李克強的博士指導教授，大陸經濟政策指導大師厲以寧，師生相互輝映，更突顯了他學術氣質濃厚的特色。據相關消息指稱，李克強的妻子是大學英語教授，夫婦兩人經常連袂加強英語會話能力，與外國通曉英語訪客對話流利，是早年反美的中國大陸政治高層間少見的人士。

比忍功，李克強不亞於習近平；李太太程紅的長相與名字，鮮少出現在公眾場合。游得愈深、浮得愈高，這是人們看待大陸領導人的準則。習近平與李克強，代表了紅二代太子黨和共青團兩種不同勢力的利益，合則雙贏，是分析者的評價。

在他們身上，多少可以看到中國文化影響深奧的政治鬥爭基本哲學。傳統上，接班一次五年共兩任。未來十年，台灣的政治領導人，不論是那一政黨執政，都不能無視於習、李的動態。

政敵團隊，恐怖平衡

在習、李兩人即將登上北京政治舞台前，關於大陸共黨執政核心的集權制民主，利益均衡的分析，不在少數。「恐怖平衡」，「政敵團隊」的特點，更突出彰顯在習近平和李克強，一位黨政軍大權掌握者，和一位經濟發展推動列車舵手的身上。

政敵團隊，在民主體制國家，十分平常；也是美國總統，解放黑奴的林肯先生，倡議和解政治的具體實現。

美國政治學上的一本著名著作，即是以「政敵團隊」為名，描寫林肯政府的和解牌治理。習近平和李克強，兩人併肩合體；結合的前提，是共產黨一黨獨大，黨內兩大天王派系利益平衡妥協。

評論家稱之為民主美國的政敵團隊複製版。

在大眾觀瞻日益受到權力者重視，腐敗貪汙打不完，遭到人民痛恨的中國大陸。即使共黨專政，控制媒體嚴密，政治領導階級，仍不能避免要接受公眾檢驗。這樣的趨勢下，不同派系的官場組合，是勾結，還是競爭？值得觀察。

大勢已定：目標第二大經濟體，「變富了」最重要

還沒上任，習近平與李克強的政治任務就由黨中央立下目標：追求「十二五」計劃的確實實踐。這樣看來，李克強經濟背景的學識，近數年國務院常務副總理的訓練，應該擔當的是負荷較重的責任。不過，政治掛帥，不是空話。在二〇一二年的共產黨十八大及接續而來的十八大一中全會上，中共領導核心中央政治局常委成員，不論是目前的九人，或者可能減少的六人，如何在集體領導，公司董事會形式的股東制民主模式下，確保經濟成長全速前進；在超越德國、日本，逼近美國的雄心下，站穩世界第二大經濟體強國地位，必然是不移的使命。

經濟成長，全國GDP跟人均GDP是什麼關係？貧富懸殊愈來愈大到難以想像，怎麼解決？我聽到的解釋是，不是問題，先讓大家都富了再說。

過去十年，很多人都富了；莫名其妙富了的故事，處處都隨時在發生。「先讓大家都富了」，在今日中國大陸，是目標，不是天方夜譚。

七、美國老大哥

金溥聰搶先蔡英文赴美，參加造勢比賽，事前若是民進黨輔選精明的老將沒有猜到，那可真是有失選舉高手的一世英名了。

維基解密二〇一一年八月三十日，將美國在台協會的台灣政情報告祕密版，一則接一則，藍綠公平的解密曝光在網路上，精彩絕倫之餘，我的兩岸友人，都不認為這與金、蔡陣營訪美時機如此接近的操作，只是巧合。

蔡、金美國行的內幕

金溥聰訪美，安排的時間，與早先一步公佈的蔡英文美國行相重疊，目的真如蘇貞昌所評，是「來亂的嗎」？

我和我的友人們也有懷疑。

「是老美早就希望有一位馬英九的親信，能直接轉話，傳話的親信到美國一趟，和相關美國主管官員，好好『交代』馬政府的大陸政策的時候了。」我曾主跑外交多年，一一年八月中旬前去美國華府，紐約及波士頓等地，也和官方及學者專家會面，理解到美中台三方角力，各自保護己方利益的底線下，這番金溥聰美國行祕密任務推論的可能性極高。

金溥聰超激情的演出，說不定還有故做掩護的用意。

台美雖無邦交，美國在台協會向國務院負責的實質角色，和一般駐外使館無異。馬英九是美國訓練的法學博士，還一度是永久居民，長女維中是美籍公民；老美卻極苦悶於他上任後，與胡錦濤老哥之間眉來眼去，簽下ECFA的細節種種，弄不出有美國角色的情報。眼看二〇一二年大選在即，美方內部情搜，我相信是馬英九連任可能性不低；主管東亞事務的副國務卿向國務卿報告最新政情時，美台間關係如何發展？有無默契？特別是與美國甚有淵源的馬英九方面，友善可靠的盟友地位，在他和胡主席互動中，存何想法？發展到什麼程度？

美要確定可以掌控馬英九

一連串的問號，在台協會人員靠吃飯聊天得不到的資訊，只好敦請馬總統派個分身來訪，好好交心了。馬英九已出任總統三年多，即使美方不開口，也了解選前與美國深入談談的必要。何況他派任的駐美代表是一位超級美國通。

我國駐美代表袁健生在美超過三十年，是華府通；他和馬總統私交公誼深厚，隨時通電話熱線的互信度，不輸金溥聰；畢竟長期駐美，有些話，還是要帶有馬英九本人的味道。

美台交情，特別是與國民黨人的交情，有長期的考驗，相見加強信任，另一方面讓老共駐美單位忙碌猜測寫報告，也是國際關係詭譎的正常鬥智現象。

金溥聰玩選戰遊戲一般的表現，我猜，老美中央情報局的人也會看傻眼。

蔡英文方面事先沒防到金小刀這一招，第一天被打得鼻青臉腫；回過神來，已是輕舟飛過萬重山。綠營只好靠親綠的電視台記者胡言亂語，硬是在美國做了幾則蔡的表現勝過金的報導，自我安慰一番。

赴美各自加強支持者的後續力，各有各的目的，還分勝與負嗎？金溥聰達到了抵銷蔡英文美國行媒體加持力道的目的，又完成密使任務，豈不一舉雙得，算失敗嗎？

真正的問題，蘇貞昌向楊甦棣說的正確，「蔡英文沒有能力領導」。

注意了，這話是「沒有能力領導」，而不是「沒有領導力」。沒有領導力，指的是她還有其他基本能力，比方，親和力、組織力、政策制定力、危機預防力、執行力，執行追蹤力等。沒有能力領導，意思是除了聽命行事，沒有其他的能耐。

我有一位朋友與蔡英文的父親是生意夥伴，兩家交誼匪淺。我問他，會投蔡英文嗎？他說，「她是個好人，好孩子，但是，做總統？」

他搖搖頭。

蔡英文牌?美學者對馬英九印象佳

大約是二〇一一年七月，我到台南看選情，約好國民黨的台南立委參選人蘇俊賓，在成大旁的小咖啡廳聊天。這家綠色系佈置為主調的典雅餐廳，生意奇好，據說是國民黨秘書長廖了以的女兒開的連鎖餐廳。總店在故鄉台中。

那天是蔡英文第一支大選廣告，「我是蔡英文，我是台灣人」的訴求播出後數日，媒體都在討論蔡英文打省籍血統牌，挑動族群分裂的手法。

我請教民進黨輔選幹部，不是理性選舉嗎?台語都說不流利的蔡英文突出她是台灣人，太不符合她所強調的風格。

「這那是族群牌，是國際發聲的廣告啊!」

這位輔選幹部喊冤。他強調，廣告片的場景，在倫敦政經學院附近，突顯的是國際觀，一位台灣女性政治人物，名叫蔡英文的她，在國際關係大領域裡，她是台灣人，不是其他國籍。

我問蘇俊賓怎麼評論這番說法。他直接了當：「我才不相信，根本就是省籍操作。」

那時，蔡英文的聲勢還在上升中，外界對她的好奇感愈來愈深，馬英九好像被比下去了。未來她會更受歡迎嗎?國民黨有何對策?

有著天生政治細胞的蘇俊賓說，她的最高峰就如此了，「她太容易講錯話，將來失誤會更多，會受到檢驗的。」

蔡英文被蘇貞昌指為「沒能力領導」的弱點，在選擇副手搭檔，面對輔選幹部緋聞，和海外提問者詢問時，都暴露在大眾眼前。

美國人支持蔡英文當選嗎？走進了國務院、訪問了五角大廈，就是總統能力的保證？

若是蔡英文本人也相信這樣的推論，蔡主席的麻煩，恐怕不僅是能力而已了。

一位美國賓州大學的亞洲問題研究專家，長期關注美中台關係；二〇一一年九月底訪台。他和我會面時，蔡金兩人剛自美國返台，我問他怎麼看他們的美國行。他坦承強調，在美國並沒有所謂台灣問題專家，大多是中國問題研究者，連帶探討關連的台灣問題。

美國的政策，舉世政府一致，擴大維護本國利益。這位甚受尊敬，和民進黨高層有交誼的學者指出，美國學者看美中台關係，一般較認同馬英九兩岸穩定政策；來台觀察選情，他推測最後馬英九勝出的可能性，「應該比較高」。

在台協會＝CIA？繼續聊天抄報紙？

蔡金訪美，在台協會也正當紅。維基解密透露了在台協會情搜靠聊天的真相；在台協會抄報紙寫報告給上司國務院的祕密，也被揭穿。

我曾經主跑外交新聞多年，與在台協會有過打交道的經驗。李潔明做台北處長時代，就有人說，這位前情報局官員帶領的台北美國在台協會（ＡＩＴ），是中央情報局（ＣＩＡ）的外圍組織。

ＡＩＴ在台灣的地位，隨著台灣經濟繁榮、民智大開，和兩岸關係的推動，逐漸不如過往；在台協會台北辦事處處長，一般我們稱呼的駐台大使，在政圈的社交明星角色，也退位由大亨財團負責人取代。台灣人看美國駐台人士，較有尊嚴國格。

當年我所熟悉的他們與意見領袖定期交談，和抄襲報紙翻譯成為英文，上報傳回國務院的做法，始終沒變。維基解密中關於黃石城妹妹被傳是李登輝情婦的報告，就是報紙的八卦傑作，ＡＩＴ照回報不誤。

ＡＩＴ在美國總部的主席薄瑞光先生，已經證實維基解密都是真的了。以後和ＡＩＴ人士見面，知名人物可能要小心謹慎，避免成了他們的業績。

抄報紙？那就請便了。反正，ＡＩＴ付錢請人翻譯台灣的報章雜誌報導是付錢的；有國人因此多些收入受惠，何樂不為？

〈第十三章〉

認識「新」中國：GDP衝衝衝

「新中國」，在中華人民共和國的歷史上，指的是一九四九年十月一日下午，毛澤東主席在天安門宣告成立，讓中國人站起來的國家。

「新」中國，是我的觀察。一個與一九四九年完全不同，全新的中華人民共和國；除了政黨統治的名稱叫做共產黨，網路經常看不到我想看的台灣新聞網；很多地方，都和我大學剛畢業時的台灣情景頗為類似。

詭異的不同點，還在硬體建設。當年，台灣還沒有那麼多高樓大廈；沒有那麼多金碧輝煌的餐廳會所、KTV、俱樂部和高級私人轎車。更別提每一座大城市都有的現代化機場大廈，大陸稱為航站樓。

媒體上的政治新聞，很明顯的自我檢查，及電視新聞聯播時段的歌功頌德，都十分熟悉。

這是一個令人眼光撩亂的國度。

一九八七年底，政府開放赴大陸探親政策執行後，我在報社外交記者工作的身分，拓展新聞採訪領域到了中國大陸。因緣際會的關係，在一九八九年這一個全球陷入大震動的年度，我在人民大會堂向鄧小平先生提問過；我參加六四後政治局常委記者會，在江澤民、李鵬、李瑞環等人主持的記者會上，詢問天安門事件的真相。當時的外交部發言人李肇星，是我的山東老鄉大哥。

一九八九年五月，亞洲開發銀行年會，我跟隨台灣的財政部長郭婉容領隊的代表團，赴北京參加年會大會、酒會，見到楊尚昆、李先念，和不少中共外交高官，比如沙祖康等人。

那段時間，是台灣記者的黃金時期，我們是一群備受歡迎的台胞。我在報社的支持下，走訪上海、南昌、灨州、桂林、昆明、長沙、西安、廣州等地，訪問相關人士，搜集資料，完成了突破禁忌的書籍《蔣經國與章亞若》。

之後，中國大陸改變了對待台灣記者同胞的規定。同時期台灣總統民選，天翻地覆的轉變，台灣成了新聞工作者的天堂。

二〇一〇年初，我選擇回返校園，來到令人著迷的北京大學，再度展開我的大陸探索之旅。每個月平均十天大陸之行，北京的改頭換面，令我驚喜多於驚奇。我還去了新疆、鄭州、濟源、石家莊、延安；重遊了長沙、西安、上海、蘇州、青島、天津，到訪威海、煙台等地。西柏坡，共軍指揮所，將國民黨逐出大陸的基地；韶山，毛主席的故鄉，都是我親身參與的紅色之旅。

新的世界，新的人生。在這段密集的兩岸旅行中，我看到、聽到、讀到，也感受到了一個不一樣的中華人民共和國，暫且，就叫她為「新」中國。

這個「新」中國裡，有許多我最新結交的好朋友。他們不少人是我們幼時被課本教導的「共產匪徒」共產黨黨員。

一、經濟全速向前跑

這個披著共產黨外衣，以中國特色的社會主義計劃經濟推動資本市場經濟的地方，二〇一一年九月是一個全國一致向錢衝的國度。

沒有一個國家的人民，像中國大陸民眾那樣，老少三教九流，幾乎人人都知道兩個英文縮寫的專有名詞：GDP經濟成長率與CPI物價指數。

平常新聞報導需要加以解釋的「同比」與「環比」，這兩個相較前一個月，及前一年同期比較數字的學術性名詞，大陸新聞報導毫無問題，讀者和觀眾都明白說的是什麼。外匯儲備三萬多億，是常識。「保增長、反通膨、調結構」琅琅上口。黨政合一的政府人士都知道，有增長有GDP，有GDP就有官位升遷。

全國上下衝成長，經濟發展是唯一目標。親身體認，中國大陸真是一個活力充沛，到處都是發財機會，到處充滿想要發財的人的國家。

二、政治開放零容忍

經濟掛帥，其他免談；我被告知這是中國大陸的現狀，也充分理解。其他免談的意思，是政治零開放。

不過，私底下什麼都好談，私下罵誰也沒錯，就是公開別提「打倒共產黨」的話。政治改革，是政治領導人的專利，溫家寶總理多次談政改，好讓人們不放棄希望。

掌控媒體，是政治零開放的最大保證；有錢好辦事，要揭發商家騙人醜聞，花錢可以達成目的。二〇一一年中，北京一家號稱出售進口義大利家具的達文西家具公司，遭踢爆用本地產品騙人，到最後認錯道歉，就是被害者不甘心受騙花錢請人偵查、報導的結果。

花瓶政黨，無知少女，是非共產黨員從政的另一種管道。還有朋友以為民革和台灣的國民黨是同一家人，要我替他在台北找介紹人入黨。「無知少女」，可不是真的無知，是無黨籍；知識分子；少數民族加女性的意思。這種人政治上有升遷優勢。

人大、政協是橡皮圖章嗎？台灣的媒體是這樣說的，大陸人可不這樣想。這些人是享有特權的社會高階人士，他們的車牌很讓人羨慕。

三、有錢好辦事，貪腐比無能好

有錢能使鬼推磨，在台灣，陳水扁一家執行的最徹底；在大陸，幾乎人人相信，鈔票是解決問題的魔術師。

英國的《經濟學人》雜誌報導說，中共用錢賄賂台灣，不算新聞，可預見的未來，金錢攻勢，必然還是中國大陸爭取台灣人心的不二法門。

官員收錢，也不是新聞；但是，貪腐比無能好，這是大陸民眾的基本全民共識。

北京到鄭州到長沙，到處都是名牌，法國的名牌LV尤其穿透力強。我發現，以前是英國人來中國大陸賣鴨片；現在是法國人大量運送名牌包到中國大陸，滿足購買力超強的中國人民。

金錢至上，有錢就好，怎麼來的都可以，這也是心照不宣的祕密。於是，特權、情婦、賄賂、勾結、回扣，各種做法都有；只要不被法辦，什麼賺錢的途徑，都有大膽的中國同胞勇於嘗試。什麼事，什麼東西，再貴都有人買，再高的標價都有人認同。

四、面對唱衰說

也有人不看好中國大陸的前景，我在北大的老師李其先生做了說明。他指出的幾個觀點，說明唱衰說太一廂情願。

第一、泡沫化？別忘了中國的政府和黨，才是全世界最大的地主；那麼一大片土地，值多少錢？可以想像。

第二、城市化和內需市場的開發，還剛開始。這是經濟成長的保證，也是極大的機會，處處有錢賺的基礎。

五、其他問題，「水道渠成」

人權；移民潮；司法制度；公平正義；戶口制度的改革；醫療資源缺乏，教育資源不平衡，貪汙腐敗查不完；貪富懸殊過大；高速發展的軟體失調：低勞力優勢喪失等，這種種問題呢？

「這都會在中國更富有後找出答案」。大陸的朋友、師長有信心，等到中國大陸更富有更強大了，一定可以解決這類問題，或者與這些問題和平相處、安居樂業。這叫「水道渠成」。

六、拚十年？等大陸富五年再說！

台灣的選舉當頭，政治人物什麼都不做，忙著拉選票比賽；大陸正忙於賺錢做生意的朋友說，別急，「十二五」計劃進行中，等著五年後大陸用鈔票壓垮台灣。

蔡英文的「十年政綱」，和馬英九的「黃金十年」，比「十二五」還有更長遠的目光。他們，看到中國大陸的真實面貌了嗎？

台灣的命運和中國大陸「習習」相關的二〇一二年總統選舉投票日前，我看到民主自由的台灣可以爆發的驅動力；只是不明瞭，政治至上，一頭鑽進選舉的候選人們，大放厥詞造勢拜選票時，有沒有時間和心思舉首四顧，看看和向前衝刺的中國大陸相比，經濟實力後勁上，台灣有多少脆弱的疑慮？

航母艦隊也在五年後成軍

「十二五」是全民的目標，是致富的燈塔。另外一個解放軍成員共同等待的佳音，則是航母艦隊也在五年後正式成軍的消息。面對世界，中國大陸躋身世界強國的雄心壯志，我看了也被撩起了莫名的激情。

台灣高度自由民主的強大爆發力，為什麼不能成為我們自衛的信念？金錢的價值，抵擋得過公平正義和人權尊嚴嗎？台灣醫療、金融和教育體系的優點及強勢，中國大陸各個角落都在暗中學習，甚至不惜重金來台挖角，以引進人才的方式汲取台灣經驗。台灣人無論朝野，廣泛的國際觀；現代社會思維系統與價值體系的建立，已有數十年扎根的基礎，不是大陸短期內可以比美，也是中國大陸有識之士公認的事實。這一切，就是台灣的強大資產；台灣的政治人物，面對一黨專政的中共，你們在怕什麼？

台灣不能只「爭」不「競」！

該怕的不知預做準備；不該畏懼的，卻又過分自卑。近幾年，台灣社會充滿了「爭」的嘈雜吵鬧，劍拔弩張；「競」呢？競的自我成長壯大；信心和願景的追求，到那裡去了？聽著大陸友人對未來自信滿滿的語調；看著北京、上海、鄭州等地ＬＶ名店前的車水馬龍，我衷心祝福中國大陸同胞們的幸福遠景；也等待二〇一二年台灣發揮爆發力，穩穩的朝向安居樂業者樂園的目標邁進。

附錄

蔡英文生平大事記

現任：民主進步黨黨主席，中華民國二〇一二年總統選舉民進黨提名候選人

生平：一九五六年八月三十一日出生，台灣屏東枋山楓港人，父親蔡潔生，經商成功的富豪，客家人；母親張金鳳，蔡父二房，河洛人。家中子女九人，排行最小；同父同母兄長二位，一位姊姊。

學歷：國立台灣大學法律系畢業，美國康乃爾大學法學碩士，英國倫敦政治經濟學院法學博士

一九五六年	在台北市出生
一九六三年	台北市長安國小
一九六六年	轉學至台北市吉林國小
一九七一年	台北市北安國中第一屆畢業生
一九七四年	台北市中山女高畢業
一九七八年	台灣大學法律系畢業獲法學學士學位
一九八〇年	美國康乃爾大學畢業獲法學碩士學位
一九八四年	英國倫敦政治經濟學院畢業獲法學博士學位

一九八四—一九九〇年	政治大學法律系副教授（期間曾擔任法律律師事務所工作）
一九九一—一九九三年	東吳大學法律研究所教授
一九九二—二〇〇〇年	擔任國民黨政府經濟部國際經濟組織顧問
一九九四—一九九八年	國民黨政府行政院大陸委員會諮詢委員
一九九五—一九九八年	國民黨政府行政院公平交易委員會委員
一九九八年	國民黨政府陸委會諮詢委員身分，出席辜汪二次會談，擔任隨團發言人
一九九九—二〇〇〇年	兼任國民黨政府總統府國安會諮詢委員，擔任兩國論研究小組召集人，國民黨政府國家統一委員會（第六屆）研究委員
二〇〇〇年五月二十日	出任民進黨政府陸委會主委
二〇〇四年十二月十一日	出任民進黨籍不分區立法委員
二〇〇六年一月二十三日	出任民進黨政府行政院副院長
二〇〇七年五月二十一日	隨蘇貞昌院長總辭，接任家族投資的宇昌生化科技公司董事長
二〇〇八年四月十七日	當選民進黨黨主席
二〇一〇年五月二十三日	連任民進黨主席
二〇一〇年十一月二十七日	參選新北市市長；以一一萬票（五・二二%）的差距輸給國民黨提名候選人朱立倫。
二〇一一年四月二十七日	初選民調勝出，成為第十三屆總統大選民進黨總統候選人，也成

為台灣史上第一位女性總統候選人。

二〇一一年九月九日
宣布前內政部長、民進黨秘書長蘇嘉全為副總統搭檔候選人。

二〇一二年一月十四日
第十三屆總統選舉投票揭曉日

馬英九生平大事記

現任：中華民國第十二屆總統，中國國民黨第六任主席

生平：一九五〇年七月十三日在英屬香港九龍廣華醫院出生，祖籍湖南衡山。父馬鶴凌，曾居於香港調景嶺。在抗日戰爭時加入青年軍，之後則從事公務；最高公職為行政院青輔會十二職等處長，退休前的職務是中國國民黨中央考紀會副主委。母親秦厚修曾任中央銀行外匯局科長，家中育有五個子女，馬英九是唯一的兒子。妻子周美青，美國紐約大學獲碩士學位後，投入工作負擔家計。馬英九當選總統後，自兆豐金控法務處處長職位退休，長女馬唯中、次女馬元中，均在美國就業。

學歷：台灣大學法律系畢業；美國紐約大學法學碩士；美國哈佛大學法學博士。

一九五一年	隨父母自香港遷至台灣定居
一九六二年	台北市立女師附小畢業
一九六五年	台北市大安初中畢業
一九六八年	台北市建國高中畢業
一九七二年	台灣大學法律系畢業獲法學學士學位

一九七二—七四年　入伍服預官役（軍種為海軍），任職於左營海軍司令部少尉後勤軍官。

一九七六年　美國紐約大學畢業獲法學碩士學位（LL.M.）

一九八〇年十一月　長女馬唯中在美國出生。

一九八一年　美國哈佛大學畢業獲法學博士學位（S.J.D.）

一九八一年　返回台灣擔任蔣經國總統的英文翻譯

一九八二年　擔任中華民國總統府第一局副局長。

一九八四年　出任國民黨中央黨部副秘書長，負責政黨外交工作。

一九八六年　通過甲等特考，獲公務人員資格

一九八八年　出任國民黨政府行政院研考會主委兼大陸工作會報（陸委會前身）執行秘書

一九九〇年　出任國民黨政府國家統一委員會研究員。

一九九一年　出任國民黨政府陸委會副主委兼發言人；當選國民黨不分區國民大會代表。

一九九三年　國民黨政府行政院長連戰內閣法務部部長

一九九六年　轉任為國民黨政府行政院長連戰內閣不管部會的政務委員。（據稱：馬英九擔任法務部長時，宣稱將嚴辦地方黑金勢力而受到矚目。李登輝批評馬英九為建立個人聲望，「中國國民黨差點被馬

	搞垮」。結果由於各方壓力離開法務部。）
一九九七年	連戰內閣飽受白曉燕命案等批評，馬英九提出「辭官退隱」聲明
一九九八年端午節	宣佈參選年底台北市長選舉
一九九八年十二月二十五日	出任台北市市長直選第二任市長
二〇〇二年十二月二十二日	
二〇〇二年十二月二十五日	出任台北市市長直選第三任市長
二〇〇六年十二月二十四日	
二〇〇五年七月二十七日	當選中國國民黨中央委員會第四任主席
二〇〇七年二月十三日	因特別費案遭檢察官侯寬仁以貪汙罪提起公訴
二〇〇七年二月十三日	辭去中國國民黨主席
二〇〇七年八月十四日	台北地方法院宣判馬英九特別費案一審無罪
二〇〇七年十二月二十八日	台灣高等法院二審判決馬英九無罪
二〇〇八年三月二十二日	當選中華民國第十二任總統，五月二十日就職
二〇〇八年四月二十四日	馬英九特別費案，最高法院三審定讞，維持一、二審無罪判決。
二〇〇九年十月十七日	當選中國國民黨中央委員會第六任主席
二〇一一年四月二十七日	中國國民黨中常會通過提名為第十三屆總統選舉候選人
二〇一二年一月十四日	第十三屆總統選舉投票揭曉日

習近平生平大事記

現任：中共中央政治局常委、中央書記處書記，中華人民共和國副主席，中央黨校校長。預計二〇一二年中共十八大升任黨總書記；二〇一三年年初人大會議當選國家主席。

生平：一九五三年六月生，陝西富平人

學歷：北京清華大學學士；人文社會學院馬克思主義理論與思想政治教育專業畢業獲法學博士學位。

一九六九年一月	參加工作
一九七四年一月	加入中國共產黨
一九六九－一九七五年	陝西省延川縣文安驛公社梁家河大隊知青、黨支部書記
一九七五－一九七九年	清華大學化工系基本有機合成專業學習
一九七九－一九八二年	國務院辦公廳、中央軍委辦公廳秘書（現役）
一九八二－一九八三年	河北省正定縣委副書記
一九八三－一九八五年	河北省正定縣委書記
一九八五－一九八八年	福建省廈門市委常委、副市長
一九八八－一九九〇年	福建省寧德地委書記

一九九〇—一九九三年	福建省福州市委書記、市人大常委會主任
一九九三—一九九五年	福建省委常委，福州市委書記、市人大常委會主任
一九九五—一九九六年	福建省委副書記，福州市委書記、市人大常委會主任
一九九六—一九九九年	福建省委副書記
一九九九—二〇〇〇年	福建省委副書記、代省長
二〇〇〇—二〇〇二年	福建省委副書記、省長
一九九八—二〇〇二年	清華大學人文社會學院馬克思主義理論與思想政治教育專業在職研究生班學習，獲法學博士學位
二〇〇二—二〇〇二年	浙江省委副書記、代省長
二〇〇二—二〇〇三年	浙江省委書記，代省長
二〇〇三—二〇〇七年	浙江省委書記、省人大常委會主任
二〇〇七—二〇〇七年	上海市委書記
二〇〇七—二〇〇八年	中央政治局常委、中央書記處書記，中央黨校校長
二〇〇八年起	中央政治局常委、中央書記處書記，中華人民共和國副主席，中央黨校校長，中共第十五屆中央候補委員，十六屆、十七屆中央委員，十七屆中央政治局委員、常委、中央書記處書記。第十一屆全國人大第一次會議當選為中華人民共和國副主席。

（參考資料來源：新華網）

李克強生平大事記

現任：中共中央政治局常委，國務院副總理。預計二〇一二年中共十八大，續任中共中央政治局常委，二〇一三年初人大會議後接任國務院總理。

生平：一九五五年七月出生，安徽定遠人。

學歷：北京大學經濟學院經濟系畢業獲學士學位；後就讀在職研究生班畢業，獲經濟學博士學位。

一九七六年五月	加入中國共產黨
一九七四年三月	參加工作
一九七四－一九七六年	安徽省鳳陽縣大廟公社東陵大隊知青
一九七六－一九七八年	安徽省鳳陽縣大廟公社大廟大隊黨支部書記
一九七八－一九八二年	北京大學法律系學習，學校學生會負責人
一九八二－一九八三年	北京大學團委書記
一九八三－一九八五年	共青團中央學校部部長兼全國學聯秘書長，共青團中央書記處候補書記
一九八五－一九九三年	共青團中央書記處書記兼全國青聯副主席

一九九一年九月—十一月	赴中央黨校學習
一九九三—一九九八年	共青團中央書記處第一書記兼中國青年政治學院院長
一九八八—一九九四年	北京大學經濟學院經濟學專業在職研究生學習，獲經濟學碩士、博士學位
一九九八—一九九九年	河南省委副書記、代省長
一九九九—二〇〇二年	河南省委副書記、省長
二〇〇二—二〇〇三年	河南省委書記、省長
二〇〇三—二〇〇四年	河南省委書記、省人大常委會主任
二〇〇四—二〇〇五年	遼寧省委書記
二〇〇五—二〇〇七年	遼寧省委書記、省人大常委會主任
二〇〇七—二〇〇八年	中央政治局常委
二〇〇八起	中央政治局常委，國務院副總理、黨組副書記，國家能源委員會副主任，國務院食品安全委員會主任，中共第十五屆、十六屆、十七屆中央委員，十七屆中央政治局委員、常委。第八屆全國人大常委會委員。

（參考資料來源：新華網）

「九二共識」磨合十六年過程發展表

一九九二年以前

一九四九—一九八九年

中華人民共和國與中華民國分隔台灣海峽兩地統治，互不往來，我國憲法規定視中國大陸中國共產黨為叛亂團體。政府並宣佈三不政策。一九八六年蔣經國總統宣佈解除戒嚴法，開放民眾赴大陸探親，一九八七年底實行，開啟台灣人民合法前往大陸之門。

一九八八年一月十三日

蔣經國總統病故，李登輝副總統接任。

一九九〇—九二年

一九九〇年，李登輝獲國民大會推選為續任總統後，推動修憲，解除憲法動員勘亂時期條款，不再認定中共為叛亂團體；之後，在政府中設置國統會，頒佈國統綱領；並設行政院陸委會，及民間法人團體海基會，以處理解決兩岸交流後，人民所碰到各種與大陸事務相關問題。大陸成立海協會與海基會對應。

一九九二年以後

一九九二年初

海基會與海協會商談文書驗證問題，會談訂立協議時，大陸方面要求，台灣要在簽署的協議上，放上「雙方都接受一個中國的原則」，台灣代表當時對此表示不同看法，一直沒有定論，決定當年十月到香港進行正式協商。

一九九二年八月一日

李登輝總統主持國統會委員會議，討論通過「關於一個中國」的涵義的政策文件。決議：有關一個中國涵義的敘述是：「海峽兩岸均堅持一個中國之原則，但雙方所賦予之涵義有所不同，中共當局認為一個中國即為中華人民共和國，將來統一後，台灣將成為其管轄下的一個特別行政區，台方則認為一個中國應指一九一二年成立迄今之中華民國，其主權及於整個中國，但目前之治權則僅及於台澎金馬。台灣固為中國之一部分，但大陸亦為中國之一部分。」

一九九二年十月

海基、海協會人員香港會談，商討一個中國的內涵。雙方沒能達成書面性協議。

一九九二年十月三日

海基會發佈新聞稿，同時間將副本傳真給大陸海協會。新聞稿內

	容提到「對一個中國的原則，經徵得主管機關同意，由口頭聲明，各自表述，可以接受」。
一九九二年十月十五日	大陸海協會回函表示：「十月三日貴會來函正式通知我會，表示已徵得台灣有關方面同意，以口頭聲明方式各自表達，我會充分尊重並接受貴會的建議。」
一九九三年四月	辜汪一次會談在新加坡舉行，台灣與中國大陸一九四九年後首度接觸。
一九九五年六月七—十二日	李登輝總統赴美國康乃爾大學訪問，和公開演講。
一九九五年六月	海基會副董事長焦仁和提「一個中國各自表述」。
一九九六年三月	中共發動導彈危機。
一九九六年三月	中華民國首屆民選總統投票，李登輝當選。
一九九六年九月十四日	李登輝宣佈「戒急用忍」政策台灣高科技、五千萬美元以上、基礎建設三種投資應對大陸戒急用忍。
一九九八年十月	辜汪二次會談在上海舉行，兩岸恢復高層溝通。
一九九九年初	大陸宣佈海協會會長汪道涵預定下半年訪問台灣。
一九九九年七月	李登輝總統接受德國之音訪問，提出台灣與大陸是特殊的國與國關係，稱為兩國論；之後大陸中止汪道涵訪台計劃。
二〇〇〇年三月十八日	總統選舉，民進黨候選人陳水扁當選，台灣第一次政黨輪替。

二〇〇〇年四月二十八日	時任國民黨政府陸委會主委蘇起，在政權交接前，提出以「九二共識」一詞，總結國民黨與共產黨九二年起的「一個中國各自表述」的討論。
二〇〇〇年五月二十日	陳水扁宣誓就任第二屆民選總統。
二〇〇〇年六月二十六日	陳水扁總統公開表示接受「九二共識」。
二〇〇〇年六月二十七日	民進黨政府陸委會主委蔡英文否認九二共識。
二〇〇〇年七月—二〇〇八年三月	陳水扁執政期間，兩岸繼續國民黨時代完成之事務性協商結論，進行小三通，貨運直航，和各項交流商討，官方無來往。陳水扁並於二〇〇二年提出「一邊一國論」。
二〇〇五年一月	辜振甫人生紀實《勁寒梅香》一書出版，書中指出，一九九二年的香港會談，雙方確實無法接納對方的各項建議方案，因此會談沒有任何具體結論。此外，辜振甫說，與其用「共識」表達一九九二年的結果，不如用「相互諒解」（understanding）或「附和」（accord）更能貼近事實，且可避免引起不必要的套用。他表示，九二共識一詞在二〇〇〇年出現是蘇起所創造。蘇起於二〇〇六年承認這四個字乃他所創造，目的在總結九二年起的「一個中國各自表述」的討論。
二〇〇五年三月十四日	中國大陸針對台灣制定反分裂國家法；兩岸關係陷入低潮。

二〇〇五年四月	國民黨主席連戰赴大陸訪問，稱為破冰和平之旅，會見胡錦濤主席，對兩岸關係發展，提出「正視現實，開創未來」共同主張，並發表連胡五點共識，建議雙方在「九二共識」的基礎上促進恢復兩岸談判；民進黨政府不予理會。
二〇〇六年二月二十七日	陳水扁宣布「終止適用」國統綱領。
二〇〇八年三月二十二日	馬英九當選第四屆民選總統。
二〇〇八年三月二十三日	馬英九舉行當選後首次國際記者會，宣佈願意與中國大陸在「擱置爭議」前提下，恢復協商。
二〇〇八年三月二十六日	美國總統布希致電胡錦濤主席，進行電話熱線對話，胡錦濤提出「九二共識」一詞，並表示，一個中國的一中，雙方各有不同定義。此一文字，新華社以英文稿發佈，並未出現在中文稿件。當時白宮國家安全顧問哈德利主動透露轉述，胡錦濤提到「九二共識」，也就是承認兩岸只有一個中國，但兩岸也同意彼此對「一個中國」有不同的定義。這也是美中高層首度使用「九二共識」一詞。
二〇〇八年四月十二—十五日	馬英九副手搭檔，蕭萬長副總統當選人率團赴海南島出席博鰲論壇，與胡錦濤主席會面，帶去總統當選人馬英九的十六個字「正視現實，開創未來，擱置爭議，共創雙贏」。

二〇〇八年四月二十六日	我方海基會致電海協會提議兩會恢復協商。
二〇〇八年四月二十九日	國民黨榮譽副主席連戰第四度赴北京，和胡錦濤會談，胡錦濤回復之前馬總統的十六個字，同樣以十六個字，註解兩岸關係。這十六個字是：「建立互信，求同存異，擱置爭議，共創雙贏」。
二〇〇八年五月二十日	馬英九總統就職演說，對兩岸政策指出，「會繼續在九二共識的基礎上，儘早與大陸恢復協商，並秉持著博鰲論壇中提出的「正視現實，共創未來，擱置爭議，追求雙贏」共識，與大陸尋求共同利益的平衡點。
二〇〇八年六月十一—十四日	海基會董事長江丙坤，海協會會長陳雲林於北京舉行會談並就兩項議題進行協商；兩會以九二共識為基礎正式重啟談判。

了解ECFA

中文名稱為兩岸經濟合作架構協議（簡稱「兩岸經濟協議」），簡稱ECFA，原擬稱為CECA，因與台語「C咖」類似，改為ECFA，英文名為：Economic Cooperation Framework Agreement。

協定目的

ECFA的簽訂，是要讓雙方同意的台灣商品免關稅或低關稅進入中國大陸市場，擴大台灣產品在大陸市場占有率；協定互惠，同時台灣也必須提高免大陸產品關稅商品的比例，並相對開放市場給中國大陸產品。

ECFA協議的內容

以台灣及大陸為適用範圍；採用「架構協議」方式簽訂，由海基會、海協會代表雙方政府在二〇一〇年六月二十九日，於中國大陸重慶簽訂，並於同年九月正式生效。

ＥＣＦＡ的影響

在台灣，評估初期受惠較大的產業為：機械業、化學塑膠橡膠業、紡織業、鋼鐵業，以及石油煤製品業。受負面影響產業為：電機電子產品業、運輸工具業、木材製品業。

根據遠景基金會委託中華經濟研究院所做研究指出，兩岸經貿自由化，估計可讓台灣ＧＤＰ增加一・八三個百分點，約為發放消費券三倍效益。

中華經濟研究院在二〇〇九年七月二十九日「兩岸經濟合作架構協議之影響評估」中提出模擬試算結果，就業人數總計可增加二五・七到二六・三萬人。

然而，台灣智庫在二〇〇九年八月二日也提出民調，顯示有五成八的民眾認為簽署ＥＣＦＡ對改善失業率無益。

依據中經院報告，台灣藉著這一參與區域經濟整合能提高優勢，成為跨國企業進駐地點。經濟學者中也有人表示，台灣現階段國內投資嚴重不足時，利用此機會可吸引外資流入。

二〇一一年九月，日本和台灣簽訂台日協定，日方指出，台灣與中國大陸簽訂了ＥＣＦＡ，日商將以台灣為基地，進軍中國大陸市場。

蔡英文談ＥＣＦＡ前後發言比較

二〇一〇年四月二十七日	電子媒體訪問強調：馬政府若執意簽訂ＥＣＦＡ，二〇一二年一旦民進黨執政，將發動公投廢止。
二〇一〇年七月二十六日	平面媒體訪問時說：ＥＣＦＡ是好是壞，應由人民決定。
二〇一一年三月二十一日	民進黨總統候選人提名初選政見發表會上表示，對ＥＣＦＡ的改變，絕不會橫柴入灶，會按照民主程序和民主規則進行。公投其實也是選項之一；但仍以行政、立法互動及凝聚共識為主要方法」。
二〇一一年八月二十三日	確定搶下總統候選人資格後，發表「十年政綱兩岸篇」。 第二項檢討與規範兩岸協商機制指出： 1. ＥＣＦＡ與兩岸經貿協議之後續談判，應遵循民主程序，並從國家整體利益之觀點，審慎檢視現有協議內容與執行情形，作為調整的方針。 2. ＥＣＦＡ之談判、通報與執行，應依ＷＴＯ架構及規範，善盡兩岸作為ＷＴＯ會員的權利與義務。

二〇一一年九月十三日

3. 對於攸關台商人身自由與財產保障之協議，應納入優先談判項目，並確保台商獲得實質之保障。

和美國智庫學者專家會談說，民進黨重新執政後，會定期檢視ECFA對我國經濟的衝擊，若需要修正調整，將依民主程序和國際貿易規範。

台灣共識

民進黨總統候選人蔡英文在發表「十年政綱」兩岸篇時質疑「九二共識」正當性，強調該共識是二〇〇〇年後人為虛構的名詞，九二共識從來就不存在，因此沒有接不接受「九二共識」的問題。蔡英文也表示，當選總統後，將透過民主機制凝聚新的「台灣共識」做為兩岸對談基礎。

民進黨總統初選階段，蘇貞昌同樣拋出「台灣共識」的說法，主張「以民進黨『台灣前途決議文』為主要精神，堅持主權立場」。

然而，「台灣共識」四個字，並未出現在民進黨公佈的十年政綱之中，「否認九二共識」字眼，也沒有列入「十年政綱」兩岸篇。

INK PUBLISHING　Canon 25

雙英解密
不爲人知的蔡英文與馬英九

作　　者　周玉蔻
總 編 輯　初安民
責任編輯　黃筱威
美術編輯　黃麗美
校　　對　黃筱威

發 行 人　張書銘
出　　版　INK印刻文學生活雜誌出版有限公司
新北市中和區中正路800號13樓之3
電話：02-22281626
傳真：02-22281598
e-mail：ink.book@msa.hinet.net
網　　址　舒讀網http：//www.sudu.cc

法律顧問　漢廷法律事務所
劉大正律師
總 代 理　成陽出版股份有限公司
電話：03-2717085（代表線）
傳真：03-3556521
郵政劃撥　19000691　成陽出版股份有限公司
印　　刷　海王印刷事業股份有限公司

港澳總經銷　泛華發行代理有限公司
地　　址　香港筲箕灣東旺道3號星島新聞集團大廈3樓
電話：852-27982220
傳真：852-27965471
網　　址　www.gccd.com.hk

出版日期　2011年 11 月　初版
ISBN　978-986-6135-68-2

定價　450元

國家圖書館出版品預行編目資料

雙英解密：不為人知的蔡英文與馬英九
周玉蔻著.－－初版.－－
新北市中和區：INK印刻文學，
2011.11　面；15×21公分公分.--（Canon；25）
978-986-6135-68-2（平裝）
1.台灣政治 2.言論集
573.07　　100022585